卿心卿语

君应有语向湖山

2024 年度海盐县文化精品工程重点扶持项目

叶露 著

浙江工商大学出版社 | 杭州
ZHEJIANG GONGSHANG UNIVERSITY PRESS

图书在版编目（CIP）数据

卿心卿语：君应有语向湖山 / 叶露著. -- 杭州：浙江工商大学出版社，2025. 4. -- ISBN 978-7-5178-6519-3

Ⅰ. I267

中国国家版本馆 CIP 数据核字第 20258HG850 号

卿心卿语：君应有语向湖山

QINGXIN QINGYU:JUN YING YOUYU XIANG HUSHAN

叶 露 著

策划编辑 周敏燕
责任编辑 童江霞
责任校对 杨 戈
封面设计 李方方
责任印制 屈 皓
出版发行 浙江工商大学出版社
（杭州市教工路 198 号 邮政编码 310012）
（E-mail：zjgsupress@163.com）
（网址：http：//www.zjgsupress.com）
电话：0571-88904980, 88831806（传真）
排 版 北京锐意星空企业管理有限公司
印 刷 天津鑫恒彩印刷有限公司
开 本 710mm×1000mm 1/16
印 张 16
字 数 220 千
版 印 次 2025 年 4 月第 1 版 2025 年 4 月第 1 次印刷
书 号 ISBN 978-7-5178-6519-3
定 价 78.00 元

一方水土一方人

——叶露著《卿心卿语：君应有语向湖山》序

十几年前，中国民俗学会计划在嘉兴展开民俗调查。在嘉兴地区 5 县 2 区中，我选择了海盐。选择海盐，很大程度上是因为澉浦。编修于南宋绍定三年（1230）的《澉水志》，是中国现存最早的镇志。在万事都讲上下秩序的宋代，小小澉浦镇怎么就敢这样特立独行？这是令我好奇的地方。在海盐开始田野考察时，我有幸结识了叶露老师。

认识叶露老师时她正负责文化站的工作。是叶露老师带着我转了海盐的一个又一个地方。一路上她不辞辛苦联络当地的人，为我讲述当地的故事，让我对澉浦、对海盐的认识一下深入很多。走得多了慢慢就了解了海盐，了解了澉浦，就懂得了宋人常常留下《澉水志》这本镇志并非偶然。南宋定都杭州后，本来地理上处于“水咸地湿”劣势的澉浦一下子成了近畿地方，成了四方百货来往的热闹码头，商业发达也给地方文化带来了巨大的影响。《澉水志》借《舆地广记》形容古扬州一地风俗的内容这样写澉浦风俗：“人性轻扬，尚鬼好淫祀。此方不事田产，无仓廪储蓄，好侈靡，喜楼阁。惟招接海南诸货，贩运浙西诸邦，网罗海中诸物以养生。”澉浦的风俗因此也自然变得“俗僭”，变得和传统农业社会大不相同。我们看到的这本打破州县才可为志规矩的《澉水志》的出现，本身就是勇于僭越封建社会等级制度的证明。

在民俗学研究中，我们常说“人熟为宝”。到不同地方去做田野调查的人，都有一个共同的体会，那就是如果你找对了人，遇到了一个熟悉地方乡土人情、地方掌故的人，对你的田野调查会有非常大的助力。乍去时海盐对我来说是陌生之地，但我非常庆幸遇到叶露老师。这位非常有才华的秀女子为我一下打开了海盐地方文化的大门，让我从历史到文化、从饮食到习俗对海盐有了深入的了解。也是从那时起，我们开始交往。慢慢地，我发现叶露老师是一个非常喜爱读书的人。她干一行爱一行，发自内心地对海盐的山水、海盐的人、海盐的风物、海盐的文化传统有一份热爱。

今天，摆在大家面前的这本书，就是这份热爱的结晶。书中写得最感动我的是海盐，南北湖、黄沙坞、鹰窠顶、钱家祠堂，都是她曾带我转过的地方，读起来倍感亲切。我还偏爱那些描写沙坞橘、黄鳝汤、澉浦红烧羊肉的篇章，特别是读到咸肉山毛笋时，恨不得立刻动身南下，坐在南北湖边小店里品尝一番。书里还有海盐的人物。印象最深的是“飒爽英姿五尺枪”的南湖武装民兵女班纪事，那正是我们这一代人经历过的往事。读这本书时我想，人和土地的缘分，真是令人感动。在这些值得细细品味的文章里，海盐的人杰地灵，熠熠生辉。

叶露老师看上去是个小巧的南方女子，其实她出生在大漠孤烟直的西北。她的心胸很宽广，目光所及也远远超出海盐的地界。我特别喜欢读她最后那部分读书笔记。特别是最后关于施一公《自我突围》的一篇。施一公认为，身为清华人，应该“兢兢业业做好自己的学问，始终拥有沸腾的心声，和先天下之忧而忧的心气儿，不要变得淡漠而世故”。我对这段话也心有戚戚。一方水土养一方人，在我心里，手中这本《卿心卿语：君应有语向湖山》就是叶露老师立身海盐一方天地做出的兢兢业业的学问，我在书的字里行间，感受到了她沸腾的心声。

是为序。

清华大学教授、中国民俗学会顾问　刘晓峰
2024年12月6日写于日本京都

我看青山多妩媚

——《卿心卿语：君应有语向湖山》序

叶露是典型的江南小女子，我这样说想必她不会脸有愠色。她虽出生于新疆阿克苏，但童年时光在上海度过，直到小学毕业，因此，大都市里长大的女孩的气质便刻在了她的骨子里，以至于她现在努力地讲海盐话，但海盐人一听便能分辨出那独特的上海腔调，加之她干凛凛的样子，让人印象深刻。我在读这本集子之前一直以为她就是有腔调的上海女人。她玲珑小巧，如传统审美中的江南女子。我以前经常读到的她发表的文章及发布在自媒体平台上的文字，敏感、细腻，安然自若、不急不躁，柔情如江南女子。然而，读了这本集子后我才知道，她的母亲是上海人，为支援边疆建设到了阿克苏，她的父亲是浙江人，中专毕业后被分配到新疆。她在阿克苏读完了初一，初二随父母调到海盐县工作而转到海盐县学习。所以，从遗传角度来讲她是正宗的江南人，从生长环境来讲她人生最主要的时间都在江南度过。因为有了在阿克苏短暂的生活求学经历，她拥有了天山脚下蓝天白云的辽阔胸怀。她敏感但不多愁，小巧却有大气魄，辗转求学、工作却能迅速融入群体。

为什么她的眼里充满了喜悦？因为她对这片土地爱得深沉。毋庸置疑，在一马平川的嘉兴市，虽然南北湖的山并不高、湖并不大、海也并不蓝，但山、海、湖相依的独特景观不仅在嘉兴市是唯一的，在全国也是为数不多的。第一部分“山水人文”，主要围绕南北湖写，正如这一部分的标题，她写自然之美也写人文之韵。她 2012 年到澉浦镇文化站工作，开始走进南北湖，近距离观察南北湖。这个工作岗位好像是为她这位热爱大自然、喜欢用文字倾诉的小女子量身定制的，她如鱼得水，尽情展现自己的才华。我曾经也在南北湖工作过，深知这里如诗如画的自然景色、澉浦古城的码头文化、鲍郎盐场的盐文化等引得来澉浦考察调研的领导多，以项目投资为名来南北湖游览的客商多，慕名而来的文化名人多。在这些场合，陪同介绍工作总是要由叶露来承担，这对于爱学习的叶露来说得心应手，这些文章就是在这种“在干中写，在写中干”的环境中写就的。透过这些文章，我分明看到了叶露的喜悦，也看到了“工作着是美丽的”这句话在她身上淋漓尽致的体现。那时我经常看到她腰间别着“小蜜蜂”，虽然面有倦容，但一轮到她讲解时，她就站到前排如数家珍般讲着黄沙坞橘子的历史、棋盘石的传说、澉浦舌尖上的故事……有些是老故事，但她赋予了新意新说，如《家乡的“香”》中的澉浦红烧羊肉的香味，从东坡先生的笔尖飘出，飘过了元朝宣慰司杨梓与众多高士载酒湖上的夜宴，飘到了浪迹天涯的游子的梦里；有些是南北湖稀松平常的景与物，但她生出了无限的遐想，如《澉风竹语》中的竹子竟如此多情，引出了这么多的故事，《我的茶外话》中的澉浦茶竟也有这么多怀旧的场景与美好的憧憬；有些是将工作中所接触的事与人在平凡中彰显出来，如《不老的时代传唱人》的男女主人公是文化站的文艺骨干，虽然每个乡镇或许都有这样的人，但也许只有澉浦才有这样的文化站站长，他们也才有机会被描画，进而成为区域内的明星。她在这一部分用她的喜悦感染了读者。她深深地爱着南北湖，因为她发现了南北湖的美。“世界上并不缺少美，而是缺少发现美的眼睛。”她有这样一双眼睛，源于其内心充满了阳光，她把这阳光分享给了大家。

担水砍柴，无非妙道。第二部分“岁月履痕”，虽讲述的是看似杂碎的日常生活，实则揭示了生活的本真，没有修饰，没有掩饰，四处闲逛，从容不迫，安之若素，积极向上。幼时虽不在父母身边，但外婆、舅舅、姨夫等亲人所给予的爱使她拥有了一个幸福的童年。“幸福的童年可以治愈一生”，在她身上得到了充分的印证。我与她的丈夫同为 20 世纪 60 年代末生人，都是海盐沈荡稻区的农村孩子，没有上过幼儿园，“夏令营”这个词是工作以后才了解的。读了《来，听我说说“70 后”记忆中儿时的暑假》后，我更深刻地认识到出生在“罗马”和出生在稻区是有很大区别的。这篇文章写于 2020 年，所以排在了这一部分中间，其实从性格形成溯源来讲，放在这部分开篇更合适。文中提到的三个关键词——夏令营、电视剧、绿豆汤，在我童年的暑假里是没有的，当然也会有另外的关键词，但毫无疑问，这三个关键词注定了她虽生活在海盐，但“我的生活关键词或者说我的标签里，排前三的一定有‘咖啡’”。她努力讲着被上海腔严重干扰的海盐话，在海盐人看来，她特别有情调。事实上她确实充满了情调。《简单爱，感谢爱》中看似简单的场景已经赛过青春偶像剧里的桥段了。凭借这种情调，她可以把生活中的常态与琐事转化为对美的享受。《小城绿道》《秋日，窗外的味道》以及众多的游记文都是将原本不易的生活整饬得有滋有味，深谙“躁急无成，平和得福”之法。亲情是生活中最不可缺少的内容，在这一部分，这类文章篇幅比重较大，共有 11 篇文章是写亲情的。岁月流转，世事变迁，但亲情如旧，温暖如初。一个人若对亲人都没有爱，又怎么可能对别人好呢？《一场雨落下　一人在天堂》感人至深，“因为爱你，才会愿意为你洗手做羹汤”，这是对爱的一种朴实而深刻的解释。这 11 篇文章让我们读懂了在爱的沐浴中长大、生活的人的强大与乐观，所以她的《缘，妙不可言——贺国家开放大学四十周年华诞》一文与其说是庆祝国家开放大学四十周年华诞，倒不如说是展示她内心的强大。这份自信源自她的快乐童年，得益于她的亲人所给予的爱，当然也源于她的书影世界。

人的一生中，大约有百分之二十的时间是用来学习，百分之八十的时间是用来思考的。从前两个部分中读到的是一个江南小女子的感性，一个努力工作的文化站站长的可爱模样，一个有腔调女人的幸福日常，但进入“书影婆娑”后，看到的是一个理性的江南女子。从上一部分的最后一页翻到这一部分的第一页就有一种从喧嚣市井秒变宁静书屋的感觉，一改前两部分细腻、率性、随意、真实的描写与叙述，代之的是思辨。读书后要有所言，读书就变成一件苦差事了。中国传统文化使用的是心逻辑，依靠直觉与经验来判断事物，而与之对立的是形式逻辑，需要实证。我看过她写的其他一些书评文章，她总是试图用理性挣脱蒙昧，看见人性，看见自我，通过实证看见真相。读了一本书要有所感言是一项苦力活，犹如负重远行，刚放下担子就让你谈体验，刚冲过马拉松终点就让你谈感言，但叶露就这样做了。学而不思则罔，思而不学则殆。传统的学习习惯中，人们往往注重阅读而忽略思考，所以我们日常中碰到许多读了很多书的人，他们自信地告诉你，自己看了多少书，似乎看了多少书就代表掌握了多少知识，有了较高的文化素养，但他们缺乏批判性思维，造成信息过载，并非开卷有益。而叶露则不然，哪怕是阅读生活类随笔她都有一番自己的见解，如《跟着于谦下馆子——〈于谦小酒馆〉阅读随笔》，其中有对知识点的分析强调，有读文忆旧思绪万千的，有迁移比较的，总之不是简单地接受！她见猎心喜，对卫视节目也解读得津津有味，将娱乐变成了思考。她对本土作家作品的解读更是下足功夫，因为若是随手翻翻断然不会这么侃侃而谈。也许看了读了后一定要有所思考有所得已经成了她的一种习惯，那么把这种习惯通过本书进行分享也是这本集子的意义所在。

言为心声，一个人日常生活中的言语远没有形成文字的言语来得那么深刻真实。对于工作上的同事或泛泛之交，哪怕认识时间再长，你虽然视其所以、观其所由，但未必知道他（她）心灵深处的想法，也就难以察其所安。读了叶露的这本集子，我对叶露有了真正的了解。“我是俗人，所以我喜欢一切美好的事物”，这是叶露的自述，也是我读了这本集子最大的感受。这个时代有的是华丽的辞藻和精巧的文字，但更需要这样充满正能量的带着烟火气的小文章，因为我们大都是这世间的俗人。

海盐县文联第六届主席　林周良
2024 年 12 月 1 日

目录

PART 1

山水人文

PART 2

岁月履痕

PART 3
书影婆娑

PART 1

山水人文

2013

沙坞飘香

题记：黄沙坞，位于高阳山下，占地约 1 平方千米，是海盐县最偏僻、幽静的小山村。三面环山、一面临海的地理环境造就了黄沙坞“冬暖夏凉”的独特气候。此处盛产柑橘，据宋《澉水志》记载，黄沙坞已有 700 多年的种植柑橘的历史。春季橘花烂漫，香飘数里；秋季满山金黄，橘林如海，被誉为“浙北橘园”。邑人陆秉仁《黄沙坞观橘林》诗云：“黄沙坞内好风光，千树万树橘金黄。几处楼台秋风里，行人无不叫‘好香’！”

“坞”，《新华字典》里的释义之一为“四面高中间凹下的地方：山～，花～”，几乎每一个带“坞”字的地名，都标志着一段好时光、一处好风光。譬如桃花坞、梅家坞、文溪坞，当然，还有黄沙坞。

与南北湖结缘后，我虽时常于景区内进进出出，却很少去黄沙坞，偶尔因为工作需要，也是搭乘同事的车匆匆掠过，只记得里面的小径幽深而又狭窄，窄得令有几十年驾龄的同事也不敢掉以轻心。

更多的时候，对于黄沙坞而言，我只是一个过客，沿着湖边西南向前行经钱江潮源一直往海堤边走去，右侧即为平原地区鲜见的陡峭山隘，而黄沙坞，便隐匿于山隘深处。数度与她擦肩而过的我，只为了保留“云深不知处”的神秘，当然，也是为自己的愚钝留个借口。

第一次自己驱车进入黄沙坞，我不可避免地重演了一个路痴的悲剧，层层密密的橘林，似有若无的岔口，让人如同陷入黄药师的“桃花阵”，不知前路在何处，不知返身该何往，若无橘农的指引，怕是要将自己也化作一棵橘树，与橘林共岁月了。

迷踪期过后，无论晨昏，去黄沙坞时都多了一份坦然，而每一次离开，都带着被放空了的自己，澄澈清明、透亮如镜。

黄沙坞的隘口，恰好可容两辆轿车交会，两侧是二三十米高的布满了青苔的灰黄的崖壁，崖壁上鳞次栉比的岩生绿色植物因为黄沙坞独一无二、冬暖夏凉的气候而四季茂密。夏日里每次经过这个隘口我总会不由自主地想到少年时曾经去往天山天池的路也是这般一路清凉，我们总是对那些未知未觉的事物怀揣好奇心，盼望着即将呈现的一切能带给我们震撼和惊喜。

果然，黄沙坞不负众望，在通道的尽头，场景瞬间转换，眼前豁然开朗，宛如一幅乍然展开的山水画卷，给所有人奉上一场感官盛宴。墨绿厚实的山体、清澈灵动倒影幢幢的溪涧、白墙黑瓦或白墙红瓦的村舍掩映于橘树青藤间，入眼无非碧翠与金黄——那是橘的海洋。抬头可仰望纯净的蓝天白云，俯首即能亲密接触犄角旮旯里肆意生长的无名的野花小草，呼吸着混合着青草和柑橘味道的清新空气，春日里耳边是鸟儿的婉转啼声，夏秋时节听蝉鸣蛙唱，这就是诗人笔下的世外桃源，是文人骚客隐居的理想场所。想到此，东晋陶公那首《饮酒》是如何应景生情也就了然了。

乡镇干部走村访户已成每周惯例，因此也成全了我的夜访黄沙坞。从村民家出来，我放慢脚步，打开身心。当整个村庄被夜幕笼罩，群山隔着薄薄的雾霭勾勒出磅礴的线条，月朗星稀时一派空灵，只是，偶尔的几声犬吠，会让你的灵魂瞬间归位。而我更爱那没有月亮的夜晚，村舍内的暖雾光影让疲惫的心不再游离，头顶那片寥廓而深邃的星空，高远浩渺，而星空下的我，虽然微小，却满怀着对自然、对生命的敬畏。

黄沙坞的北面是高阳山。高阳山海拔 251 米，属嘉兴之最，也是整个杭州湾濒海地域的最高峰，故而现今已成为嘉兴户外运动爱好者的首选登山地，只是我还未曾见其真颜，若哪位朋友有意，可结伴同行。我们还可以尝试着走一下最初进出黄沙坞的古道——20 世纪 70 年代以前，如今的关隘未曾打通，进出黄沙坞须翻山越岭，经长水涧至古驿站谈仙石城，再沿古道至澉浦古镇。

高阳山上，大片墨绿间点缀着几处青灰色的山石，似乎提醒着人们，黄沙坞有着三面环山的天然屏障；高阳山下，坞内村舍依山傍水而建，并自然延伸形成村落。据史料记载，最早迁入黄沙坞居住并繁衍生息的是 17 世纪中叶清朝初期的一户步姓人家，故而至今坞内的步姓仍为大族。在坞内的橘文化馆里，能见到黄沙坞柑橘合作社的成员名单，百余户人家中百分之八十都是步姓。于是我下意识地去了解在县城的步姓熟人和朋友，果然发现他们多为澉浦人氏。

每到秋天，“黄沙坞柑橘”便成为海盐人的话题里出现频率最高的一个词语。即便在长三角区域，黄沙坞的知名度也不亚于黄岩，双休日秋游自驾采橘者络绎不绝，采摘季可以持续三四个月之久。

黄沙坞的柑橘之所以让远近游客趋之若鹜，在于其皮薄肉厚、汁鲜味美，甜中带着恰到好处的酸。这样的质地与口感并非纯属天然，专家指导、引进优良品种和高水平的栽培管理技术，推广应用滴灌、太阳能杀虫等高新技术造就了如今的国家级无公害农产品。

黄沙坞人的聪慧源自其深厚的教育积淀。民国十三年（1924），黄沙坞内办起初等小学，查开良到澉浦黄沙坞小学任教，致力于践行陶行知倡导的‘生活教育’新思想。不仅使这偏僻山村基本普及了初小教育，还开展了民众识字教育。是年，学校获省教育厅嘉奖。

在黄沙坞的生活是很安逸的，农事不多，所以年轻人很少留在家中。老人们一年四季只需管好自己的橘树，闲暇时晒晒太阳、遛遛狗，游客来了往家中带，往山上领，“想吃随便摘”“带走论斤卖”，你可以选择一处村舍小住一阵，却不用担心和外界失去了联系，要知道，这里早在七年前，就已开通了信息高速公路，鼠标轻轻一点，沟通无限。

2015

棋盘石

“棋盘石，位于惠泉寺后金牛山山顶，长10米，阔6米，传说南极、北极两仙翁对弈于此，故名。”这是《南北湖志》中“山石”章节里的一段描述。

古时候，在观音山下的村落里，有一位姓韩的人，为官时看好过皇帝的病，皇上赐他“保御堂”三个字，想让他做御医，但他不愿意，弃官回家。到家乡后，他开设了药店，药价公道，所以药店的名声很好。他的行医方式也特别，他从不坐等病人上门求医，而是主动走村串户为病人治疗，看的都是危症、重症、疑难杂症患者，以及一些穷苦的病人，所以得到了人们的一致称赞。有一年冬天，他出诊完，需要翻越一座小山回家，走到山顶时看见一块长10米、宽6米的山石上坐着两位童颜鹤发的人在对弈，山石上有张新荷叶，当时他并未在意，走过后忽然想起来：冬天怎么会有新荷叶？他急忙回头却发现老人已不知去向，只那张荷叶还在山石上，原来那是一对弈仙。于是他就把那张荷叶带回家去。自此他给人开处方时，必摘一点荷叶为药引，说来也奇怪，病人吃了他的“仙丹妙药”，立刻就好。——这是收录在《南北湖民间故事》里的一段传说。那块山石，自此也就被叫成“棋盘石”。

而观音山，后来也常被村民称为“棋盘山”。至于这座山头为何叫“观音山”，我找不到相关记述，无法揣测其缘由，同时对于《南北湖志》中的那段叙述也有质询，不过传说中澉浦有九十九座山头，实际重合交叠的不少，想来金牛山和观音山也是如此吧。

《南北湖志》在介绍“洞石”这一章节时，提到过金牛洞、老虎洞和小普陀洞，以及倒针石、仙人脚、日月并升看台、狮头岩、棋盘石、磨刀石、鹰嘴石和怕人石。而这些奇洞异石的背后，总会流传着一个个民间故事或传说。当时受篇幅限制，未能尽述其详，加之不是亲眼所见亲身感受，便想着总有一天，我要一个个地去碰触，然后再写下我的所见和所想。

然而，五年间，却总因为这样或那样的原因，耽搁了探索的脚步，其间于一次国庆假期值班时攀上了金牛山，钻了回金牛洞，另一次是跟随领导调研时爬上了北木山，见识了倒针石的神奇。而最近的一次探访，却是因为南山村需要搜集文化礼堂的布展素材，得以识得棋盘石的真实面目。

探访棋盘石颇有些曲折，我曾经在身边问了一圈，却无人见过传说中的棋盘石。4 月下旬的一天，南山村一位老者主动请缨要带我和南山村文化管理员海娟上山。山不高，但路着实难走，因为根本就没有路。披荆斩棘的同时后悔没穿上防护衣，几次或因为误抓枯枝或因为踩空叶堆而险象环生，好在同行的海娟眼疾手快并施以援手。带路的老人走得轻松，还不时地顺手采摘路边的竹笋，这就是靠山吃山的原住民。遗憾的是老人记忆有误，几次错行折返，导致一个多小时后仍未能到达目的地，而我九点半须接待一批学者，最后不得不遗憾下山。上山途中老人察觉到我和海娟的艰辛，就地取材挑了两根粗树枝给我俩做手杖，它很好地辅助了我的下山进程，于是下山后这根原生态手杖被我收入了后备箱，以备下次登山之用。

第一次探寻棋盘石失利的经历发在朋友圈后，无意间被惠泉寺的净念法师看见了，埋怨我为何不跟他联系。因为惠泉寺就坐落在观音山下，而他每天抬头望山，总会与那块凌空突兀的棋盘石遥遥相对。其实我去过惠泉寺，还遇到了在惠泉寺做义工的南山村村民，我向他们打听棋盘石，他们指给我看过后，告诉我上不去，路非常难走，村里没有几个人上去过。净念法师告诉我，他最近要去云游，等他回来带我们去探访。

4 月到 10 月，是基层文化工作者最忙碌的时候，所以，这一等，就等到了10月份。

10月中旬的一天，净念法师发微信说有空去看棋盘石了。第二天一早，穿了牛仔裤、运动鞋的我，带上之前那根原生态登山杖，准时到惠泉寺与净念法师会合，同行的还有净念法师的朋友，以及南北湖旅投集团导游部的姑娘们。

净念法师选择的上山的路就在他日常品茶待客的水月轩东侧，只见荒草藤蔓缠绕交织，所谓的路径却并不清晰，且并非此前南山村老人所带之路，但净念法师说这条路虽然难走，却是上棋盘山最近的路。好吧，“其实地上本没有路，走的人多了，也便成了路”。但愿此次我们一行人走过之后，能给后来的人多些便利。

净念法师走在最前面，我们一行人迤逦随后，大家都穿着冲锋衣，保护着头部，手脚并用俯身往前，感觉我们是标准的在夹缝里求生存，在杂草密布、荆棘丛生、藤蔓盘根错节的灌木丛里徒手整理出可容己身向前的空间，导游里一个身形娇小的女孩，一边艰难地攀爬，一边庆幸着自己的小身板在此时的便利，因为高挑的女子确实更容易被树杈勾住发丝或是被藤蔓缠住长腿。与姑娘们相比，我的灵活性和观察力大打折扣，好在手里有那根粗树枝上下抵挡，以及净念法师的朋友左右照应着，虽一路磕磕绊绊，却也有惊无险。行进到稍微开阔的地带，净念法师则会停留片刻对身边的古树奇木做一番介绍和讲述，而我们也得以在这天然氧吧里多做几次深呼吸。那天虽然没有太阳，影响了能见度，也少了阳光跳跃在林间唤起的自然的灵性，但倒也免去了暴晒的辛苦。我是天生的植物盲，净念法师所介绍的古树奇木我并未记住多少，很是惭愧，好在同行的人都听得很认真，也不枉法师当日的苦心了。

伴随着大家一声声急促的“到了没有”的追问，净念法师不厌其烦却又阳光励志地回答“快了，我们已经走过一半了”“快了，你抬头看，已经能看到棋盘石了”“快了，再两三百米就到了”。

终于，我们到达了山顶。灰蒙蒙的天空下，山麓的惠泉寺楼堂殿阁的格局清晰可辨，中轴线的一条山路连通着寺院与三湾景区，也连通着红尘内外。而传说中的棋盘石就像一顶鸭舌帽覆盖在山体顶部，遥遥相对着大旗山。

踏上棋盘石，却发现岩面坑坑洼洼并不平整，既没有泾渭分明的楚河汉界，也没有经纬清晰的纵横线条，不知是饱受风雨、岁月侵蚀而消失了痕迹，还是当年仙翁所用棋盘本就是虚拟之物。总之，我们的眼里、心里都多少带点儿怅然。再细看这岩石表层，更像秦皇汉武运筹帷幄的一座星罗棋布的沙盘，远处的山林、平原尽收眼底，脚下的江湖格局了然于心，焉知这不是棋盘石的另一层含义呢？想到此处，心下便释然了。

那天我随身带了相机，当我打开镜头准备记录棋盘石的时候，一幅美好而温馨的画面呈现在眼前：同行的人围坐在净念法师身旁，一起眺望着远方。刹那间一首歌曲的旋律掠过脑海——我们坐在高高的山顶上面，听法师讲那过去的事情。这个时候，无僧无俗，非尘非土，我们只是在倾听自然，与历史对话。

二探棋盘石之后，我便想写这篇文字，因为平日里话题中多少会提及此事，一天，南北湖村的吴书记告诉了我棋盘石得名的另一个典故。据说这是航空测量标志，是当年空军飞机航线的坐标，当年空军曾在此山石上插红旗，当飞机飞过此处时便可知飞机高度。若果真如此，棋盘石是否应为“旗盘石”？也罢，不管这块岩石背后到底有多少故事，在这样一片山林的顶端，有这样一块奇异的石头，就肯定会有如我们一般的人，怀着朝圣般的心情前来一探究竟了。

棋盘石之后，我的下一个目标，又该是哪一个呢？

2016

澉浦女人

澉浦人，是海盐一个独特的地域文化标签，这是由于澉浦有着 1700 多年的建镇历史，文人骚客历代频出，人文底蕴深厚无比，还有一层因素——在海盐，与人打交道，若遇到澉浦人，旁人就会给个意味深长的眼神暗示，至于这暗示里有什么，就得当事人自个儿去揣度了。

坊间也曾有“文不过澉浦，武不过海塘”的说辞，言下之意是遇到事情，海塘人直接用拳头快速决出胜负，很是直接爽快，而澉浦人是用嘴或笔来解决，来来去去的，韧性十足。

当然，作为女性，我自然更关注澉浦人中的半边天——或许，还不止半边。

初到澉浦时，与当地人接触还不多，但十年下来，岗位换了七八个，陆陆续续认识了不少澉浦女人，尤其是在踏入公共文化领域后，她们更是一拨一拨地从我眼前掠过。也正因为如此，“澉浦女人”这个群体概念就从我将近半辈子的生活经历里跳脱了出来，鲜活得一塌糊涂。

澉浦女人多秀气

居于山水之畔的千年古镇的女子，身上或多或少地浸染了山水之劲秀柔媚、古镇之淡定娴雅。

十年前到南北湖工作，在班车上认识的第一个女子就是澉浦人。彼时，她给我的第一印象是热情而健谈，而当她静默不语看着窗外时，我发觉这是一个五官清丽、灵秀的女子，心里自然就增加了一份亲近感，我曾说过，我喜欢一切美好的人和事物。在南北湖认识的第二个带着澉浦女人标签的女子，五官精致，性情婉约，玲珑剔透，她就住在南木山上，是我眼中最适合的南北湖的形象代言人。

在景区接触到的第一个女性群体就是旅游接待中心的姑娘们，虽然她们环肥燕瘦、秉性不一，却都透着一股水灵劲儿，以及那份职业所必须具备的从容。

当第一批大学生村官到位的时候，见到这批风华正茂的年轻人，我很是欢喜，4 个女孩虽然气质各不相同，但个个都很养眼。我暗自感叹：真是一方山水养一方人。

2014 年，澉浦有了自己的基层公共文化服务团队，清一色的娘子军。她们也是澉浦文化中的一群精灵。身着旗袍在《半壶纱》的古乐里起舞时，她们如水般典雅妩媚；着汉服装束在白鹭洲畔为游客系上祈福丝带时，她们如月一般冰清玉洁。而当她们走下舞台褪去红装隐入街坊巷陌时，你依然会敏锐地捕捉到那副熟悉而又灵动的眉眼。

澉浦女人很霸气

澉浦女人的霸气有着深厚的历史缘由。澉浦的商业繁荣始于宋朝，发达者做码头贸易出海航行，贫寒者出海捕鱼养家糊口。而自民国起至今，老百姓都鼓励家中的男丁外出发展，光耀门楣，而他们中有相当一部分人去了上海，俗称“跑单帮”。男人们一走就是数月，家中的大小事务只能依靠女人来打理，甚至还要应对家族乃至社会的轻视和欺凌，久而久之，女人们逐渐练就了一身胆识和铁齿铜牙，成为家庭的主心骨。

我见识过最霸气的澉浦女人，她早期学戏曲演小生出道，如今有着自己的公司、稳定的生意，业余时间依然为一份执着的热爱组团登台，既满足了当地村民的文化需求，还带着姐妹们助力推动乡土文艺、民俗文化的传承。“点一根烟燃烧孤独”是她独特的形象和标志，大气和洒脱的个性更令其成为澉浦女人中的翘楚。

六年前，我开始真正意义上的乡镇工作，便不可避免地涉足征迁工作。在这个全新的领域中，我见识了一批强悍的澉浦女人。几乎所有我遇到的当事人家庭，都有一位伶牙俐齿、能言善辩的女主人，她们热情的待客之道贯彻始终，但个个都会旁征博引，抛出邻村邻乡实例或者一鳞半爪却又合乎情理的法律知识来维护自己的权益，再不济者也会死守一个边界然后不达目的绝不放弃。往往此刻，这家的男主人或是避而不见或是陪坐一旁，偶尔插句转圜的话，也会因女主人一个凌厉的眼神而偃旗息鼓。

溆浦女人极硬气

早在 20 世纪 30 年代，一个名叫冯玲的溆浦女人，就为我们诠释了这个特质。冯玲幼时随父亲居住在上海，当童工之余进入上海女青年会办的女工夜校学习，接受革命和抗日救亡的爱国主义教育。1935 年秋天，参与发动罢工并因挺身保护工人代表的安全而被资方开除。翌年经中共党组织指引，加入上海工人救国会。抗战全面爆发后，随上海煤业救护队奔赴皖南云岭参加新四军。翌年任教导总队医务所卫生员，对病员热忱周到，并关心当地群众疾苦。当年 7 月 1 日，日本侵略军的飞机袭击新四军总部驻地，冯玲奋不顾身抢救伤员，英勇牺牲。军长叶挺及其夫人、美国记者史沫特莱等前去墓前凭吊，刊物《学习》亦刊文哀悼。

在挖掘溆东村美丽乡村内涵的时候，我了解并接触到 20 世纪 60 年代溆浦女人的一个群体典型——“凤凰山下十姑娘”。1963 年春天，当时的溆浦公社溆北大队凤凰生产队，一支由 10 名回乡女知识青年组成的科学实验小组正式成立，她们通过科学的植棉方法提高棉花的单位产量，被当地人亲切地称为“十姑娘”。《人民日报》《人民画报》《解放日报》《中国青年报》等多家主流媒体先后报道了“十姑娘”的事迹，《浙江日报》更是前所未有地用 4 个版面刊登了长篇通讯《“凤凰山下十姑娘”种出高产棉花》及社论《大有作为》，并配以“十姑娘”的照片。那个时候，条件很艰苦，姑娘们每天除了要完成生产队的劳动任务，还得利用业余时间去照顾 4 亩多的试验田，试验田里所需要的猪羊灰都得自己挑到田里，一亩田就要挑上千公斤，姑娘们挑得肩膀都肿了，还有的累得一个倒栽葱掉进了粪坑……但她们依然坚忍不拔。随着时间的推移，她们淡出了舆论和大众的视线，几十年来，她们甘于平淡，遇到困难一力承担，绝不妥协。她们是一个骨子里都透着强硬的群体，我由衷敬佩。

我曾写过一个“80后”的澉浦女人。那年她事业初见起色，却遭遇了公婆双双出车祸，被紧急送往上海抢救。我当时是这么叙述的：“陪护二老、和医生沟通、处理车祸赔偿的相关事宜、向同事交代相关的工作事宜、托付年幼的孩子等一系列纷繁复杂的事务，她处理得有条不紊，忙而不乱。见到我们，她依然微笑着，似乎这一切于她而言，只是一个小坎，没什么大不了的。当她知道婆婆还得承受开颅、植皮等多次手术的折磨时，她心疼不已；自从二老出车祸后她和先生基本上就没管过孩子，当得知儿子的身体也出了状况后她心急火燎地往回赶，儿子却让她去照顾奶奶的那一刻，她更心疼了……她在述说这些的时候，我的眼眶是湿润的，但我却没看到她的眼泪，只看到她依然微笑的面容以及离开时挺拔的身影。”

澉浦女人好福气

这份感触始于四年前转战群文线后的第一场大型演出。那时已是深秋时节，还没有村级文化管理员这支队伍，各村的文体团队还是七零八落的状态，所以我所倚仗的就是自20世纪80年代起叱咤澉浦舞台的一支民间文艺团队——群乐艺术团以及当地的校园文艺骨干们。记得当时，穿着晚礼服的“70后”群乐歌手一曲高歌结束后回到台下，立刻便有一位男士上前为她披上一件轻薄的大衣，同时奉上的还有保温杯。边上有认识那位歌手的同事告诉我，那位男士就是那位歌手的先生。我当时的心情，套用一句现在时髦的网络用语，就是“羡慕得不要不要的”。四年来，每逢那位歌手演出，她的先生必定到场，他是她最忠实的粉丝，也是她最可靠的守护神。

后来，田间地头走得多了，听得多了，才知道，澉浦的男人疼老婆是出了名的。很多年前我曾经在一篇作品中写过海盐俗语“拉碴胡子宝贝娘子”。如今又见识了澉浦独特的风情。

再套用一句时下的流行语，那就是“澉浦出暖男”。澉浦年轻的村级文化管理员是清一色的娘子军，都初为人妻为人母。我常常在朋友圈里看她们晒出身边暖男的厨艺，常常在演出现场看到这些男子或跟进跟出做义工，或抱着孩子静静地在一旁守候。直到有一天，新来的小同事也缘定澉浦男人，并且大方地说：“虽然是介绍的，但早听说澉浦男人疼老婆，就冲这点同意的。”继而就是我们每天都能见到的场景，他每天接送她上下班，她胃口不好时，他买了中饭送过来。我们的工作需要他配合时，他二话不说就执行。

每天看着小同事那一脸的满足与幸福，不觉感慨——做不了澉浦女人，能做一个澉浦男人家里的女人，那也是好的。

2019

飒爽英姿五尺枪

2018 年 5 月，一张被同事发在“澉浦往事”微信群里的 1978 年的黑白照片引起了我极大的兴趣。我在微信群、朋友圈浏览了一番后，很快就知道了这个集体的名称——南湖武装民兵女班。同时，从知情者的口中了解到，5 月 10 日是她们约定聚会的日子。于是我决定前往现场聆听她们的故事。

我曾经写过一篇《澉浦女人》的文章，但感觉还远远不够，澉浦女人的生活从来不会只是一种颜色，在她们身上，你随时能够找到属于江南女子的婉约和北方女子的豪迈。

我曾经多次接触过澉浦女人中的一个群体——“凤凰山下十姑娘”，她们的事迹在 1964 年便登上了《浙江日报》的头版，而在 55 年后的 2019 年，《浙江日报》再度回访了这个群体。相较于“凤凰山下十姑娘”这个群体，南湖武装民兵女班则鲜为人知。但是她们同样拥有澉浦女人独有的敢想敢干、坚忍不拔的精神。

位于南北湖景区东小宛商业街的醉尔轩酒家，无论外观和装饰在景区的小餐饮商家中都不突出，名气也一般，但却是南湖武装民兵女班每年聚会的固定场所。朴实无华的她们，那份低调，那份战友和姐妹情谊，都一如往昔。

当我走进她们的包厢，准备先做自我介绍的时候，竟意外地发现了一位熟悉的前辈——朱阿姨（朱雪玉，曾任海盐县妇联主席）。朱阿姨欣喜地召唤我坐到了她身边，我简单地说明了来意，前辈们都表示理解。席间还有三位男士，他们分别是当年县人武部的领导、公社人武部部长和南湖村的民兵连长，这三位男士在当年都给予了南湖武装民兵女班许多指导和关怀。

民兵是一个国家武装力量的重要组成部分，他们平时参与农业生产，战时响应国家号召保家卫国。20 世纪 70 年代初期，国际形势风云变幻，全国人民都做好了随时打仗的准备。在那个全民皆兵的时代，女民兵自然成了一支不可或缺的力量，她们和男同胞们一样，在每天的劳动之余还要坚持在野外进行艰苦的摸、爬、滚、打等军事训练，同时还利用训练间隙学习文化知识。

当时海盐将沿海 5 个乡镇（公社）作为建立基层民兵组织的重点区域，每个公社都设立了 1~2 个女民兵班，基层民兵组织在 1980 年以前的规范名称是“武装民兵班”，1980 年以后统一改称“基干民兵班”，全县最有名的两个班是长川坝公社同丰女兵班和澉浦公社南湖武装民兵女班。南湖武装民兵女班成立于 1976 年，第一批女兵共有 13 人，她们是朱雪玉（第一任班长）、朱跃英（第二任班长）、朱伟玉（第二任副班长，第三任班长）、朱燕萍（第三任副班长）、步瑞芬、步亚群、步其芬、步林芬、步连芬、步祖芬、朱其芬、吴文燕、汤小英，那一年风华正茂的她们为了保卫国家海岸线的安全，响应党的号召，还没放下锄头，又拿起了枪。民兵女班成员每人配 1 支枪和 10 发子弹，其中 4 支是 63 式全自动步枪，9 支是 56 式半自动步枪。这支英姿飒爽、意气风发的队伍曾经是全县女子民兵班中开展活动最好、比赛成绩最好的集体，她们曾获得过全省军分区基层民兵“三打（打坦克、打飞机、打空降）三防（防原子、防化学、防细菌）”考核第一名。当时她们中的每一个人都能在一分钟内完成步枪的拆卸和安装。即便是现在，按照朱阿姨的话来说，只要让她们恢复训练半小时，她们马上就能找回当年的感觉。

在前辈们的叙谈和热聊间，我捕捉并整合着我需要的信息。朱雪玉——南湖武装民兵女班的第一任班长，资历最深，后来被县里委以重任，长期从事妇女工作。退休后的朱阿姨定居杭州，与儿女相伴，作为摄影爱好者，除了定格生活中的美好外，南湖武装民兵女班每次聚会后她都会很用心地把照片制作成美篇，一则供姐妹们欣赏，二来也用来做纪念和留档。

除了朱阿姨，席间十分活跃的另一位前辈也引起了我的注意。朱跃英——南湖武装民兵女班第二任班长，当年因故回沪，退休前是虹口区创新服装公司党支部书记，在南湖武装民兵女班的经历让她在上海滩声名远扬，1979 年她在上海市虹口区举办的东海女民兵基层比赛上获得了“神枪手”的称号。无论公务、家事有多忙，南湖武装民兵女班每年的聚会她都从不缺席，姐妹们遇到麻烦事，她必出手相助。

朱伟玉——南湖武装民兵女班的第三任班长，当时公社民兵训练场地在罗汉湾阁老山（今澉东村村域西北侧），朱伟玉由于有孕在身，不便参与野外军事科目的训练，就在营地给大家做饭，但是她并没有放弃手上功夫的练习，在打靶考核中取得了不错的成绩。

朱其芬，发在“澉浦往事”微信群里的那张老照片就出自她的珍藏，那也是南湖武装民兵女班唯一保存至今的老照片。

当年青春靓丽、英姿飒爽的女兵们如今都已两鬓斑白，但是她们依然葆有好奇心和上进心。她们先后都学会了使用微信，除了每年一次固定的聚会外，平时也通过微信联系，关心彼此的身体状况，夸夸可爱的孙辈。

朱雪玉阿姨说，家庭是社会的细胞，她和一批定居在杭州的海盐人建了一个“外婆奶奶”微信群，她们都是帮着小辈们做后勤工作的，儿女们需要，就去帮忙，不需要，就过好自己的日子。

作为曾经的县妇联主席，朱阿姨时常会帮助指点年轻人。她常说，每个小家庭好了，整个社会也就好了。她们这代人，当年从事生产、训练时都是标兵，后来为人媳妇时都是好媳妇，那么，这种精神就要传承下去，继续奉献家庭、奉献社会，做新时代学习型的“奶奶”“外婆”，树立好家风，弘扬正能量。

2019

一罐清明春茶引起的怀念

2019年的清明前夕，我收到一份特殊的捐赠——一罐属于2006年、未曾启封的南北湖春茶，捐赠人系嘉兴市作协副主席、嘉兴文学院院长、著名作家但及（吴敏）老师。这罐春茶原是2006年吴侠虎老人寄给但及老师的。但及老师得知澉浦历史印记馆存有老人的手稿后，就萌生了将珍藏已久的这罐春茶赠予澉浦历史印记馆的想法。日前，通过市、县文联的层层转达，这罐春茶到了我这里。

感谢但及老师，也感谢穿针引线的市文联陈双虎老师。

“你虽不在江湖，但江湖上仍有你的传说。”

这句话放在世间，当属金庸；这句话放在澉浦，却归吴侠虎。

一代澉浦人记忆中的虎公公，一生致力于兴资办学，毕世急公好义，始终不遗余力地为南北湖奔走，扩大南北湖的影响力。南北湖的著名景点明星亭系老人募资建造，合掌岩系其命名，胡蝶来南北湖拍摄影片《盐潮》也是侠虎老人一力促成的。

侠虎老人与国内许多名人都有着深厚的友谊，其中，就有金庸金大侠。

侠虎老人走的那年是2006年，而那年，我刚到澉浦，就这么错失了与这位传奇老人见面的机会。

2016年，侠虎老人的女儿、女婿将老人生前收集的地方史志，为澉浦、南北湖撰写的书籍、手稿，以及与国内文化名人、学者的往来信函等，无偿捐赠给了澉浦镇政府。2018年年底，我们选取了一部分信函展呈在新建于溆浦古镇的溆浦历史印记馆，老人爱国爱乡的拳拳之心就在这字里行间流淌，令参观者动容，令溆浦人感怀。

又值一年清明，今夜，几行文字，为南北湖，怀念一位老人。

2020

溆浦春味
——咸肉山毛笋

梳理一下近期微信朋友圈里的高频词语和图片，我发现山毛笋高居榜首。于是恍然，这一款春之美味早已蒸腾环绕于这座山水古镇——溆浦的家家户户的餐桌上了。

在“吃货”的口中，咸肉山毛笋是佳肴，是春天的味道；在旅人的心中，它是一方水土的味道；在溆浦人的心中，它是轻轻浅浅的乡愁，绵长而悠远。曾经有吴家埭的村民给早年离乡定居北京的亲友快递了一包山毛笋，80 多岁的老人收到后感动得涕泗纵横。

吴家埭是浙北古镇溆浦的一个小村落，每年 4 月，在吴家埭 150 多年前栽下的毛竹林里，农户们不停地穿梭其间忙于收成，其中也夹杂着采摘游团队带来的游人们，或慕名而来只为掘一只巨笋图个新鲜玩法的年轻人，我也曾跟着出生在吴家埭的同事体验了一把采掘的快乐，并且带着我的“战利品”回家后在餐桌上消灭了它。

溆浦当地的老中医说，吃山毛笋有利于健康，它刮油脂，适合三高人群。但不能贪多，有些人会因此过敏。山毛笋性微寒、味甘、无毒，具有清热化痰、益气和胃等功效，对于浮肿腹水、痰热咳嗽、糖尿病等都具有很好的作用。而吴家埭竹林所在的山地土层肥厚、微量元素丰富，所以这里的山毛笋更是上乘。

老溆浦人说，挖山毛笋时不要贪大，一般 30 厘米长短最好，挖笋的时候要沿着竹子的根部看，看到有冒尖的毛笋时，就用锄镐将旁边的土壤扒开，使其完整地露出来，然后顺势用锄镐将其根部砍断即可。

老溆浦人还说，山毛笋最适合烧咸肉或红焖。溆浦人春天的筵席上，多见大盘的吴家埭山毛笋烧咸肉，老少皆爱。

山毛笋看着体壮，实则鲜嫩无比，入口既有嚼劲又不费力，本身甜津津的。咸肉山毛笋的制作过程并不复杂：老灶台上多用大铁锅，煤气灶上用烧锅或砂锅先把水烧开，咸肉和毛笋一起倒进锅里，3 分钟后捞出，这样笋不会涩，咸肉也不会太咸。接着锅内重新加水，放笋和咸肉，加料酒，等水开了撇去浮沫，再煮 20 分钟。最后加适量白糖、味精、鸡精，出锅。不过，现在的厨房几乎不用鸡精和味精了，年轻人更喜欢食物本身的味道，加白糖一来可以消除山毛笋的苦味，二来也能增加鲜味，此时，山毛笋里有了咸肉的香味，咸肉经山毛笋吸油后不再腻，一切都是刚刚好。

在“吃货”的菜单里，还有升级版的咸肉山毛笋，那就是把咸肉、鲜肉和山毛笋放在一起，用文火慢炖，直到汤白汁浓，口味咸鲜，肉质酥肥，此时山毛笋清香脆嫩，鲜味浓厚，就成了经典的“腌笃鲜”。这是我的最爱，因为它是外婆最拿手的菜肴。

咸肉山毛笋，是春的味道，也是家的味道。

2020

澉风竹语

位于海盐县澉浦镇的省级生态景区南北湖，有山、有水，更有丰富的植物资源。其中木本植物中最具代表性的是松，因为南北湖多山，有山就有松；草本植物中最具代表性的是竹，正如宋代卫宗武诗云："竹不可无水，有水必有竹。"

我喜欢竹子，这份喜欢始于《红楼梦》。黛玉的潇湘馆内"凤尾森森，龙吟细细，一片翠竹环绕"，清凉而幽静，与黛玉清雅孤傲的性格是最为匹配的。

我喜欢竹子，还因为澉浦的每一座山都有竹林，而每一片竹林的背后，几乎都有一个故事。

登上过南木山的朋友，一定都记得山顶自然村入口处那条两侧竹影摇曳、路面落叶满铺的小石径，石径一路延伸，可见三三两两黄石墙的房屋错落其间，再往里，一幢建于民国初年的白墙黑瓦的宅院特别显眼，为县级文物保护单位——新四军海北支队旧址，宅院右侧沿石径往上，便是南木山郁郁森森的参天竹林。

"1944 年 6 月 6 日，新四军浙东纵队海北支队在队长张季伦的率领下，从余姚渡过杭州湾至海盐县澉浦镇，在南北湖黄沙坞海滩登陆，准备开辟海北抗日游击新区。因南木山地势险要、易守难攻，山民群众基础好，便被选为支队驻地。随后，海北支队在澉浦地区与日伪军展开游击战，其中以 1944 年 7 月 2 日的角里堰战斗最为著名。战斗打死伪军 20 多人，俘虏 4 人，还缴获了许多战利品。8 月 26 日晚，因国民党顽固派军队和日伪军的围攻，为保存力量，海北支队不得不渡过杭州湾返回浙东。”

每每读到上面这段记录文字，眼前便会浮现近 80 年前，那晨曦微露时，那暮色苍茫间，一个个穿梭在竹林间的矫健而又坚毅的身影，一如南木山的竹，柔中带刚，生而有节。

喜欢徒步南北湖的朋友，一定都走过邵湾山百部谷的“尚书幽谷”，此地群山环伺，浓荫蔽日，实可谓“蝉噪林逾静，鸟鸣山更幽”。卧于竹林间、山谷中的徐用仪墓——尚书坟，是澉浦目前已发现的规模最大的古墓葬，也是县级文物保护单位。“墓门东向，形制宏达，气象肃穆，中轴线上依次为墓道、华表、石牌坊、石亭、半月池、墓庐、石兽、石翁仲墓碑、墓冢等，石柱上刻有‘宏济艰难臣事尽，乘机陷害圣心知’的楹联。”尚书坟曾在日寇入侵时被捣毁，后于 1996 年重修，2017 年再度修葺。

徐用仪，浙江海盐人，晚清名臣，清咸丰九年举人。其为官 40 年，从军机章京升任兵部右侍郎、军机大臣。他曾上《整顿圜法疏》，提出整顿钱法的建议，并奉旨议行。甲午中日战争爆发后因主和被弹劾。义和团兴起时，因主张“奸民不可纵，外衅不可启”，并反对围攻使馆、杀害公使而招致当权派的忌恨。光绪二十六年，作为“庚子被祸五大臣”之一被斩于北京菜市口。《辛丑条约》签订后，光绪帝下诏为其平反。宣统元年，他被追谥“忠愍”，厚葬于澉浦邵湾，浙江人于西湖为他设立祠堂，其与许景澄、袁昶并称“三忠”。徐用仪曾在张元济一家最为艰难时伸出援手，他丁忧在乡时纂成《海盐县志》（与海盐县令王彬合编），另著有《竹隐庐诗存》等。

掩卷凭吊，感慨万千。感怀其直言进谏却屡遭排挤，明知大祸临头却依然执着，是谓“玉可碎而不可改其白，竹可焚而不可毁其节”，便似这邵湾山的竹。

在南北湖东北向的鸡笼山山麓，竹林掩映中也有一座尚书坟，其建制的宏伟不亚于徐用仪墓。它的主人是明朝天启年间刑部尚书吴中伟、明末兵部右侍郎吴麟徵叔侄俩（据吴家后代、澉浦著名文化老人吴侠虎陈述）。只可惜已被盗毁。

“吴中伟，明朝万历二十六年进士，历官贵州学政、广东按察使、左布政使、大理寺少卿、少司寇、刑部尚书，为官40余年间，廉洁耿直，政绩卓著。”

“澉浦吴氏一脉，自明朝万历以来为海盐的望族。明朝万历、天启间，吴氏有吴中伟及其侄子吴麟瑞、吴麟徵为当时著名廉吏清官。其中尤以吴麟徵闻名。吴麟徵，明朝天启二年进士，曾在江西、福建等地任推官，他为官期间主政清廉，颇具才干，名播四方。崇祯五年任职吏科给事中，其间以正直敢谏闻名。崇祯十七年春被任为太常少卿。不久，李自成大顺农民军直逼京师，吴麟徵奉命守卫西直门。在双方力量悬殊之下，吴麟徵抱定必死之志，知不可为而为之，誓与城门共存亡。他不但与士兵积极备战共同杀敌，而且发动百姓把西直门堵得严严实实。大顺军久攻西直门不下，转攻别的城门了。次日，京师陷落，有人劝吴麟徵逃回南方老家，他严词拒绝，写下几封家书和绝笔信后，从容自缢。南明弘光朝赠兵部右侍郎衔，谥‘忠节’，清王朝又谥‘贞肃’。”

“进学莫如谦，立事莫如豫，持己莫若恒，大用莫若畜。”“人心止此方寸地，要当光明洞达，直走向上一路。若有龌龊卑鄙襟怀，则一生德器坏矣。”（摘自浙江知名家训《家诫要言》）

《家诫要言》系吴麟徵居官时所写家训，其后辈一直遵循，照此读书处世为人，成为澉浦、海盐的书香世家。其影响力也惠及澉浦这座千年古镇，使得此地至今依然民风淳朴，诗书传家。正如澉浦层峦叠嶂的茂林修竹，虽绵延数千年，不变的是生生世世的宁静淡泊与高风亮节。

2020

闻香识商玉

题记：商玉客栈坐落于澉浦镇紫金山村，是海盐县南北湖旅游投资集团悉心打造的精品民宿品牌。紫金山村位于澉浦镇西南一隅，是国家级乡村旅游模范村、浙江省休闲旅游示范村、浙江省自然保护地融合发展示范村、浙江省美丽乡村特色精品村、浙江省首批3A级景区村庄。“紫金坐望”旅游主题被列入三省一市“岁月余味”旅游线路以及浙江省美丽乡村“五味村”精品旅游线路之中。商玉客栈是浙江省首批银宿级民宿、浙江最佳“非遗”主题民宿、“诗画浙江·百县千碗”省级美食体验示范点、嘉兴市非遗客厅。

中秋节前夕，我特意订购了商玉客栈自产的酱鸭，带着去了杭城。我喜欢将当地的各种美好与亲朋好友们分享。

作为一个在澉浦工作了十数年的“伪土著”，时常会接到这样的咨询：拉家带口或是几家好友来澉浦旅游住宿有什么好的推荐？我说：“选择商玉客栈吧，那里可以满足你对中式庭院所有的幻想。”

商玉有故事。这个故事每个商玉人都能向你娓娓道来：它的第一重意义，源自明末清初澉浦人李商玉的姓名；第二重隐喻，取意于李氏一族的“经商之才和白玉之德”。李商玉的父辈祖籍安徽，世代以经营茶桐为业，后因战乱迁徙至澉浦镇。李商玉在澉浦经营蚕桑丝茧数十年，终至家境殷实。其为人崇祀孝义、乐善好施，生平两大善举为后人称颂至今。一是捐毕生积蓄建澉浦古城之东西街，方便商贾行人，因而受当地百姓拥戴；二是将绩溪以麻捻“纪”（绩）丝，然后织成夏布（腰机）之法移植于澉浦。旧时，徽州府绩溪县，以盛产苎麻著名，城乡妇女（亦有男子）以麻浸水后，用手指将麻掰成细线（习俗上称为“绩”），再织成夏布，使村民有所收入。此法传至澉浦后，当地妇女利用有闲时节捻绩以增加收入，邻舍街坊间机杼声声，绵延而悠长。这一技艺的传授，不仅缓解了当时一部分村民的家庭困顿，也丰富了澉浦的手工艺元素，“澉浦夏布技艺”也成为海盐非物质文化遗产代表性项目。

商玉有美景。这美景的点睛之笔在庭院，澉浦人的一大爱好就是庭院文化，家境殷实的做亭台楼阁，普通人家就种草养花，于是家家户户不是曲水流觞，就是满目春光。商玉客栈依水而栖，开门见山。仿古的中式庭院，飞檐翘角，白墙青瓦、木门回廊伴着月色荷塘、通幽曲径上黄晕红灯，更有那绿树红花遍布四处院落，雕梁花窗间灯影婆娑。夏日推窗而望，远山含黛，桃林忽隐忽现；秋时闲游村庄，小桥流水，烟雨中水墨丹青。在这座隐匿于自然村落的园林宅第里，百年时光随你心性流转，或转瞬即逝，或不可磨灭。你尽可将身心安放于此，足不出户，看日月在窗前次第经过，观闲云朵朵风姿绰约，听雨露随微风轻轻滑落，闻鸟鸣在清晨的交响。在池水叮咚生趣盎然的延伸处，还有那蔷薇花骑在庭院墙角上，红得恣意，艳得纵情，那是商玉最惹眼的画风，是游人最爱打卡的地方。

商玉有美食。作为一个地道的“吃货”，我时常禁不住朋友圈中商玉人的诱惑，欢呼雀跃地去蹭吃蹭喝，当然，也要尽职尽责地帮忙吆喝。

商玉客栈在澉浦，澉浦是有着700年种橘历史的浙北橘乡，所以每至夏末，我们就开始期盼那一份独特的酸酸甜甜。“层层郁郁的清香入眼入鼻，爽洁而舒适，再入口，皮薄、肉厚、汁鲜、味美，欲罢不能的感觉”，我曾经在《我心中的南北湖》中留下这段文字，而今，这份感觉依然如故。除了柑橘，一年四季，你还能陆续品尝到樱桃、杨梅、枇杷、桃子、李子、杏子、柚子、白果、冬枣等，你既可以跟着商玉人去澉浦的山野间恣意奔跑，体验一把采摘的快乐，也可以在客栈内静静地坐在木质秋千上，在怡人的果香中一边晃荡，一边抬手摘下身后树上垂悬于头顶的果实，你尽可象征性地在掌心轻轻搓一搓，随后一口咬下去，任其在唇齿间回味留芳。

商玉客栈在溆浦，溆浦有着上千年的美食文化，客栈的餐桌上少不了的是蜚声海内外的地方传统美食——溆浦羊肉。作为誉满天下的地方传统美食，只要能吃到，便能了却一份乡愁，淡化一份思念。若你是初次来溆浦，商玉人会热情地端上一杯自制的紫云小烧，搭配着溆浦羊肉一起，令你整个冬天都拥有由内而外的暖意。遥想20世纪30年代的溆浦老街上，那些从大上海赶来的生意人，纷纷围坐在羊肉店里，一口老酒一口羊肉，会享受的就多要一份羊汁芋艿、羊脚或羊血汤，胃口好的再加上一碗羊肉面，这一天便能生出无穷气力，搞定江湖不在话下。除了羊肉，商玉的四季特色套餐里有盛行于溆浦民间的八大碗（又称行八碗、硬八碗），“扬誉四海”“机会常在”“久披皇恩”“运筹帷幄”等，一道道暗藏玄机的菜名背后，有最接地气的亲切。在每一个传统节日里，商玉人都会自制美食——清明的团子、端午的粽子、中秋的月饼和酱鸭，而我独爱炎炎夏日里一份份晶莹剔透、Q弹可口的甜品，每一份都凝聚着商玉人灵敏的心思和细巧的手工，这，何尝不是一种精致。

商玉有生活。置身于商玉客栈，仰首是天，闲云淡淡，俯首即地，池水潺潺，日月皆转换于眼前，山水俱呈现在指尖。在和风中醒来，又伴着细雨入眠。清晨倚窗手把茶盏，午间就着音乐与美食共舞，黄昏漫步于青青河岸，夜晚则挑灯捧读书卷，在这里，你可以静静地享受一宿安宁与清闲。

在商玉，可用村民灶头的地头鲜，于烟火中为家人整饬一桌饭菜，尽享亲情温暖，也可以去田野山间采摘些许野草野花，模仿影视剧中你喜欢的任何桥段。每年夏天都有一场属于你和萤火虫的狂欢，你和家人也可在此穿越回到民国的某年，在全家福里定格这世外的桃源。

商玉的生活里满是情怀。画家来此写生，用笔墨情怀渲染大自然的韵味；文人来此创作，以童年情怀吟诵大自然的美丽；摄影家来此采风，以镜头情怀探索大自然的精彩。普通人来此驻足，更多的是一种逃离，告别片刻喧嚣，寄情于山水自然。

天若是冷了，我们一起去商玉喝紫云小烧，吃澉浦羊肉好吗？这一冬，虚寒不再。

天若是暖了，我们一起去商玉看桃花拍美照好吗？在桃花的香气里，轻拥缱绻。

若是秋天来了，我们一起去商玉踏秋采橘吧，在丰收的喜悦里，祝福自然。

若是夏天到了，我们一起去商玉消暑、吃饮品吧，人生苦短，让我们记住所有的甘甜与美好。

2020

家乡的“香”

一入秋，离冬天就不远了。这个季节，在澉浦，如果说最美的风景是千年古银杏，那最香的味道就是红烧羊肉了。

去年的“非遗薪传”浙江传统美食展评活动上，嘉兴地区入围终评榜单的是平湖的糟鲤板和海盐澉浦的红烧羊肉。糟鲤板我没吃过，但澉浦红烧羊肉是我每年秋冬时节，都必定要打包寄给外地亲友的。

澉浦红烧羊肉的原料以湖羊肉为最佳，绵羊肉则稍差，且以饲养期一年半的湖羊最为适宜。饲养期短，肉嫩，两年以上则膻味重。澉浦红烧羊肉的制作方法说复杂也不是很复杂，说简单却也不简单。通过翻阅当地各种文史读本，聆听澉浦的私厨高手们的独家秘籍后便知，澉浦红烧羊肉烧煮讲究火功。制作时，取湖羊腿肉若干，切成二三两重的大块，洗净，放于锅内清水中（以铁锅为宜），不加盖，用猛火急攻，不断撇去浮沫。至三四成熟时加黄酒，稍煮片刻后盖上锅盖，用慢火煨煮。至筷子能贯穿皮肉时加入红酱油（以不放盐为好），再加入适量的红糖（可略偏甜一点）。改文火煮至卤汁收膏、肉质酥软，即成。上桌时撒上蒜叶末。此时羊肉色泽红亮，酥而不烂，油而不腻，味极美。红烧羊肉的膏汁可加入红梗芋艿烧煮，称“羊汁芋艿”，其味尤佳。当地甚至有“不吃羊肉吃芋艿”之说。意思是你可以不吃羊肉，但羊肉芋艿是必须要尝的。

在澉浦红烧羊肉因何成名的典故里，有两则传说流传较广。一则是北宋时期的美食家、大文豪苏东坡在杭州为官时，曾来澉浦品尝红烧羊肉，吃后大加赞赏，并挥笔写就对联“世上千百件美事，无非饮酒；天下第一等佳肴，当属羊肉。”另一则与宋元时期的航海世家——澉浦杨家的第二代传人，海盐腔创始人，曾任浙东宣慰副使、海道都漕运万户的杨梓有关。相传，元朝皇帝派大军征讨爪哇时，杨梓以诏谕爪哇等处宣慰司官的身份，随福建行省平章政事伊克穆苏率十艘船五百余人先行前往爪哇诏谕，爪哇投降后，杨梓引宰相昔剌难答吒耶等五十余人迎接征讨大军。因诏谕有功，杨梓被赐授安抚总司。他经常要招待宴请蒙古族同僚。他觉得蒙古族官员喜欢吃羊肉，但烧煮太过简单，不是用白水煮，就是用火烤。既不雅观，味道也不佳。他反复研究、试验，终于制成了色、香、味俱佳的杨氏私家菜——“澉浦红烧羊肉”，蒙古族同僚吃后大加赞赏。

在澉浦红烧羊肉因何流行的相关记录里，我们看到各种因由。《澉志补录》云：“乡间豢羊，冬日恒以枯桑叶作饲料，故其味腴美。”明代澉浦人、著名中医吴仪洛也在他的医著《本草从新》中记述：“羊，甘温，属火，补虚劳，益气力，壮阳道，开胃健力，通气发讫。”《中国文化报》说：“海盐羊肉有 400 多年的历史，当地有早餐吃羊肉的习惯。渔民要出海打鱼，会在早晨吃两块羊肉、几块芋艿、一杯烧酒，身上热乎乎的就出海了。”澉浦红烧羊肉在市场上的受欢迎程度，不亚于现在任何一款爆款网红食品。

南北湖风景区自 2012 年起年年举办羊肉美食节，于是每年秋冬时节，总有那么三五天，来自长三角各地的游人和吃客们汇聚在一起，排着队等着一碗碗的红烧羊肉、羊汁芋艿、羊血汤出锅，近两年更是有一拨拨的美食博主在现场边吃边直播，直叫屏幕前的粉丝们恨不得缩骨入屏玩一把穿越。

澉浦古镇上的两大老字号——金良羊肉店和建生羊肉店，每天清晨，店内座无虚席，店外车水马龙。红烧羊肉虽各地都有，唯澉浦羊肉口感独树一帜，令人回味无穷。在澉浦甚至整个海盐，无论官方宴席、商务宴饮还是民间大事的正席中，澉浦红烧羊肉均作为地方特色大菜赫然居于餐桌中央。

羊肉于我，可吃，却不甚喜欢。但当我在上海、嘉兴等地的老牌知名餐饮店内，见到推荐菜单上的“溆浦红烧羊肉”六字时，却仿佛见了老友般两眼放光、欢呼雀跃。前年金良羊肉店开始推出溆浦砂锅装红烧羊肉的快递业务，我马上下了数单分别寄往上海、杭州给家族中的亲人，反馈都是出奇的好，姐夫和小妹都私信我说今年还想再吃。于我而言，选的礼物被喜欢，自然愉悦，而溆浦红烧羊肉能被亲人认同并开始想念，我顿生自豪感。“溆浦往事”微信群的群友，有一半是分布在全国各地乃至海外各国的溆浦人，每到秋冬时节，他们就会在群里说起家乡最难忘的香味——溆浦红烧羊肉，那一段段文字里有笑、有泪，也有无尽的回味。

2021

不老的时代传唱人

“今生无悔入华夏，来世还做文艺家。青春不老，初心永恒。”这句话是浙江卫视的一位记者采访澉浦的一对夫妻后写下的评注。

这对夫妻，就是周淑芳和高翔飞，他们是我 2012 年转岗到文化战线后正式结识的。因为他俩，我对乡村文艺发展有了一个崭新的认识，也因为他俩，我看到“守初心　担使命”六个字的背后，不是一句漂亮的口号、一个抽象的概念，而是一对善良而有趣的灵魂和两颗执着而年轻的心。

他们这一生，都不愿走出家乡、走出澉浦，他们生长于斯，扎根于斯，并矢志终身服务于斯。那么，就让我和你们说说这对“澉浦群文达人夫妻”的故事。

在澉浦古镇　萌发文艺初心

出生在 20 世纪 60 年代初期的周淑芳一直生活在她的家乡——千年文化古镇澉浦。周淑芳知道澉浦是海盐腔的发源地，在她想来，当年在白鹭洲水榭中歌舞升平的杨梓的歌妓家童可以算作澉浦最早的文艺团队。或许这样的渊源孕育了澉浦生生不息的文脉，也滋生了丰沃的文艺土壤。许多澉浦人喜欢舞文弄墨，许多澉浦家庭喜欢吹拉弹唱。

周淑芳姐妹也生长在这样的家庭里，她们自幼便是听着母亲的歌声长大的。如果说母亲是周淑芳走上文艺之路的启蒙老师，那么小学音乐老师贺建芬则是她文艺之路的引路人，她跟着贺老师学会了正确的发声方法和技巧，这为她日后成为民间文艺家打下了坚实的基础。

20 世纪 80 年代初，芳华之年的周淑芳参加了当时澉浦文化站的文艺人才培训班，并成为澉浦第一批地方文艺骨干。她和姐妹们在文化站的组织下连续举办了 5 场演出，群众观看欲望强烈，于是澉浦文化站时任站长周乐训再接再厉，于 1981 年创办了“群乐”越剧团，周淑芳和姐妹们在极其艰苦的条件下参加排练、演出，并带着《光荣的减产主任》《三看御妹》《盘夫索夫》等剧目巡演于嘉兴地区。

那个时候，周淑芳和一批同龄姐妹一起，每天早上 5 点起床练功，虽说都是十七八岁的年纪，但早已过了练形体和舞蹈基本功的最佳年龄段，为了拉开韧带，每天大量压腿、弯腰、倒立，一天下来整个人散了架似的，一个个累到想哭都哭不出来，但凭着澉浦女性骨子里特有的坚韧，姑娘们咬着牙坚持，有的前一天晚上或许还红着眼，到第二天早上，又是一脸的春光明媚。

有一年周淑芳和姐妹们大年初一出去演出，那年冬天特别冷，现场也没有什么保暖设施，为了演出效果，姐妹们穿着单薄的演出服，一个个脸色发紫、嘴唇发青，周淑芳的手上全是冻疮，白天有点太阳还好一些，到了晚上，乡村的寒风特别刺骨，周淑芳疼到不得不双手互相撞击，用短暂的神经麻痹来缓解那种痛苦。她还把这种经验教给和她一样被冻疮折磨的姐妹们，大家一起沉浸在这种战胜困难的兴奋里。

“那时小，也不觉得苦，大家在一起很开心。”周淑芳回忆起那段经历心怀感激。她觉得正是家乡的这片文艺沃土，才让她茁壮成长。

20 世纪 80 年代　携手艺术人生

20 世纪 80 年代，中华人民共和国的文艺事业迎来第一个繁荣期，企业文化建设这一理念也开始引入中国。在这个背景下，各厂矿企业纷纷成立自己的宣传队和艺术团。

海盐棉纺织厂是海盐当时最大的国企，企业领导深谙“宣传开道，舆论先行”之理，吸收了一批原海盐县越剧团的专业演员成立了棉纺厂职工艺术团，该艺术团很快成为当时社会上最受欢迎的企业文艺团队。

海盐衬衫总厂是海盐当时最有名的乡镇企业，它的掌舵人就是“一把剪刀剪开城镇企业改革帷幕”的步鑫生。海盐衬衫总厂不仅有艺术团，之后还组建了海盐第一支业余模特队。

1982 年，澉浦镇首创“文艺工厂”（劳保车间，越剧团成员既是工人，又是演员）。周淑芳和姐妹们工作之余坚持排练，连续两届在嘉兴地区文艺汇演中获奖。

1983 年 9 月，“文艺工厂”全员去了海盐衬衫总厂，成为海盐衬衫总厂艺术团的成员。之后又在不到一年的时间里，陆续回到“文艺工厂”（劳保车间），周淑芳是最后一个回归的。虽然在海盐衬衫总厂工作的时间不长，却在此期间遇到了志同道合的高翔飞。

高翔飞的父亲是苏州评弹老艺人，所以他自幼跟着父亲耳濡目染了这一传统曲艺表现形式，并渐渐地对江南的多种戏曲都产生了浓厚的兴趣。1985 年，周淑芳、高翔飞跟着高翔飞的父亲去嘉兴参加家庭演唱比赛，谁知到了现场高翔飞的嗓子突然失声了，三个人急得团团转，但演出是不能耽误的，只能临时把男女声二重唱改为女声独唱，高翔飞的父亲现场说了段大书，演出倒是挺顺利，并且评委们还给了他们很高的分数，但是周淑芳和高翔飞却心怀歉疚，总觉得演出不完美，表现有瑕疵，觉得愧对舞台。

周淑芳回澉浦后，高翔飞也调到海盐无线电标准件厂工作，两人于 1986 年年底结婚，自此携手开启属于他们的艺术人生。1987 年 3 月，周淑芳进了海盐棉纺织厂工作，并成了海盐棉纺织厂职工艺术团的骨干。周淑芳唱红歌的水准一流，嗓音高亢清亮，是当时艺术团的台柱子，妥妥的实力派。

回家乡就业　成为草根明星

1992 年 3 月，周淑芳与棉纺织厂的合同到期，正好当时澉浦文化站下属的录像厅需要工作人员，她前去应聘并顺利就职，由此回到了澉浦。

1993 年下半年起，周淑芳帮助澉浦镇镇志编撰办公室打印《澉浦镇志》书稿，当时用的是活体铅字打字机，她敲打了一两年后，镇里给配了一台 286 电脑，也是全镇的第一台电脑，她就用这台电脑工作，直到书稿集结完成。

1994年海盐无线电标准件厂解体，高翔飞下岗，他也回到了澉浦，就在澉浦老街开了个手机修理小店。进入21世纪后，高翔飞利用所长转做婚庆。

1984年澉浦镇文化中心大楼（现称老文化中心）落成时，不仅有图书室、排练厅和小剧场，还开设了小卖部、舞厅、录像厅、游艺厅、卡拉OK厅等。1994年9月17日文化部（现文化和旅游部）副部长高占祥来视察时，周淑芳、高翔飞夫妻俩和之前“文艺工厂”的姐妹们在文化站的组织下，策划编排了节目并于当天演出，高副部长还和他们一起合影留念。后来澉浦文化站荣获“全国文化工作先进集体”称号，接下来的三年里每年都有五县一市的歌唱比赛，周淑芳、高翔飞夫妻是当仁不让的主角之一。

2014年年底，澉浦镇文化分馆率先成立，2015年1月，镇文化馆下属的澉浦镇群乐艺术团挂牌，海盐县首个正式注册的群众性艺术团体也应运而生。之前“文艺工厂”的成员们成为群乐艺术团的骨干班底，艺术团又吸收了澉浦当地的新生代文艺爱好者为新鲜血液，以老带新培养新人。

周淑芳、高翔飞所在的群乐艺术团不仅承担了澉浦镇每一年的送戏下村、送戏入户任务，还承接了部分海盐县送戏下乡的演出以及南北湖风景区节假日的民俗文化活动展示。

他们忙碌着，并快乐地歌唱着“独乐乐不如众乐乐，乐在其中；孤芳芳不如群芳芳，芳在合群”。

有最敬业的歌者，就会有最铁杆的粉丝。从20世纪70年代到现在，澉浦的舞台下从来不缺欣赏者，观众上至耄耋老者下到垂髫小儿，最多的是中年群体。妻子在台上舞蹈，丈夫在台下拍照；父亲在台上伴奏，孩子在台下摇头晃脑。而周淑芳、高翔飞伉俪一上场，台下就会鸦雀无声，静静守候他们开嗓。

吟时代颂歌　赢得赞誉无数

无论是20世纪“文艺工厂”时期，还是当下“镇属艺术团”时期，周淑芳、高翔飞表演的作品基本上都源自百姓生活，并以传承民俗文化、弘扬地方文化为目的。他们结合镇中心工作，跟着时代脚步，创作群众喜闻乐见的作品。

往前追溯，1981 年，越剧小戏《光荣的减产主任》在海盐全县和兄弟县市巡回演出时场场爆满，座无虚席。

近期回看，2018 年，为配合全省“八八战略”宣讲活动，艺术团精心创作并编排了三句半《“八八战略”谋新篇》、配乐群口快板《“八八战略”十五年》、女声组唱《“八八战略”显伟力》等节目，周淑芳、高翔飞作为主力队员一起在本镇及全县多个乡镇演出。艺术团的主动作为获得了市委书记的批示肯定。2019 年，由周乐训创作、高翔飞等主演的反映南北湖征迁工作的越剧小戏《青山脚下》一经演出就获得社会强烈反响。2020 年，面对突如其来的疫情，艺术团迅速创作了多个反映抗疫的节目，周淑芳、高翔飞在家录制后再上线播放，取得了很好的宣传效果。2021 年，周淑芳、高翔飞和群乐艺术团的姐妹们排练了一台以“庆祝建党百年”为主题的文艺节目于全镇巡回演出。

近十年，周淑芳、高翔飞先后荣获浙江省首届村歌创作演唱大赛表演金奖、浙江省第二届曲艺大赛表演二等奖。周淑芳参演的节目还获得了“2014 年海盐县中秋声乐大赛农村组金奖”，嘉兴市第十届“社区之声优秀节目展演”金奖，2019 年县、市两级戏曲大赛金奖等多项荣誉。

周淑芳和高翔飞伉俪就像澉浦群众文化发展的定海神针，以他俩为核心的澉浦群众文艺团队始终活跃在田间地头，活跃在乡野民间。他们协力配合将澉浦的文化事业于 21 世纪的当下再度推向了高峰。

唱骚子文书　迎来高光时刻

周淑芳在帮助打印《澉浦镇志》书稿期间有幸结识了澉浦骚子艺人吴关金。时任澉浦文化站站长的周乐训为了抢救“海盐骚子”这一非物质文化遗产，正请吴关金老人说唱“海盐骚子”并全程录制，周淑芳在一旁看着，默默地刻印在了心里。不久，周淑芳和高翔飞就跟着吴关金老人学唱骚子。

不仅如此，二人还将骚子文书的演绎形式与时代需求相结合，创造了“骚子歌”这一当下基层群众更喜闻乐见的表演形式。周淑芳、高翔飞的骚子文书表演多次获得省市级大赛的金奖，他们还在县博物馆进行过“海盐骚子与戏曲”专场演出。

将传统艺术发扬光大一直是周淑芳和高翔飞投身文艺事业以来的责任和心愿。高翔飞、周淑芳在做婚庆时会结合新人的需要表演一些助兴节目，高翔飞就把骚子文书唱段融到《迎花烛》的仪式中，向来宾展示和普及这一地方非遗文化。他们的骚子歌表演已成为南北湖节假日舞台上的保留曲目，年年传唱不息。

当时代的列车驶入21世纪，文艺的春天也在一步步走近。高翔飞也迎来了此生最难忘的时刻。

2006年7月12日，时任浙江省委书记的习近平视察了位于海盐县城的中国十大名园之一的“绮园”，身为海盐腔遗音——骚子文书的业余爱好者，高翔飞当天正与一批骚子文书的研究和表演人员一起活动，当习书记走进演员们所在的水榭时，高翔飞和同伴们正在演唱骚子文书的现代经典曲目《南北湖风光美如画》，习书记非常认真地看完了他们的表演，并和每一个演员握了手。

高翔飞激动得无以复加，而与他的情绪对应的，则是周淑芳的遗憾万分——当日因为另有工作她未能参与活动，也就此错过了与习书记面对面的高光时刻，她笑着跟高翔飞说：“你这双手我要一直牵着，因为这双手里留着习书记的温度。”

惟戏比天大　无悔时代传唱

近四十年来，周淑芳和高翔飞夫妇的生活和事业是没有界限的。

就比如现在，周淑芳帮着老站长周乐训一起打理开在老文化中心底楼的影像工作室，而高翔飞则投身于婚庆。他们二十四小时的分配很简单，除了睡觉和负责当天必须完成的工作任务，其余时间全关乎文艺，不是创作就是排练，不是排练就是演出，周淑芳还负责艺术团的服、道、化等工作，高翔飞要帮忙搭建舞台，偶尔还客串调音师、灯光师、摄影师、摄像师等。就连平时简简单单聚在一起的一顿饭，最后也会演化成一个小型彩排或演出现场。

文化是烧钱的事业，干群众文艺，更是性价比最低的职业。为了一场专业性演出，前期筹备加排练至少需要一个月，如果是戏曲专场，那至少得准备两三个月。但每个人的演出补贴，一场不会超过 200 元。但是，周淑芳、高翔飞从来不会计较，甚至每年还会自发去养老院公益演出。

北京人民艺术学院的老艺术家们时常挂在嘴边的一句话是“戏比天大”，这话放在周淑芳、高翔飞身上也毫不为过。

他们儿子结婚的当晚，正在迎来送往的夫妻俩突然接到演出现场的姐妹打来的求援电话，因为一个节目的演员临时变卦不来了，原定的时间段必须用新的节目来填充。他俩二话没说急忙赶往溆浦。当他俩的身影出现在溆浦送戏下村的舞台上时，正在现场急得火烧火燎的文化站的小姑娘们为这莫大的惊喜开心地跳了起来。

是的，戏比天大，只要是为了心爱的艺术，再多的苦、再多的委屈都能承受。

周淑芳记得有好几次因为县里、镇里的一些演出衔接上的差池，导致他们的节目被临时撤掉，化了精致的妆容、换好了演出服等待上场的她每次都硬吞下满腹委屈，说一句“谁都不容易”，然后带着一脸平和离开，还安慰工作人员不用过意不去。

高翔飞因为自小跟着父亲学戏曲表演，表演中多多少少带点儿夸张，偏偏村民们都好这口，有时候这份夸张就被带进了生活，看在周淑芳的眼里，就觉得他六十来岁的人了，缺点稳重，会逗趣他“老青头”“毋轻头”。但在溆浦人的眼里，高翔飞浑身都是戏，他的眼里心里也只有戏。

“文艺是时代前进的号角，最能代表一个时代的风貌，最能引领一个时代的风气。”文艺工作者就是时代的引领者和传唱者。在周淑芳和高翔飞的内心，他们从未将自己拔到那样的高度，但是他们的态度和作为却足以诠释那样的高度。

2021

我的茶外话

谈及澉浦的特产，总绕不过茶。

儿时，身边长辈都不好茶，所以，家中很少见茶。成年后，一杯茶在我手里和一杯饮料没有分别，只是觉得比白开水多了点味道，在阅读纸质书时比较耐喝罢了，甚少关心与茶相关的事物。直到，遇见南北湖，遇见澉浦。

古籍里的澉浦茶

澉浦地域的茶历史悠久，《海盐县志》（清光绪）记载：“金粟寺于吴越有国时，尝因施茶，赐名施茶院。”可见五代十国时期，澉浦人就已经有饮茶习惯。

澉浦产茶的记载，最早见于宋代的《澉水志》：“物产门——茶。”宋元时期澉浦港是海上丝绸之路的重要节点，其中茶叶、棉布、丝织品等在澉浦港出口物品中占有相当大的比重。

在文人墨客的笔下，先有明代著名学者贝琼（崇德人）《游鹰窠山顶记》云：“鹰窠顶山崭然中高，刹旁树皆合抱，产茶类武夷。”继有清代沈丙莹《春星草堂诗集》有诗云：“木山山顶一茸茸，香味真堪一夜供。不数湖州明月峡，也胜天竺白云峰。”

游子心里的澉浦茶

1946 年春天离开澉浦到上海谋生并一直生活在上海的朱佐春老人，一直保持着喝家乡茶的习惯。他出生在南北湖村的朝东埭，在他的记忆里，小时候家家户户都种有茶树。一到春天制茶时分，他和小伙伴们最为兴奋，因为学校会专门放假让他们跟着大人上山采茶。都知道“喝茶要喝明前茶”，所以每年清明前，村民们都忙着做“头茶”。因为头茶取的是茶树上长出来的“头芽”，最为新鲜，价格卖得高，也卖得好。

朱家有一座一百多平方米的祠堂，挂有“毓秀堂”的匾牌。炒茶就在祠堂里进行。“砌了五六口专门用来炒茶的大灶，由族里的几户人家合用。烧柴用的松树是冬天从山上砍下来的，早早地就准备好了。”朱佐春介绍。

老人记得，当时家族里的长辈们忙着炒制茶叶，他们这些孩子一直围在边上看着，半夜都不睡，等着吃大人们放在灶下烘煨的山芋、芋艿。孩子们兴奋的原因还在于，茶叶炒制好了，就能卖了，卖了，家里就有钱了。

老人记得抗战胜利后有段时间，好多住在上海的美国人组成旅游团，来南北湖看农民采茶、制茶。上海、苏杭一带的游客喜欢到鹰窠顶上的云岫庵烧香祈福，再喝杯用雪窦泉沏的茶，吃点庵里特制的酱烧豆腐。

这么多年来，朱佐春老人一直喝着家乡的茶，招待客人也只用家乡的茶。

制茶人眼里的澉浦茶

澉浦是海盐的茶叶主产区，在南北湖核心景区就有茶园五六百亩，年产量高达两三千公斤。

2012 年 4 月的时候我曾经陪同嘉兴电视台的记者在南北湖拍摄新闻专题片《茶农的一天》，全方位记录茶农钟建芬一天的生产、生活状况，从采茶到制茶，遗憾的是当时并未做详细的跟踪记录，如今已想不起细节了。故而今年 4 月为了写澉浦的茶，我特意走访了两个老同事，也是澉浦的两个制茶人。

海盐县南北湖农业综合开发有限公司（简称南北湖农综公司）的曹孝峰，2019 年嘉兴电视台曾经给他做过一个专题《嘉兴守艺人——放不下的南北湖茶，喝的是家乡的味道》。

曹孝峰是土生土长的澉浦人，他家就在南北湖边。他八岁时就跟着父辈们搭土灶学手工炒茶，清明前他们把“炒青”——手工炒制的绿茶拿到澉浦集镇去卖，每次能卖二三十块钱，回家交给爸爸妈妈后就很开心。

曹孝峰回忆，南北湖规模化种植茶叶是从农业学大寨的时候开始的，当时有一句时髦的口号“要把荆山变金山”。南北湖刚开始种的都是九坑茶，也就是当地人说的土茶，由于澉浦地处杭嘉湖平原，又紧靠钱塘江江口，雨量充沛，气温适中，空气湿度大。优越的地理位置和得天独厚的自然条件，使得所产茶叶细嫩卷曲、色泽碧绿、清香味醇、甘甜可口。

20 世纪 90 年代初，南北湖村成立了一个茶场，请了杭州的制茶师傅来教当地人制作龙井，曹孝峰、钟建芬、方叶芬（曾任南北湖村党支部书记）都跟着学。2013 年土地流转后，手工制茶改为机制茶叶，手工制茶就不再是谋生的手段，而成了一种文化，一种可以展示的非遗文化。曹孝峰说，现在会手工制茶的，多集中在澉浦，秦山和通元也有。

曹孝峰一直没有放弃手工制茶工艺，他说炒茶的过程让他觉得内心安宁，他也喜欢茶叶在他手心里跳舞的感觉。做好茶后，用南北湖的水——嘉兴最好的水泡茶，慢慢地喝着，品着，这杯家乡的茶，这杯他亲手制作的茶，他一辈子都不愿放下。

“澉浦老一辈在外的人，都喜欢炒青，那是乡愁的象征，我们这一辈，喜欢炒青，是因为坚守传统的匠人精神，再年轻一辈的，喜欢炒青，是因为他们向往更自然更纯正的味道，不愿意看到机械的痕迹。”

这段话是澉南村原党支部书记、澉浦葫芦山茶厂厂长李建良说的。

李建良告诉我，澉浦葫芦山的茶很特别，在外的澉南村人一喝就能辨别出来。因为葫芦山离海近，一涨潮海水就到山脚，所以茶叶里带着一丝海的味道——有点儿咸。

在李建良的记忆里，手工制茶一直坚持到 20 世纪 90 年代末，2000 年左右，澉浦引入了半自动制茶机，2010 年起，基本就用全自动数控制茶机了。而随着制茶工艺的变化，从早期的“九坑”、扁茶到后来的“平阳早”“乌牛早”，茶叶的品种也不断地更新着。李建良说，其实日本盛行的“抹茶”，其做法也源自中国隋唐时期，可惜的是我们现在反而没人做了。

李建良的茶厂生产的茶叶除了浙江名茶“绿里香”，还有一款他自己注册的“葫芦叠翠”，葫芦叠翠是古代溆川八景之一。这样的茶走出去，又是一抹浓浓的乡愁。

当伴手礼的溆浦茶

据说，黄源当年把家乡最好的溆浦茶带去送给“大先生”——鲁迅后，鲁迅把茶叶珍藏起来，只在接待尊贵的客人时才拿出来分享。

据说，溆浦著名的百岁老人吴侠虎每年只要春茶一出，就会一罐罐寄给各地的文人名士。

据说，余华把南北湖的茶叶都藏在冰箱里，只有在接待客人时才取出来。

有人在新疆开茶馆时，无意间喝到了南北湖的龙井（九坑），循迹找到南北湖要买南北湖的茶叶，曹孝峰说：“家乡有好东西，就很自豪。”

李建良的朋友则直言：“我只喝李建良自己做的茶。”

我有朋友家在南北湖村，每年清明前他都会相赠二两茶给我尝鲜，而我立即送去上海孝敬老爸老妈。

老茶树下的溆浦茶

既然访茶，总得看看茶树长啥样，尤其是像溆浦古银杏那样有象征意义的老茶树。曹孝峰说，要找老茶树，可能要去高阳山或者鹰窠顶了。他让茶厂负责人老汤给我们带路，遗憾的是高阳山没有老茶树了。问了当地的茶农，说是都修整过了。无奈之下，我们只好转道去了鹰窠顶。

我是不懂茶树的，我以为老茶树应该和古银杏一样，到了鹰窠顶才发现，其实年龄比我大的茶树，其枝蔓还没有我的胳膊粗。

鹰窠顶上是鸿安精制茶厂的800亩茶园，“鹰窠顶”这一茶叶品牌就是茶农陈姚英注册的。在茶园南侧有一小片野生茶林，其中一棵已有

60 多年的树龄。鸿安精制茶厂的“野生青顶红茶”便是由这些老茶树上的嫩芽精心制作而成。

到澉浦喝茶，可以去鹰窠顶上的浙北第一茶楼——白云阁、蝴蝶岛上的“听泉茶室”、白鹭洲上的“一壶天地”，当然，也可以在老茶树下席地而坐，览湖赏景，尽情体验澉浦的茶香文化。每年 4 月，澉浦的茶姑娘都会跳一曲《采茶舞》欢迎四方来客，为游人们送上一杯澉浦茶。

我不懂茶，但现在我知道，采茶，最好的是一叶一心的；品茶，最好的是有故事的。

2021

还好，你还是原来的黄鳝汤

我是一枚单纯的“吃货”，拥有超级的味蕾，但不具备制作的技能，不过，单纯地吃，却是一件快乐的事。故而，海盐县城和澉浦地域，凡是有特色的美食餐馆，基本都会晃过我的身影，有很多朋友也会跟着我的帖子循迹而去。

8 月初我发了一条关于“黄鳝汤”搬家的朋友圈，果然炸出一串潜水的馋猫，附带满满一页的跟帖。谨慎点的问口感是否有变化，霸气点的直接要定位。“民以食为天”，果然是亘古不变之理。

日前私信双虎老师：“‘黄鳝汤’搬家了，现在搬到朱家门了，若来，可导航到‘白地三影’。”老师马上回应：“怪不得上周去，找来找去没找到。好的，多谢。”

双虎老师是海盐人，虽然在嘉兴工作，但时常回家，顺带做一些民俗调查。每次回来，他总爱去六里老汽车站边上的芳芳土菜馆吃店家的招牌菜“黄鳝汤”。

未迁址前的土菜馆还是六里老集镇口子上一幢很不起眼的、一看就是 20 世纪末建筑风格的二层小楼，店主夫妻也不善装饰，土菜馆里外较之六里集镇和南北湖里的农家乐餐饮店，多少显得寒酸。但即便如此，土菜馆的人气却一直居高不下，海盐县城、澉浦当地人和南北湖的游客喜欢光顾，在六里经商和做企业的老板们接待客户和朋友爱来这里，天南海北的“吃货”们也趋之若鹜。

这人气自然与土菜馆上佳的菜品风味密切相关，但或许，在海盐人心里，这样的寒酸更显得有乡土气息，更能品出一份乡愁；在游客心里，这样的寒酸更接地气，更能感受到当地独特的饮食文化；在商人心里，唯有如此才不显得生分、见外，才能建立一种更加紧密的合作关系；在“吃货”的心里，美味总是隐匿在最易忽略的角落、最简陋的门堂、最深邃的巷子。

去年夏天双虎老师陪同国际日本文化研究中心的教授安井真奈美来到澉浦，进行生育习俗的调研工作，到了午餐时间，点名要去芳芳土菜馆，我却一路忐忑，担心小店的环境和卫生状况入不了教授的法眼，进而影响教授对澉浦的看法。可安井教授并未在意，随同而来的她的两个学生更是对食材的新鲜度和黄鳝汤的可口度赞叹不已。

几年前《海盐旅游》小编约稿澉浦地方美食，当时恰好是6月，应季的人气美食菜谱里，排在首位的是清汤黄鳝。记得我当时为了配文还特地去芳芳土菜馆拍了些照片。

在澉浦，夏天点上一道清汤黄鳝，就像在冬天一定要吃个早烧、来碗红烧羊肉一样。

澉浦当地的大小宴席上，黄鳝常见，烧法亦多样，酱爆、清炒、红烧、油沸、清汤均可，依据个人口味，体验不同风味。我偏好清汤黄鳝，因为味道最为清醇，令人回味无穷。

澉浦人烧清汤黄鳝的方法和程序也不复杂。选几条大小适中的黄鳝，去除内脏，洗净，切成圆筒状小段，放进锅内开水中煮，等鳝段表面的白色黏膜完全脱落时，关火捞出鳝段即可。

在汤中撒入适量盐，用筷子顺时针轻轻搅动，待汤中杂质都沉入锅底，将清汤倒入另一个空锅内。再将鳝段置于清汤中，旺火烧开，加黄酒、姜片、蒜瓣、鞭笋、咸肉片，汤沸腾后，改文火焖，等鳝段表皮呈迭起的水泡状，就可出锅了。

乳白色的汤，滑润的肉质，从鼻翼顺着眉心直往上走的鲜香，入口即能轻易使骨肉脱离的可口感，这是一道完美的清汤黄鳝的四大要件，也是吃客们离开芳芳土菜馆后依然回味无穷的独家体验。

如今，搬到朱家门的“黄鳝汤”是完全的鸟枪换炮了，气派的二层小楼搭配简单的中式装修风格，宽敞的停车场搭配休闲风格的户外走廊，木质店招上绿色的“黄鳝汤”字样很醒目，也很惹眼。不过，店主夫妻依然还是原来的样子，管前台的妻子芳芳一如既往的干练、热情，掌勺的丈夫龙龙自始至终的胖和憨，而那些曾令我颊齿留香的清汤黄鳝、小土豆、搭配嫩豆腐的红烧鱼头以及时令蔬菜等，也依然是记忆中最醇正的味道。

2022

匠胆琴心

溆浦多文人，这是不争的事实。这基于溆浦历来崇文向学、尊师重教的传统，也基于我到溆浦之后的所见所闻。

溆浦也多手工艺人，但在面上能让你接触到的却不多，这是因为手工艺人不像文人可以天南海北地跑，他们的活动范围往往局限于自己的作坊，轻易不会挪动地界；再者他们的手艺多为家族传承，不主张传授外人，如果儿孙辈里没有继承者，这门手艺就逐渐凋零乃至失传。比如永乐村的竹器工匠步志训、溆浦村的铁画艺人李颂章等。

与步志训、李颂章不同的是，林虎的民族乐器制作手艺是在退休后自行摸索出来的。初次听到林虎的名字，也是因为外界向我打听此人并希望邀请老人现场展示二胡制作过程，之后又有媒体介入采访并做了报道。于是无论从采访民间艺人的角度还是从探究溆浦人文底蕴的角度，我都有必要走上一遭。所以在 2014 年年初，我去了老人当时的住处。

那天我是跟着永乐村的村干部去的。我们沿着山海湖大道一直往南走，见着西侧一片密集的村庄时，拐进去再往北二三十米，就能看见一幢二层的农家院落，院墙外镶嵌着“党员群众中心（文化科教示范户）”的宣传栏，这第一层认知就有了，这位老人，是一名党员，并且具有一定的文化素养。

进入院门，林虎就迎了出来，他穿着一件黑毛领子的棕色皮夹克，头戴皮鸭舌帽，内搭驼色高领毛衣，肤色白净，浓眉大眼，气质并不同于寻常的手工艺人，反倒更接近知识分子。

那一年，林虎 64 岁。而那一天，阳光也很好，林虎先带着我们到一楼西边的厢房看他的木工工坊，接着又绕到东边的厢房看他的琴房，那里有六七把已成型的民乐器，在长条木工桌上沿墙角一字儿排开，手工抄写的曲谱摊在书桌上。随后我们就坐在底楼正厅里，和林虎聊了起来。

在动手能力方面，林虎属于“老天爷赏饭吃”的类型，有着极高的天赋。

少年时，林虎的家人希望林虎掌握一门手艺，林虎就自己研究裁衣，当时大家对衣着的要求都不高，只要能穿就行。林虎先后尝试制作过裤子、大襟布衫和中山装。林虎在溆浦中学完成初中学业（“文革”期间老三届都没有升学，即便是初中，也只是完整地读了初一）后，眼见穷困的家中连一个放碗碟的橱柜都没有，就试着去找了些木料自己摸索着做了一个碗柜。碗柜被左邻右舍看见了，他们都觉得和店里看到的一样，就让他帮忙修理和改造门窗，做一些简单的家具等。十七八岁的时候，林虎应邀进了社办溆浦建筑社做木工，他虽然没有拜过师学过艺，但他干活很有灵气，每样东西只要看上一眼，基本都能仿制个大概，社里的老木匠都喜欢他，夸他。

也是从那时起，林虎开始对无线电产生了兴趣。他看了一些科技杂志，就自己动手安装了矿石收音机、晶体管多管收音机、功放音箱等设备。1976 年，他更是用分立元件成功装配了一台 9 英寸的黑白电视机，此后他的同事和邻居经常到他家里看电视，那一年他们一起收看了中央电视台播放的毛主席的追悼会。

林虎还尝试做过简易黑白照相机，做好后自拍、自冲、自印照片。他和他的小伙伴们还帮大队宣传队做过幻灯机。当时没有电灯，他就用煤油汽油机做光源。就连幻灯片他也做过，大队开群众大会前，他会放映一些毛主席语录和一些宣传画。我感觉可以用阿基米德的话来形容那个时候的他——给他一个支点，他就能撬起整个地球。

20 世纪 70 年代初，林虎被调到溆浦农机厂新办的变压器车间（六里变压器厂前身）。当时由于新办厂工具设备都缺乏，林虎设法就地取材，土法上马，和老师傅们共同努力自制了手摇漆片机、烘片机、烘箱控制设备等，提高了生产效率和产品质量。之后在海盐电力公司的帮助下，林虎担任企业的电力变压器设计、制图以及产品检验工作。他自行设计生产的变压器经海盐电力公司复核，符合国家标准。

林虎说现在社会发展得真快，各类电子运算工具层出不穷。而他们那个时候测算一个数据，只能靠计算尺和算盘，现在这些工具都成老古董了。

林虎说那个时期，他还研制过漏电保护器、电话机、蜂鸣器等，只可惜时间久了这些器件先后都不见了。如果当年他能有点档案意识，将这些有纪念意义和价值的东西留到现在，都可以办个小展馆了。

20 世纪 80 年代初，林虎调到澉浦供销社，一直在五金修理部从事保修服务工作，1986 年供销社开设电器修理门市部，林虎就在门市部一直干到退休，而其维修的范围逐渐扩大到电动机、发电机、家用电器、机床控制电路等，几乎就没有他解决不了的故障。

除了木工和电器，林虎还对民族乐器有着天生的亲近和敏感，他儿时喜欢听别人拉二胡，却没有机会触摸。15 岁那年，因缘际会，一位会拉二胡的和尚送了他一把破旧的二胡，林虎如获至宝，在家自己琢磨，日夜苦练，竟无师自通地学会了拉《东方红》以及更多的曲目。只不过后来忙于生计，就没有再碰过。

55 岁那年，林虎因身体原因办理了病休。他朋友从乐器店买了把二胡，他觉得那把二胡做得很漂亮，便重新拾起少年时代的这个爱好，开始自行研究制作工艺。第一把二胡成型的时候，虽然卖相不咋样，但音色不错，林虎兴奋不已，从此一发而不可收，从一个乐器弹奏爱好者很快进阶到乐器制作者，属于玩到“家”、玩成“家”了。乐器玩得顺了，林虎又拿起了画笔学国画，他最喜欢画牡丹、荷花和虾，而他的人像素描几可乱真。

俗话说“靠山吃山，靠海吃海”，林虎用于制作乐器的原材料均出自澉浦的山林，比如做琴身用的木材、做琴膜用的蛇皮、做弓杆用的细竹，做弓毛用的钓鱼丝……他先后制作过的民族乐器有越胡、二胡、中胡、革胡、二弦、中阮、小阮等，这些乐器不仅外观精巧，音色也准，有来自江湖的民乐爱好者想购买林虎制作的乐器，林虎却坚决不卖。在他看来，他亲手制作的每一把乐器都是他的孩子，谁会愿意卖掉自己的孩子呢？

林虎在他的琴房里为我们展示他自制的民族乐器。我注意到一把长得有点像琵琶的圆圆胖胖的乐器，就在弦上拨了一下，声音比较尖细。林虎说那叫越胡，是为越剧伴奏时用的。这些乐器的琴筒有圆形的，也有六边形的，且大小不一，每一把琴的弯角和边都很光滑，琴头上的弦轴顶端还粘上了塑料片，以防弦轴松动。这些细节都体现了林虎的匠心，林虎说认认真真做一把琴要半个月时间，但他乐此不疲。“品质是靠时间、靠精力去精雕细琢、精益求精的。”林虎如是说。

永乐村以及周边的南北湖村、澉南村有一群和林虎一样喜欢吹拉弹唱的村民，其中大部分是 20 世纪 70 年代公社宣传队的成员。他们喜欢林虎制作的乐器，自发地组成了“喜阳红”老年文艺队（分民乐演奏队和戏曲表演队），并从初始的自娱自乐逐渐发展到义务为村民演出，并主动参与到镇、村举办的文艺演出中。

林虎和妻子是一个村的，两人青梅竹马，相敬如宾了一辈子。林虎专攻技艺，妻子全心照顾孩子，空闲时还帮林虎拾掇他的工坊。好的家风润物细无声，林虎的儿孙也都很优秀，儿子是企业高管，儿媳是小学优秀教师，女儿是中学教师，孙女在重庆大学就读。

五年前，镇文化站曾经办过二胡培训班，组织村级文化管理员学习民乐知识和技艺，学员们用的就是林虎制作的二胡。近年来，澉浦非遗文化进校园活动、民俗文化活动的现场，林虎都会带着他的自制乐器到场，在展示的同时也是一种传授，“喜阳红”的老伙伴们也会到现场助兴，和他一起活跃乡村文化、弘扬传统文化。每月 10 日澉南村的“戏曲沙龙”活动，林虎的身影也一定会出现在现场伴奏的乐队中。

两年前，林虎的民族乐器制作技艺被列为镇级非遗项目。他对原材料的要求也愈发高了，他说：“好马需要配好鞍。”因此，他四处寻访合适的优质材料。

这就是澉浦的手工艺人，或者，可以叫他们“澉浦工匠”。

2022

从影像和文字中走出来的军事巨擘
——百里先生

步入中年后的阅读习惯中，有一项是观看历史题材档案纪实类视频，这些视频短则二三十分钟，长则一小时左右，正好适合每日午休时用来调剂混沌了一上午的大脑。通过观看这些视频，我对历史长河中原本有一鳞半爪印象的某个时期、某个事件、某个人物加深了印象，原本一无所知的，突然就有了兴趣，前者，有黄埔军校，后者，有蒋百里（1882—1938）。

有了兴趣之后，我就格外关注这个人物，于是各种史料和典故也随之牵丝攀藤般陆陆续续地呈现，尤其是在 2019 年 3 月，因缘际会受赠中国社会科学院近代史学者杜继东签名著作《蒋百里传》，得以细细品读这位军事巨擘的一世传奇。

名门望族——大家之后蒋百里

与海盐澉浦一山之隔的海宁，在地域和人物交集上不可谓不多。海宁的名门望族里，有袁花查家，其代表人物有查济民（南北湖尊师亭系查济民先生捐资建造）、查良镛（金庸）；有盐官陈家，代表人物为清朝宰相陈之遴、陈元龙、陈世倌（民间传说中的陈阁老，澉浦泊橹山又名阁老山，就是纪念陈世倌的）；有硖石蒋家，代表人物为我国近代著名军事战略家、军事教育家蒋百里（南北湖西涧草堂藏书楼的主人蒋光焴系其叔祖父，蒋百里的母亲是海盐人）；还有硖石徐家，代表人物有富商徐申如、诗人徐志摩（徐志摩的表妹夫——陈从周教授与南北湖渊源深厚，他们一家都长眠于南北湖）。

蒋百里的祖父蒋光煦是清朝著名藏书家、刻书家，蒋百里的原配夫人查品珍是金庸的同族姑母，徐志摩与蒋百里为亲族，也是好友，还是同学，曾共同组织新月社。他俩和蔡锷都是梁启超的学生，且蒋百里与蔡锷关系十分亲厚，蒋百里、蔡锷和张孝准并称为“士官三杰”。蒋百里有 5 个女儿，其中三女儿蒋英是声乐教育家、著名歌唱家，她的夫婿更是无人不知——“两弹一星”功勋奖章获得者钱学森。

令我诧异的是，学生时代，与蒋百里有瓜葛的人物，我几乎都知道，到海盐生活后，海宁名门望族，也多有耳闻，唯陌生于百里先生。虽然有些遗憾，但好在，中年后补上了这堂历史课。

“纸上谈兵”——一代兵圣蒋百里

有资料称，抗战时期，日本人公认的中国军事家有三个半，蒋百里就是其中一个。且不论当时这个说法的狭隘与偏颇，单从这个观点来看，百里先生在当时的影响力可见一斑。

蒋百里 13 岁那年，清廷与日本签订了丧权辱国的《马关条约》。同年，康有为召集 1300 余名举人联名上书（即“公车上书”事件），提出“练兵强天下之势”等 4 项救亡图存的良策。这一事件对蒋百里震动很大，自此，“弃文从武，致力于中国的国防建设”的种子在他心中萌芽。1901 年，怀着一腔求学报国的理想，蒋百里远赴日本留学，相继在陆军士官学校和后勤学校深造。在日本，他和蔡锷、邹容成为好友，面对祖国山河破碎和列强纷争的局势，他们一同用文字发出“重铸国魂”的呐喊。身在军校的蒋百里十分关注世界形势，并已敏锐地捕捉到日本的扩张野心。他一方面努力学习、刻苦训练，尽可能多地掌握近代军事和各方面知识，以备回国后“师夷长技以制夷”。

1904 年，蒋百里以优异的成绩从士官学校毕业，在毕业典礼上，他力战各路精英夺得了代表第一名的日本天皇的佩剑，成为国人的骄傲。1907 年，蒋百里公费留学德国，在德国陆军第 7 军担任实习连长，并很快崭露头角，得到军长的亲自召见，军长预言其会成为伟大的将才。1912 年，回国发展的蒋百里被袁世凯任命为中国第一所正规陆军学校——保定陆军军官学校的校长。在这所学校，蒋百里做了大量改革，和师生同吃、同住，亲自授课，以日本为假想敌训练新军。该校曾培养出 1600 余名将帅人才，其中包括叶挺、傅作义、薛岳、张治中等高级将领。

1915 年，蒋百里参与了蔡锷的护国讨袁运动。1915~1934 年，他陆续撰写了《德国战败之诸因》《截兵计划书》《中国五十年来军事变迁史》《从历史上解释国防经济学之基本原则》《总动员纲要》等著作。1921 年 3 月，蒋百里参与起草《湖南省宪法草案》，其中规定了义务民兵制。“一·二八事变”发生后，十九路军参谋长张襄及淞沪警备司令部参谋长林建铭等人拜访校长蒋百里，百里先生用民族大义来勉励他们。1922 年，冯玉祥发给将领辑录古今名将治军格言的小册子，蒋百里与岳飞、曾国藩赫然并列其中。

1933 年，蒋百里赴日本考察回国后，认为中日必有一战，随即拟定多种国防计划，呼吁国民政府备战。1936 年，赴欧美考察军事归国后即大力倡议发展空军。

1937 年年初，蒋百里最重要的军事论著《国防论》出版，轰动一时。该书成为整个第二次世界大战期间中国军队的战略指导依据。书中三大重要观点为“要主动实行全面抗战”“从东往西打，消解日军优势”“以空间换时间，打持久战”。7 月后发表《日本人》及《抗战基本观念》，断定日本必败，中国必胜。之后抗日战争的态势基本上是按照蒋百里当初的判断发展的。这是蒋百里对抗日战争做出的重大贡献。

1938 年 10 月，蒋百里被蒋介石委任为陆军大学校长。11 月 4 日，因积劳成疾心脏病猝发，蒋百里与世长辞。1939 年 3 月 22 日，国民政府明令褒扬蒋百里，并追赠其为陆军上将。

百里先生，他作为陆军上将，却从未上过战场，他擅长“纸上谈兵”，并准确预测了抗战的最终走向，却陨落在抗日的征程中。有人感叹百里先生若能活得久一些，抗日战争应该不会打得那么辛苦。而我深刻地记得他那句话：“万语千言，只是告诉大家一句话，中国是有办法的！”

博文广识——民国儒将蒋百里

硖石蒋家的荣辱盛衰始于清朝康熙年间。蒋百里虽为大家之后，但其父亲因肝病而双目失明数年，全靠母亲制作和修补竹衫度日。百里自小聪慧，由母亲为他启蒙，他熟读四书五经和各类古典小说，且过目不忘。被誉为“神童”。17岁考中秀才，参加桐乡县“观风题”考试，获得“超等第一名”，被县令誉为“中国之宝”。入杭州求是书院（浙江大学前身）读书，很快以“硖石才子”闻名。

百里先生19岁时东渡日本留学，在日本组织成立了“浙江同乡会”，1903年与厉绥之等人创办了大型综合性、知识性杂志《浙江潮》。鲁迅、章太炎都曾为该刊撰文。1920年又主编《改造》杂志，其影响力仅次于陈独秀主编的《新青年》。在此期间，蒋百里写了不少关于联省自治与社会主义的文章。1921年，蒋百里将欧洲考察的成果整理成《欧洲文艺复兴史》，这也是国内首部关于文艺复兴的著作，该书至今仍为中央美院的教材。同年，与郑振铎、茅盾等人共同发起成立文学研究会。1923年，蒋百里主持松坡图书馆编辑部，并与胡适一起创办新月社。1924年4月和1929年3月，泰戈尔两度访华时，陪同在侧的是徐志摩和蒋百里。

“男交蒋百里，女交林徽因，方不负此生”是民国时流行的说法。我深以为然，似百里先生这般文武全才、刚毅儒雅，在任何时代，都是世人向往的存在。在他同窗的眼里，他犹如仙人：“天气晴朗时，常能看到一个人在树下席地而坐，大声朗读歌德的诗句，丰神俊朗如神仙中人，这个人就是蒋百里。”甚至1930年蒋百里受唐生智牵连入狱时，徐志摩扛上行李到南京陪蒋百里坐牢，新月社的名流们也纷纷效仿，南下“随百里先生坐牢”，这一事件在当时也轰动社会。彼时，百里先生的人格魅力无出其右。

学历史、说故事，在自身汲取能量的同时也希望能起到传播正能量的作用。三年前读完《蒋百里传》时就有倾诉的意愿，却拖宕至今，此次恰好遇到海宁面向全国公开征集“纪念蒋百里先生诞辰 140 周年学术研讨会”的文章，遂了此愿，以兹纪念。

2022

从溵浦北山脚走出去的“丑小鸭”

——记我眼中的吴洁敏教授

在我的微信通讯录里，有好几位高校教授，这是多年来因为工作关系陆续认识的，看他们发微信朋友圈，就是一种学习，当然多数时候他们都在圈外或教书育人，或埋头著书。当我有问题想讨教时，只需在微信里留个言，等他们有空时必定会给予详尽的回复。其中就有浙大外语系教授吴洁敏、中文系教授朱宏达夫妇。而吴教授的微信昵称是丑小鸭。

教授在古镇的第一场讲座

4 月 23 日是世界读书日，文化站特地邀请吴洁敏教授到溵浦古镇智慧书房为溵浦当地的文化工作者和读者们做了一堂讲座：“怎样读书——从节律朗读到情韵朗读”。我去了现场聆听，也由此认识了吴教授和她的爱人——朱宏达教授。

说到文化站和教授的缘分，也是巧了，春节期间两位教授回家顺带到溵浦古镇走走，发现智慧书房后很是惊喜，想不到家乡小镇也有不亚于省城杭州的公共阅读场所。继而就萌发了要在书房举办讲座的想法，很快，在世界读书日这一天，我们有幸成了吴教授在溵浦的第一批听众。

当天，在充满民国风情的书房内，吴教授以一头黑白相间的短发、身穿青黑色西装、内搭红色拉链领羊毛衫的形象出现在我们面前，这多少有些出乎我的意料，没有想象中的眼镜，没有指点江山的气场，温和的笑容中夹杂着一点俏皮、一点童真。她婉拒了工作人员为她准备的桌椅，全程站着开讲。她讲述时思路清晰、声音清亮，朗读时抑扬顿挫、声情并茂。我们都不敢相信这个身材挺拔略带富态的老人，竟然已83岁高龄了。

吴教授没有一味地输出，她很注重互动，她用我们耳熟能详的童谣来诠释节律和情韵的美。我们也仿佛回到了学生时代，不仅集体跟着她读，还被她点起来朗读，若得她一句“嗯，真好”，那股被老师表扬的骄傲一点儿也不比少年时少。

吴教授在台上讲，她的爱人——朱教授就安安静静地坐在台下旁听。我想，他是听了一辈子了，但，听不够。朱教授也没有戴眼镜，一顶黑色网球帽，一件米色外套，斜挎一只黑色大书包，是路上擦身而过时也不会过多留意的普通老头，殊不知他的研究对象是“世上最会说情话的人”——翻译家朱生豪。

讲座结束后，我和同事萍准备送两位教授回家，两位老人却要去找公交站点，经过我们的再三请求，才带着满脸歉意坐上我们的车，到了家门口又连连向我们致谢，仿佛我们才是施惠的那一方。

教授是从北山脚走出去的

吴教授说她家在澉浦北门外北山脚李家埭，家里是农户，很穷困。母亲在战乱年代四处逃难，1938年怀孕7个月时就生下了又瘦又小的她。为了减轻家里的负担，她小学毕业时报考了不用交学费、吃饭不要钱的师范学校。1955年1月，她师范毕业分配到嘉兴新塍镇中心小学当老师，教语文、音乐和体育。1956年她被文教局选送去继续深造。1958年经过县、市、省三级层层选拔，她和省里的其他5名代表去北京参加首届全国普通话教学成绩观摩会，浙江省获得团体奖，吴教授获得了二等奖。会议期间，中国文字改革委员会主任吴玉章前辈和教育部韦悫副部长亲笔给她题词：“大力推广普通话。”“在推广普通话工作中，起着模范的作用。”她还受到了周总理和陈毅副总理的接见并与他们合影。陈毅副总理嘱咐她一定要学好普通话、教好普通话。自此，她谨记嘱托，一生只做一件事——教学、推广、研究普通话，到如今已整整做了 60 年。

1960 年，吴洁敏教授开始在高校任汉语教师。1965 年被调入杭州大学留学项目办公室工作并开始从事国际汉语教学，1991 年升教授，1999 年退休后又被浙江大学返聘，直到 2015 年才离开校园。她从 1992 年至今一直享受国务院政府特殊津贴，先后完成国家级、省部级课题 12 项，出版专著教材 28 部，发表论文 100 多篇，首创的节律朗读和情韵朗读模式在海内外汉语教学实践中效果显著，获省部级奖项 16 项。2013 年，她完成了关于情韵朗读的国家社科重点课题并通过专家评审，被评为优秀，其成果编入《二十世纪的中国语言学》《中国语言学的回顾与展望》及高校教材。吴洁敏教授和朱宏达教授合著的《汉语韵律的多维特征及其认知功能》于 2019 年由上海教育出版社出版。此外，他们合著的我国第一部汉语节律学专著《汉语节律学》获浙江省突出学术贡献奖。《新编普通话教程》（第五版）是教育部“十二五”普通高等教育本科国家级规划教材。教授多次应邀去北京大学、北京语言大学，以及中国科学院声学所、自动化所、心理所等处，四次去美国巡回培训华语教师，去过 10 多个国家和地区参加国际会议和讲学，受到中国驻旧金山总领事的接见。驻美使馆文化参赞主持了吴洁敏的讲座，他说：“你的节律理论很有用，以后要组织更多教师学习。”两位教授的事迹被新华社、《人民日报》、《光明日报》、《文汇报》、《世界日报》、《侨报》、《联合早报》和中央电视台等媒体广泛报道。

教授家的百岁老人和澉川吴家

澉浦有天然山水，钟灵毓秀，是嘉兴地区有名的长寿之乡，全县近百分之七十的百岁老人生活于此。我曾经是澉东村的联村干部，走村入户时多次听说百岁老人吴志伟的故事，也曾经在北山脚的路口小店旁看到老人摇着蒲扇晒太阳，村党支部书记告诉我他就是吴志伟老人，我就用手机留下了老人的身影，还发了微信朋友圈，羡慕老人的高寿。遗憾的是，今年2月，老人走了，享年106岁。

吴志伟95岁高龄时在女儿女婿（吴洁敏教授夫妇）的帮助下完成了一本8万字的自传——《一个世纪的漫漫长路》。所幸，我曾获赠此书。

吴志伟出生在鞋匠世家。1937年日寇从金山卫登陆，杭嘉湖一带战火纷飞。在湖州的明星鞋店做鞋匠师傅的吴志伟历经艰辛逃回了澉浦的家。1939年农历七月日军入侵澉浦，吴志伟目睹自家的房子被烧。为了养家糊口他冒着生命危险偷渡去了上海，在师兄的帮助下重拾老本行，在皮鞋店工作。1940年起他在嘉兴的天发祥鞋店做工，后来做了鞋店的作头师傅（鞋匠的领头人），在当时整个杭嘉湖皮鞋行业都具有一定的名声和号召力。1944年吴志伟租下嘉兴市建国路66号店面，创办了伟成皮鞋店。1950年吴志伟关店歇业进了上海长征厂专做军鞋，也是从那时起，吴志伟开始上夜校读书并学会了写作。1960年吴志伟响应号召再回澉浦，在生产队管仓库直至1975年。之后为了村集体的经济发展应邀出任皮鞋厂顾问并兼任采购，一直到1990年才回家养老。

吴志伟老人心态平和，晚年生活很规律，早上6点起床，走3公里路去澉浦镇上，进茶馆“灵市面”，再到福利会看一会儿报纸。晚上看完《新闻联播》后睡觉。老人喜欢唱红歌，他还自己作词作曲创作了一首《南北湖》。老人每天都要吃肉，这一习惯让我想起澉浦的另一位百岁老人——吴侠虎，虎老也爱吃肉，尤其是澉浦羊肉（侠虎老人和吴志伟老人被合称为“澉浦吴门两寿星”）。

吴氏是澉浦的大姓，祖上不乏名人，明朝天启年间刑部尚书吴中伟、明末兵部右侍郎吴麟徵、清朝嘉庆年间的金石学家吴东发、清朝乾隆年间的医学家吴仪洛、民国商人吴良材、文化老人吴侠虎等皆闻名遐迩，而吴教授的名字，也出现在《澉浦镇志》人物篇里。

有这样的血脉相承，我却是在日前吴教授家中看到吴志伟老人的照片时才知道教授是老人的长女，是澉川吴氏的后裔，心下不免感慨这一家人的低调。

写《朱生豪传》的教授夫妇

英年早逝的朱生豪是民国时期的才子，被称为“浙大情圣”。其为嘉兴人，相传他一生只做过两件事：翻译莎士比亚，以及给宋清如写情书。身为翻译界的巨匠，一共翻译了 31 部作品。他给妻子宋清如写了 540 多封情书，是“世上最会说情话的人”，是“在薄情的世界里最深情地活着”的那一个。他最有名的那句便是“醒来觉得甚是爱你”。

朱宏达是吴洁敏在师范学校就读时的同学。喜欢朗读的吴教授令朱教授一见倾心，他们在 1962 年结了婚。

吴洁敏和朱宏达夫妇 1983 年有缘结识了朱生豪的儿子朱尚刚，随即有了记录朱生豪生平的想法。1984 年暑期，吴洁敏和朱宏达利用回老家探亲（朱宏达教授是嘉兴人）的机会，访问了宋清如老人，之后不断抢救、发掘朱生豪的史料，历经四年之久，终于合作完成我国第一部翻译家传记《朱生豪传》，该书 1990 年出版后获中国图书奖二等奖，这也是他们的第一次合作。之后，他们将一生中百分之九十的时间，专事语言学尤其是节律学的研究。

今年 8 月中旬，吴教授分别向我和萍表达了想在家乡建立乡村图书室的愿望。8 月 20 日教授说周末要回澉浦，约我们去她家谈谈。21 日下午 1 点我们到了吴教授家门口，门前有棵三四十年树龄的香樟树，据说是吴志伟老人亲手栽种的，为的是给吴洁敏的母亲在河埠洗刷时遮阴蔽日。我们叫它“爱情树”，它也成了村里的明星。

在教授家的客厅里，我们围坐一圈，两位教授的着装依然素朴，吴教授声音依然清亮，笑容十分明朗，那一口最为正宗的国标普通话听在我们耳里分外亲切。只是朱教授精神有些委顿，原来他年后身体欠佳，上周刚刚出院。朱教授对吴教授说：“你坐她们对面，这样她们听得更清楚。”其实是吴教授最近听力有些下降，但朱教授很照顾吴教授的情绪，尤其是吴教授和我们交谈的过程中，他始终在一旁聆听，也不插话，当中几度起身，不是去给我们斟茶，就是去取吴教授言语中提及的一些书籍资料。看她和他，一个发话发得自然，一个顺应顺得坦然，我和萍不由相视一笑，这就是我们眼中典型的溆浦家庭：掌握话语权的总是妻子，而丈夫就甘为人后，默默守护。

吴教授说她和先生常年住在杭州，老屋基本闲置，看到我们古镇的智慧书房，她就有了把老屋利用起来做乡村图书室、教授孩子们朗读的想法。我和萍听着有些兴奋，这时朱教授补充道："她近年来做了几个国家级课题，有一些奖励补助，她觉得这个是国家给的，就想拿来反哺家乡。"

吴洁敏教授说，她从业 60 多年一路走来得到过太多的鼓励、帮助和支持，他们夫妻俩的退休金足够生活，所以这笔钱就想用来做乡村阅读的推广，并希望在有生之年用她的知识来回报家乡。朱教授说："那样的她，会是快乐的。"

结束谈话，教授夫妇要回杭州了。出得门来，我和萍又看了眼门口的香樟树，仿佛听到了朱生豪对宋清如说："醒来觉得甚是爱你。"仿佛看到了吴志伟老人在树下看着老伴浆洗的身影，而吴洁敏和朱宏达教授相携赶路的身影，则成为我们眼里最美的风景。

爱，是会传染的。

2023

沙坞飘新香

九年后，再写黄沙坞柑橘。好像什么都变了，又好像什么都没变。在路口重逢那棵老橘树，我向它行了深深的注目礼。在黄沙坞柑橘升级到2.0甚至3.0时代后，1.0时代的老橘树就像西城门的明代古城墙、道观弄的元代古银杏一样，年年岁岁矗立着，昭告历史。而我，深刻地记得，当地的老人跟我说："黄沙坞的有核橘，吃了不上火。"

由良的故事

9月7日那天，南拳率先在微信朋友圈唱起了"2023年的由良柑橘，比往年成熟得更早一些"，之后几乎每日，他和大鱼都要吆喝那么一番。南拳，是南北湖农综公司的主理人；大鱼，我调侃他为"被南拳骗来南北湖扎根的农艺师"。现在，他俩，都成了这片橘林的守护人。

所谓"念念不忘，必有回响"。秋分那天恰逢周末，虽有微雨拂面，我仍抽出半日时光去赴一场秋日之约——"跟着澉橘走"文学采风活动，我戏称其为"双采（采风兼采摘）"活动。采风小分队走进了黄沙坞，成为首批品尝2023年黄沙坞蜜橘新品种——"由良"的那一拨。

去黄沙坞之路，依然是南湖向西到头左转，道路直通钱江潮源。黄沙坞居民整体外迁后，路东的民居已改为南北湖农综公司的行政楼，路西建了停车场，适用于采摘团队的大巴和各种自驾车。再往里，还是那条路，也还是那道山隘，却已经打上了黄沙坞柑橘精品园的鲜明烙印，也有了一扇门，入门两手空空，出门唇齿留香，双臂沉重，仪式感瞬间拉满。车辆一律隔绝在外，也就消弭了采摘季曾经的各种拥堵、各种隐患。当年黄沙坞内最外侧那户人家的院落，现已成了园区管理房，小分队队员穿上园区贴心准备的雨衣，接过园区工作人员递过来的剪刀和印着南北湖 LOGO 的黄沙坞柑橘专用袋，自觉成队跟着大鱼往山坡上走。

还是“墨绿厚实的山体、倒影幢幢的溪涧、掩映于房前屋后橘树青藤中白墙黑瓦或白墙红瓦的村舍”，也还有着“俯首即能亲密接触犄角旮旯里肆意生长着的野花小草，呼吸着混合着青草和柑橘味道的香甜清新空气”，不过村舍中原来的人间烟火，被一波波来亲近自然、体验农事的族群的气息所替代，虽非那么亲切，却也十分活跃。而我还是和当年一样，在山上三转两转便失去了方向。我只看到漫山遍野的绿、点缀着一点点晕开的黄，那该是“由良”了。

关于“由良”名称的来历，南拳戏说是“由于良好，所以推荐”。而百度告诉我，按照我国古代哲学的观点，“由良”寓意“言而有信、知行合一、温柔敦厚、高情远致”。看到这几个关键词，我立刻想到了一个人——出生于海宁望族的查开良。他 13 岁跟随父亲到澉浦镇，就读于澉浦小学堂。因家道衰落，不久即辍学。后至上海虹口德顺当铺做学徒，嗣任职员。民国十三年（1924），他奉行陶行知先生“知行合一”的教育理念，来到与海宁一山之隔的黄沙坞小学普及初小教育，为村民开蒙，一心投身于“乡村教育”长达 10 年之久，不仅开启了黄沙坞“尊师重教”之风，还发起创办了黄沙坞合作社，购荒荡，构海堤，辟橘园，一力改变了黄沙坞落后的经济面貌。他还在当地成立了农民协会，开展爱国主义思想教育。民国二十三年（1934），查开良应聘赴杭县塘栖任三乐农产社总经理。翌年夏，在当地因怒斥国民党驻军凌辱农产社女工而惨遭枪杀。1994 年，澉浦人在南北湖畔飏山上建了“尊师亭”以纪念这位“言而有信、知行合一、温柔敦厚、高情远致”的查开良。

2023 年黄沙坞推出了柑橘新品“由良”，如果需要讲述一个与之相关的故事，我想我会和你说说查开良的故事。

“我家的园子”

在南北湖农综公司接手黄沙坞柑橘园的管理后，随着南北湖开元森泊项目的引进和开发需要，“我家的园子”也从袁家湾迁到了黄沙坞，等于从景区的边缘地带迁进了中心腹地（关于袁家湾时期的“我家的园子”，我写过一篇“梨园春享”，这里就不赘述了）。

南北湖农综公司的阵地扩容了，与南北湖的关系也更密切了，农文旅融合的契机频频闪现，南拳和大鱼的想法也越来越多。“路，要一步一步地走，饭要一口一口地吃，做精，做实，不搞噱头，客户和市场每多一分认同，‘我家的园子’就多一分品牌美誉度和影响力。”南拳曾经在景区的市场营销领域耕耘多年，他心下自然有他的规划，而农艺师出身的大鱼则在他的各种农作物试验田里折腾得不亦乐乎。

搬到黄沙坞的“我家的园子”，比之袁家湾时期精致了许多，或许这与背靠嘉兴最高峰——高阳山有关，与大草坪有关，与大草坪上的几顶天幕有关。果蔬大棚和休闲区域在同一个平面上，不仅功能分布一目了然，视觉上也丰富了很多。

进了“我家的园子”，你会发现，凡你入口品尝的，都是园子自产自销的，就连服务，都是园子的两个主理人——南拳和大鱼亲自上阵，南拳在帐下斟茶、切水果，大鱼在帐外烤小红薯。此时，天幕下的你，就是贵宾。

茶是山上的，也有历史，澉浦饮茶史，有史料记载的始于五代十国时期（见光绪《海盐县志》)，种茶史始于宋（见宋《澉水志》)。

每个天幕下都配备了几张木质小茶案和几把户外小折椅，茶案上的茶具也都是小身板，多为冷色调，置于暖色调的茶案上，相互达成了一种平衡，坐在天幕下的人，沐浴着秋风的微凉，手拿茶盏送至唇边，未及饮，茶香已顺着鼻翼扩散至四肢百骸了。

果盘里，由良蜜橘自然是主角，皮薄肉厚汁鲜是它的本源特征，甜中带着清凉，酸又酸得恰到好处。往年，这样口感的柑橘都得到 10 月底 11 月初才有，但有了由良，幸福的纬度被拉长了。

有朋友会拿黄沙坞蜜橘和黄岩蜜橘作比较，说口感不遑多让，但黄岩蜜橘成名已久。那我可以跟你透露一个小秘密，根据浙江省柑橘研究所的专家论证，黄岩蜜橘其实脱胎于黄沙坞蜜橘。

在果盘里和由良争宠的，是金黄金黄的太秋柿，甜脆甜脆的，我很喜欢。小红书上的网友说太秋柿是“柿子中的爱马仕”，可我更愿意接受另一个通俗且接地气的说法——“柿子界的天花板”。

柿子还没吃完，大鱼烤的红薯已经递了上来，一个个迷你款的烤红薯，香气扑鼻，只是刚吃了柿子再吃番薯，竟然觉得有些寡淡了，只有香如故。大鱼的烤炉，到了秋冬季是最得礼遇的，中心煮着红茶，周边一圈烤着红薯、玉米、年糕、香蕉，烤一切园子里可以用来烤着吃的食物。

我们忙着品尝美味的时候，南拳和大鱼正忙着接听一个个电话、接收一则则讯息，咨询采摘的、下果蔬订单的、分享游园体验的，更有来自小红书、抖音、微视频等平台的推广消息，主动为“我家的园子”做推广。

几乎每一个来过园子的客人，最后，都成了园子的“家人”。

乡愁的符号

在海盐人的认知里，黄沙坞柑橘不仅是地方土特产之一，更是嘉兴十大特产水果之一，是长三角金秋舌尖文化的代表。但在老澉浦人的心里，黄沙坞柑橘和澉浦红烧羊肉一样，是乡愁的深刻符号，是游子们无论漂泊至何处都萦绕在怀、铭刻于心的味道。

见证过黄沙坞柑橘发展的波澜起伏，我们更加珍惜如今它在复苏中焕发的新生。我们想留住它的前世今生，于是我们发出了申遗的请求，并开始在典籍中去找寻它的身影。宋代常棠的《澉水志》卷六“物产门”之“果”类中有它，明朝董谷的《续澉水志》卷一“地理纪”中“土产”一节之“木”类中有它，民国程煦元的《澉志补录》上卷“物产”篇中载“澉浦负山面海，地狭势高……山家樵苏而外，多栽果树为业。每岁所产桃、李、橙、橘、茶、笋等，销售他处，岁值万计”。2001年版的《澉浦镇志》卷二“农业水利”之第二章“林果业”单列有“柑橘”一节。

2005 年版的《南北湖志》卷四“山”中载“种植地点以黄沙坞最为优越，该地三面环山，一面临海，有冬暖夏凉的独特小气候，可防止冬季严寒的袭击，故黄沙坞有‘浙北橘乡’之称。”

我们走访了 20 世纪黄沙坞柑橘合作社时期的老橘农，了解到黄沙坞冬暖夏凉小气候是因钱塘江潮水进来产生热量而形成的，得天独厚，非常适合柑橘类果树的生长发育。还了解到早期黄沙坞栽种柑橘优质土壤的组织结构是山上的黄泥和海泥的混合。而海泥是村民一筐筐从海里挑上山的。老橘农还和我们分享了优质柑橘的种植秘诀，比如 9 月中旬育苗、10 月上旬嫁接，次年 10 月中旬或下一年 4 月上旬移栽。每年土壤要进行翻耕，橘树每发一次梢须剪掉梢头以利分枝，形成树冠。剪枝时留阳去阴，叶片大而厚者柑橘质量即为上乘。药水向上喷洒可确保受药均匀，采摘时宜托举防止橘树经络受损等。

在黄沙坞村民整体外迁后，老橘农们绝大部分都已经退休或者转产。2017 年，南拳成了黄沙坞的孤勇者，他怀揣几分忐忑、几分果决走进几近荒废的黄沙坞，和留在南北湖农综公司的黄沙坞橘农一起，花费 6 个多月的时间对黄沙坞柑橘园进行了杂草清理，橘树修枝，间伐疏除过密株、病残株，农业设施修缮等工作。又在浙江省柑橘研究所专家的指导下，建立了柑橘新品种限根栽培试验园。

4 年前，我在南拳和大鱼的微信朋友圈里看到一则令人振奋的信息：“黄沙坞柑橘登上了萧山国航的航班，每天的供应量 1.2 万个。”心下不由感慨，当南来北往的澉浦人在航程中品尝到来自家乡的那份酸甜时，乡愁，便不再是乡愁了。

初秋的风拂过老橘树低顺的枝丫，有清悠的声音从 20 世纪飘来。

“黄沙坞内好风光，千树万树橘金黄。几处楼台秋风里，行人无不叫‘好香’！”

我问南拳，9 年前那篇关于黄沙坞的文字取名“沙坞飘香”，这一篇是叫“沙坞再飘香”还是叫“沙坞又飘香”？

他说：“就叫——沙坞飘新香吧”。

2023

文化礼堂里的一代君王

音乐说唱、越剧串烧、非遗表演、超级模仿秀等15个节目琳琅满目，100多位演员登台献技……在兔年元宵节，海盐迎来三年疫情阴霾散去后第一个全民狂欢的日子。当天，上万人汇聚在海盐首个省级文化礼堂示范镇——沈荡镇的永庆村，共享浙江文化盛事——2023年浙江省农村文化礼堂“我们的村晚”主场活动。

活动将原汁原味的乡间素材、火花碰撞的融合编创以及精心建设的文化礼堂大舞台“烹调”成一席文化盛宴，以飨观众。来自全省各地文化礼堂的歌手齐声歌唱开场曲《张灯结彩》，唱出了浓浓的年味；带着“泥土味”的非遗表演海盐滚灯，演出了乡村百姓的文化自信；一首首村歌贴近农村生活，唱出了人们记忆深处的乡愁，同时也在热闹中传递出生活复苏的信心。“文化礼堂里，人间烟火味又回来了。”当晚，很多村民发微信朋友圈感叹，许久未见这样“人从众”的盛况了。

元宵节后，沈荡的热闹仍在延续，每天都有周边县市区的游人前来打卡老街，一些人文景点更是频频在微信、抖音、小红书等网络平台亮相。其中，有位网友晒出了沈荡的钱氏宗祠（俗称“钱家祠堂”），起由是他在沈荡老街公园里遇见了一场《钱氏家训》的诵读活动，次日便循着线索去了钱氏宗祠。

钱家祠堂，位于沈荡镇中钱村，临河的白墙黛瓦古朴建筑，是典型的江南园林风格，祠堂占地1600余平方米，建筑面积500余平方米，是浙北地区唯一完整保留至今的宗祠。祠堂始建于明代，清康熙四十七年（1708）重建，新中国成立后作为粮库使用并得以保存至今，2013

年海盐县政府对其进行了恢复性维修，如今它已成为省级文物保护单位，同时也是中钱村的文化礼堂、嘉兴市最美农村文化礼堂堂馆，还是嘉兴市爱国主义教育基地。

祠堂分前厅、花厅、后厅三部分。前厅为“行牌厅”，东西两边设有木架，木架上曾插着肃静、回避、官级品位硬牌，现在展呈着钱氏先祖的功勋及钱氏精神内涵。而前文所提到的《钱氏家训》全文，赫然占据了前厅的一面墙。花厅是钱氏祭祖时宴请和休憩的场所，也是族中商议大事的中心。花厅中间悬挂的“清芬世守”匾额为乾隆皇帝给海盐钱氏家族的御笔题词。现在是钱氏学堂，展呈内容围绕“耕读传家”，四周墙上有钱陈群母亲陈书的书画作品。花厅外的通道，立着“钱氏家风家训”的石碑，上书：“心术不可得罪于天地，言行皆当无愧于圣贤。”后厅为“祭祀厅”，现在展呈内容以家风文化为主。厅中间悬挂着钱氏先祖三世五王的画像，两边分别为海盐钱氏的一些代表人物。

据史料记载，钱镠（852~932），字具美，小名婆留。杭州临安人，吴越国开国国君。钱镠在唐末跟随董昌保护乡里，抵御乱军，因战功累迁至镇海军节度使，后因董昌叛唐称帝，受诏讨平董昌，再加镇东军节度使。他逐渐占据以杭州为首的两浙一军十三州之地，被中原王朝封为吴越王。他在位 41 年，谥号武肃，葬于临安太庙山。钱镠在位期间，采取保境安民的政策，使得经济繁荣，渔盐桑蚕之利甲于江南。同时，他也注重文化发展，文士荟萃，人才济济，文艺也著称于世。他曾征用民工，修建钱塘江捍海石塘，由是“钱塘富庶盛于东南”。在太湖流域，普造堰闸，以时蓄洪，不畏旱涝，并建立水网圩区的维修制度，由是田塘众多，土地膏腴，有“近泽知田美”之语。还鼓励扩大垦田，由是“境内无弃田”，岁熟丰稔。他开创了“上有天堂，下有苏杭”的神话。两浙百姓都称其为“海龙王”。

蕴含修身齐家治国平天下大智慧的《钱氏家训》，是吴越王钱镠对后世最大的贡献之一。而规约习俗（钱氏家训家教）被列入第五批国家级非遗项目。浩然正气的家风使钱氏一族在之后的千年里群星璀璨，繁盛至今。其中，有学贯中西的盛世名儒钱陈群、钱基博、钱锺书、钱玄同、钱穆等，有杰出的外交家钱其琛，著名女水利专家钱正英，民国时期的国务总理钱能训，而钱氏后裔最为响亮的名字是中国科坛的顶尖人物"三钱"——"中国航天之父"钱学森、"中国原子弹之父"钱三强、"中国近代力学之父"钱伟长。

即便是海盐钱氏，在明朝嘉靖后也有进士 16 人，举人 40 余人。一千多年来，钱氏为海盐留下了诸多传奇故事，如钱镠贩盐、钱王射潮、钱镠施茶、陈书教子、钱嘉徵击奸等，这些故事蕴含着惩恶扬善、忠孝仁心、刚直不阿等丰富内涵。海盐钱氏故事已被列入第四批浙江省非物质文化遗产名录。

钱氏先祖钱镠的许多传说，都与我工作的地方——海盐县澉浦镇有着深厚的渊源。

《澉水志》载："吴越王庙在镇西南三里，地名澉墅，崇宁间立为土地祠。"吴越国存续期间，整个浙江都在其疆域内，因此，澉浦为吴越国疆土，澉浦人也是吴越国的子民，澉浦人感恩钱王，故建吴越王庙，且每年都会举行钱王秋祭。游人如果来到澉浦，在去往南北湖景区的路上，一定会经过田园路，红墙黛瓦、庄严肃穆的吴越王庙就在路南侧（永乐村村口）。修葺一新的殿堂内设有"钱镠纪念馆"，以图文并茂的形式记录着钱王的功绩，钱镠纪念馆也是永乐村的特色文化礼堂。

澉浦有着千年植茶史（见宋《澉水志》），茶叶种植作为千年古镇的传统产业，至今保持着旺盛的生命力，且日渐成为文旅产业的品牌。而这要归功于当年钱武肃王在澉浦的"赐茶"之举。国王赐茶，旨在劝课农桑、推广茶叶（彼时茶叶在江南还处于试种、推广阶段）。

在澉浦的澉东村和六里村之间有座高 129.6 米的泊橹山，山顶有钱镠磨刀石。清道光《澉水新志》古籍卷载："磨刀石，在泊橹山顶（即今阁老山），俗传吴越王钱镠娴习武艺，曾磨刀于此。"

笔者前几日刚读完《蒋英传》，钱学森的成功有赖于蒋英的支持和理解。他们相处的 62 年里，互相尊重，互相支持，互相欣赏，互相成就，都活成了彼此心中最好的模样。 好的家风必来自好的传承。钱镠一生钟爱吴王妃，并为后世留下了千古名句“陌上花开，可缓缓归矣”。王妃生活却很俭朴，她每年回临安娘家探亲时，都会在老家教当地的人种植桑树、养蚕、织布。钱镠主政吴越国期间，在钱镠提倡农商、宽仁待民的同时，吴王妃也亲身垂范，纺纱织布。因此她深受钱镠敬重。钱镠写此名句时，他们已非少年夫妻，但依然恩爱如初。

行文至此，打开电视，浙江卫视正在播放 2023 年浙江省农村文化礼堂“我们的村晚”，相信这个春天，会有越来越多的朋友因为今晚而选择来到海盐。 作为海盐的一分子，我愿意带你们领略千年古县“清芬世守”的家风文化，读一读沈荡钱家祠堂“钱氏家训”，走一走钱镠当年在澉浦走过的路。

2023

那个开口说“呐”的爱笑老头

——记袁志芳老人

龙叔（朱龙训）告诉我，我和聿禾 9 月上旬去看望老袁那次做的访谈，也是老袁生前最后一次完整的交流与表达。也正因为那次访谈时老袁和我之前认识他时一般无二，依然中气十足，眉眼也依然如 16 年前我初次见到他时那般完全绽开，两道剑眉随着自己的情绪起伏也上下跳跃着，而他每句话前口头禅式的语气助词“呐”的力度是那么铿锵，所以我听到消息的一瞬间是很震惊的。虽然访谈前我已经知道老袁身患绝症，但看到他的精气神，听他介绍治疗动向和进展，我们都不禁对他的健康状况保持乐观的态度。

我和老袁的交往算不上深厚。但事后回顾，十余年来我无论在哪条线、哪个岗位，竟然都与他有过交集。

获评“全国平安家庭”

2007 年，我当时在景区管委会办公室，还兼了妇联那条线。年底上报县里平安家庭的推荐材料，县里反馈说镇中村袁志芳家庭符合全国平安家庭的申报条件，县里要推上去，要求我们把推荐材料充实些素材，再完善一下。依稀记得我当时亲自前往老袁家里又问了些情况，修改了申报材料。但是作为资深健忘一族，我已经不记得具体细节，到资料硬盘里也没找到当时的申报表，只搜到总结里的几句话，确认 2008 年 1 月老袁一家获评“全国平安家庭”。当然，作为当事人，老袁自己是忘不掉这么一件大事的。这些年来每一次碰到老袁，他开口闭口都会提到这件事，他说当年市妇联主席亲自到他家给他献花，报社也去采访他还给他们拍了全家福，也因此，他记我记得很牢。

支持镇村文化建设

2008 年，我在景区组宣条线工作。下半年协助镇中村开展“浙江省全面小康建设示范村”的创建工作，参与文化元素的挖掘提炼和呈现。老袁的儿子袁明是镇中村的村干部，一直冲在村庄整治基础建设的一线，他亲自带着我在村里走访，边走边讲述铁匠营、寺背河的故事。我当时想到的就是“上阵父子兵，打虎亲兄弟”。我记得也是那年年底，我在海盐县非物质文化遗产普查工作（南北湖景区）成果集里看到老袁的签名，在很多张调查表的落款处。我可以想象那年夏天，老袁和他的老伙计们一起冒着酷暑，一家家走访，一处处调查，再在每一张调查表上认认真真地签下他那方方正正的大名的场景。

爱穿马甲的“五老”志愿者

12 年之后，我调到了镇文化条线工作。公共文化工作职责中有一项是文化市场管理。这在乡镇的日常工作中主要体现在网吧监督上。我庆幸的是我们有一支队伍——镇关工委领导下的“五老”义务监督员，因为他们的存在，很好地弥补了文化站工作面广量大却始终人手不足的缺憾，并且，他们的履职影响力也远远地超过了我们。老袁就是“五老”队伍的一员，他和许多澉浦的文化老人一样，有档案意识。“五老”队伍每次现场检查时，他都会提醒同行的镇、村干部拍照、填写检查记录。我若没有去现场，他必定会主动讨了照片发我。写到这里，我脑海里突然就浮现了一个身影，一个穿着志愿者红背心、戴着红帽子的老人的身影，有时候这件红背心是套在一件浅绿色马甲的外面，而老袁似乎很爱穿这件浅绿色的马甲，因为马甲上有很多的口袋，里面就是老袁日常工作需要的工具——手电筒、老花镜、水笔、钥匙、手账等。

红色景点的建设推动者

去年 10 月，龙叔发给我一段话，是他怀念老袁的文字。他说他们夫妻、老袁还有祝栋梁老师是最早投身于“呼吁创建扇子山战斗遗址及新四军浙东游击纵队澉浦突围战纪念馆建馆”事业的 4 个人。龙叔脑海里时常会浮现出老袁“热情奔放、乐观健谈、刚直无畏”的潇洒形象，他们一起“采访当年澉浦镇的拥军亲历者们的往事”，一起“冒着酷暑热浪共同奔走在每个村庄，走访每家每户还健在的 90 多岁的拥军老人和他们当年的义举、拥军事迹”，使他处于深深的怀念之中。也幸好，老袁亲眼见证了纪念馆和遗址公园的先后建成，亲身经历了扇子山下这片红色土壤被先后命名为“海盐县爱国主义教育基地”“嘉兴市关心下一代教育基地”“海盐县关心下一代教育基地”“海盐县国防教育基地”并挂牌的仪式。我想他虽然走得仓促，但一定是带着欣慰走的。而他为家乡的付出，在这片浅山静水间，也一定会留下清远的回音。

去年 6 月《澉浦镇志》新一轮修志工作启动后，我和镇志办的同事们就陆续开始走访、调查和座谈。我们走访的重点人群就是长期在澉浦镇工作又一直生活在当地的澉浦人，生病住院的老袁也在名单中。9 月初听说老袁出院了，我和聿禾在征询了袁明的意见后决定上门探望，顺带访谈。

那日，老袁毫无保留地把他在任澉浦镇农科站站长时期以及澉浦近 20 年来他所了解的农业发展上的大事要事一一陈述给我们，尤其是澉浦农业发展曾经领先于全县甚至全市、全省的技术、品牌、项目等。他再三强调：“这个千万不能漏掉。”考虑到老袁的身体状况，我们没有多做逗留。我们告别时，老袁说：“你们记着我，我很开心。”

那天，我给老袁夫妻俩拍了好几张照片，不仅仅是访谈留档的需要，也是对澉浦人生活的记录。现在看来，这些照片更有了纪念的意义。

老袁虽然离开了我们，但我会一直记着他。澉浦的地方文化工作能一直走在全县的前列，最主要的是因为有这么一群人。老袁，虽不是这群人里最出类拔萃的那几个，却一直是勤勤恳恳像老黄牛一样不懈耕作的那一个。想起每次活动或者会议，他总是早早地到了，看到我们就会举手示意，笑着说：“呐，叫我们来，我们就要准时的呀。”话音未落，其笑容就延展开来，和抬头纹、眉间的川字纹糅合在一起了。

对的，老袁一直是个爱笑的老头。

2024

君应有语向湖山（金庸和澉浦）

今年，是金庸诞辰 100 周年。

这两年，身为修志人，我接触、检索了大量与澉浦相关的文史书刊和资料。也借此发现了一些家喻户晓的人物在澉浦留下的痕迹。这之中，就有金庸金大侠。

曾经有媒体工作者，用小程序做了一份关于金庸小说阅读率的调查问卷，面向“60 后”“70 后”“80 后”“90 后”“00 后”五个不同代际人群，结果显示，金庸小说在“70 后”中的渗透率最高，覆盖率达 90%。这不得不归功于 1983 年版《射雕英雄传》。这部剧为我们打开了金庸的武侠世界，自此我们走进了刀光剑影、侠骨柔情的书中江湖，影、剧皆不错过。

我自然是那 90% 里的一员。“飞雪连天射白鹿，笑书神侠倚碧鸳”，这是少年时陆陆续续用图书馆借阅证看完的金庸全集。“问世间情为何物，直教人生死相许”，元好问的《雁丘词》则是通过《神雕侠侣》爱上的。现在，金庸全集收藏在我的微信书架上，或许未来的某一天，我会买一套典藏纸质版送给自己。

金庸先生在澉浦有朋友。2016 年，百岁文化老人吴侠虎的女儿吴基平、女婿吴胜年将老人生前收藏的地方史志，为澉浦、南北湖撰写的书籍、手稿，以及与国内文化名人、学者的往来信函无偿赠出。其中一封 1988 年 8 月 5 日的信函，落款是金庸先生，内容大意是金庸很钦佩侠虎老人对海盐腔的渊源如数家珍，请其将文稿《谈谈海盐腔》寄往《明报》以助其宣传。

金庸先生到过南北湖。在《南北湖志》“大事记”1996 年的条目中有：“11 月 10 日　香港特别行政区筹委会委员、著名武侠小说作家查良镛（金庸）先生游览南北湖，并为载青别墅题字。”而更为翔实的记录见于 2019 年 1 月澉浦镇侨联简报《家乡之声》158 期中的《金庸先生游南北湖》一文，该文节选于沈咏嘉《金庸之缘——金庸先生来盐记事》。

1996 年 11 月 10 日上午，金庸先生偕夫人林乐怡、儿子查传倜等一行在市、县领导陪同下，应邀来海盐参观访问。时任海盐县副县长的沈咏嘉陪同金庸先生游览了南北湖，观光了中湖塘、谈仙岭、云岫庵和金九避难处。据沈咏嘉回忆，在陪同领导向金庸先生介绍南北湖的人文故事时，“金庸先生总是面带笑容恭敬地听着，礼貌地询问着”。到金九避难处，“金庸先生走出车门，环顾四周，若有所思。步入载青别墅，里边陈列着记录金九避难南北湖前后经历的图版和金九手迹复制件等展品，为金庸先生讲解的是南北湖风景区管委会工作人员谢凤英。书房里，临窗的桌子上长年放着一本册页，供前来瞻仰的名人、政要题记留言，陪侍金庸先生左右的我请金庸先生在册页上题个字。金庸先生看了看打开的册页，缓缓坐下，提笔蘸墨，工整地写下了‘金九避难处，金庸来凭吊’两行字，款落‘丙子年秋，金庸’。两句首各用带‘金’字的名字，想必有所寄托，究竟何意就不得而知了”。

文中提到的谢凤英，如今已是海盐县文联主席。提到金庸先生，她说：“我见过先生两次。”“第一次是在 1994 年 4 月 3 日金庸图书馆落成典礼上，我们是持气球夹道欢迎的学生妹子。”第二次就是 1996 年，那年她刚参加工作，担任金九避难处的讲解员。她说那天下午，她跟往常一样上班，有条不紊地进行着景点接待和讲解工作，没有人告诉她金庸要来，不过在金九避难处，随时可能有政要名流前来参观，于她已是工作常态。那天她听到景点外车子停靠及开关车门的声音，职业惯性令她立即走到门口迎接，先到达门口的随行人员告诉她：“金庸先生来了。”谢凤英闻言一阵欣喜，旋即又惶恐起来。因为那日她未着正装，只随意套着件毛衣，心里忐忑不安。很快，金庸先生在县领导的陪同下出现在她面前，先生眼带笑意，熟悉又亲切，完全忽略了她以为的不严谨。谢凤英提着的心一下子放下了，她主动迎上前，热烈并真诚地说了欢迎词。她记得在县领导向金庸先生介绍了她之后，金庸先生很亲切地向她表达了问候。她记得金庸先生的书法遒劲有力，还记得金庸先生在离开前专程向她表达了谢意。“我是幸运的。”谢凤英感慨地说。

其实，我们也是幸运的。因为，我们的家乡，也在大侠金庸的文字里。金庸的读者都喜欢跟着他的笔触游走中华山川大地，在他的文字里寻找熟悉的地名和人文故事，或者干脆循着他笔下人物的足迹去实地踏勘比照一番，比如，我就专程去过普陀山的桃花岛。

在《倚天屠龙记》（2006 年新修版）第十回《百岁寿宴摧肝肠》中殷素素有句话：“你们要报仇，便去找天鹰教好了。天鹰教的总舵，便在江南海盐县南北湖的鹰窠顶！”

据说，在金庸旧版和修订版内容中，嘉兴五县没有点到海盐和嘉善，在明河版出版时，金庸却拿出了两个封面给吴镇（画坛“元四家”之一，嘉善人），到了新修版，金庸又大笔一挥，把天鹰教的总坛设在了鹰窠顶。自此，金庸武侠作品里嘉兴五县无一遗漏。

好一个任性的金大侠，好一个可爱的金庸先生！

PART 2

岁月履痕

2010

那些黑白光影里的往事

上月月底的时候，母亲与父亲一起回来，把老屋卖了，因为父亲喜欢热闹，也乐于轮流住到我和上海的小妹家中。于他们而言，老屋就显得多余了，卖掉它也免了一份牵挂和照看。花了一周的时间，父母整理腾空了老屋，而我家就陆陆续续地多了些东西——那些印刻着我们年少时生活痕迹的物事，其中就有那本我和小妹都很熟悉的黑白影集。

女儿是对我们的过去最感兴趣的人，打小她就爱缠着她的外公讲述我和小妹童年时的点滴，用以比对她如今的生活是多么的不同，而她外公便会因势利导，告诉她，她现在是多么的幸福。我和小妹对父母年轻时的经历所表现出来的热衷也不亚于我的女儿。于是，那本黑白影集就会一次次地被父母拿出来作为一种辅助性的记忆工具来配合讲述他们的年代和他们的故事。

这是本老式影集，暗红色的硬面，用的是以前合订本的连环画的装订方式，有二三十页，内页的每一张黑色硬质页面和页背上都粘有很多个锡金纸折的角，而那些大大小小尺寸不一的黑白照片就固定在这些角中。内页之间是薄薄的一层蜡纸，用来防止相片之间的摩擦。影集中所有的照片都是 20 世纪 60~80 年代拍摄的，自然所有的影像都是黑白的，在我们看来是那么的朴素而贫瘠，在女儿看来，却是那么的新奇。

看着母亲和父亲结婚时的合影，父亲自己也会忍不住自嘲，年轻时的父亲瘦削而英俊，也曾意气风发激扬文字，想不到 30 多年后成了滚筒型的老朽。母亲是上海知青，当年怀揣着一颗红心远赴新疆，当地人称“天山脚下一枝花”，如今虽然气质依旧，但亦美人迟暮。

母亲有很多张她的单人照，也有一些她和当年兵团农场卫生队的知青同事们的合影。当年的这些女子，不加修饰，没有妆容，但却是美丽的，因为在她们青春的脸上，荡漾着的是单纯的幸福。“到边疆去，到祖国最需要的地方去”，她们幸福，是因为祖国的需要。

母亲的很多张照片都是穿着军装的，我记得上中学后，母亲把她那件黄绿色的军装改小了给我穿，在那个崇拜英雄的年代，对于军人的向往使同学们看我的眼睛都在发亮，而我亦感受到成长的力量。就像后来小妹喜欢把母亲的白大褂往身上套一样，那时的我们，是多么渴望长大。

在这本老式影集里，我和女儿最喜欢的那张照片上是母亲骑马驰骋草原的英姿，所以在 5 年前跟着先生单位去内蒙古旅游时，尽管紧张与恐惧的情绪挥之不去，我还是毫不犹豫地上了马背，紧握缰绳，享受那纵情的驰骋，女儿也在骑师的保护下疯玩了一把。只是，我和女儿都不曾料到的是，母亲这张照片的背后还有一个故事。

那年的一天，母亲接到去农场场部开会的通知时，连队的汽车已经走了，可以使用的交通工具只有马匹和自行车，骑车以母亲的体力是无法支撑到的，于是从未单枪匹马跑过长途的母亲为了赶时间毅然选择了骑马。想不到中途遇到一个笔直的山坡，马儿下行时打了个趔趄，按照惯性，母亲很有可能被甩飞，当时母亲一瞬间紧紧抱住马脖子，她想：“也罢，今天可能就光荣在这里了，也许身后会被当作烈士，至少也是因公殉职。”好在马儿争气，不仅站稳了脚步，还及时赶到了场部。那张照片，便是母亲出发时同事为她拍下的。

我和小妹、女儿都是武侠剧的拥趸，所以对于骑马历险这样的故事并不陌生。听完母亲的故事，在我们的眼里，母亲就成了一个侠女。是的，她是的，从穿上黄军装、白大褂的那一刻起，她就是果敢的、顽强的，她崇尚红十字的精神，把每一个病人都当作家人。

母亲和父亲喜欢看影集中满月时的我和小妹，然后骄傲于他们多年辛苦的成果。女儿喜欢看影集中幼年时的我，寻找眉眼间与我的那份相似，以此来抵制大家那句“你长得和你老爸一模一样”的论定。而我，也喜欢这本影集，因为它记载着山楂树年代的那份纯真，记载着“70后”的成长足迹，记载着一个家庭的快乐和温馨。

往事悠悠，是用来怀念的。

2011

穿越在逝去的南塘和复苏的月河之间

最近几年有了车后，周末除了上海、杭州，就属往嘉兴跑得最勤。去得多了，感悟也就多了。坊间流传着一种说法："要工作去上海，要生活去杭州，如果既要工作又要生活，那么嘉兴这座中等城市应该是上选。"于是我明白了为何这些年来身边那些熟悉的人陆陆续续地调去了嘉兴，即便留在当地工作的，也一个个地在那边买了房。良禽择木而栖，历来如此。

周日中午一家三口闲来无事，看太阳还在天上挂着，便决定带刚从作业堆里解脱出来的女儿去嘉兴转转。谁知到了嘉兴市区，太阳就和雨水换了岗，原想去的几处商业街因为下了雨的缘故便作罢了。先生开着车，随意地穿行在市区的大街小巷，年已及笄的女儿笑着说我们是来考察当地风土人情和地理状况的。沿着建国路一路前行，不经意地就到了月河街，去过乌镇西栅的女儿瞬间就被这里相似的古朴建筑群所吸引，而我是来过的，自然知道月河的好，于是下了车，一家人沿着廊弄走了进去。

记得第一次来月河街的时候，同行的友人曾笑我傻，竟会对这种仿古建筑也看得这么入味。想想自己原本是傻的，上中学的时候每天都会经过的那条南塘老街，不比月河街更真实更应景嘛，只是，如今，又让我去哪儿找呢？打从"自古繁华地　总是名门家"被移梁换柱给了房地产商那时起，老街就成了怀旧者烟斗中飘出的几缕轻叹了。

初中时，学校的西门就在南塘街上，有同学的家就在附近，来去很是方便。而我每天都要走 20 多分钟的路程才能到校，但这段路，因为有了这条老街而显得不再单调。

青石板的路，即便是雨天，也不用担心泥泞满脚；吱嘎吱嘎摇曳而过的木船，只需轻轻一踮，就能轻易踏上去；一色的白墙黑瓦间，因岁月剥蚀而裸露着斑斑点点灰褐色的里砖。木质阁楼上或开或闭的红漆窗，悬晾于檐外的衣服和婴儿尿布，手摇蒲扇坐于门前竹椅上边听屋里收音机里传出的咿咿呀呀的戏曲边拉家常的老人，还有从那一座座石板拱桥下的桥洞穿过时入眼而来的满壁苔绿，以及间隔的几家老字号的店铺匾额上已缺了胳膊少了腿的狂草隶书，如今都只是文字中的记忆了，没有了，便再也回不去了。

近的古镇，我去过乌镇西栅、周庄、同里；远的古镇，去过湘西的凤凰。在悠远的历史长河里，渺小的我品味一份份穿越的感动。

女儿这一辈人对于南塘老街、轮船码头一带的认知全来源于我们的口述，偶尔在网络上搜索到的几张老照片只能证明它存在过，却无法窥得全貌。所以当酷爱历史的她来到月河街时，她是兴奋的，而月河街又是开放式的，相对于乌镇西栅 120 元一张的门票，这里太划算了，三个人节省的费用足够我们在月河街享用一顿具有江南特色风味的晚餐了。

查阅月河街区的历史，得知这一带早在民国时期就是嘉兴繁荣的商业区，商铺林立、民房稠密，有名望的当铺、茶馆、洋货店、商校、农具制造店随处可见，当时著名的“高公升”酱园等老字号商店都坐落在这里。因此，嘉兴有了要在这里建中华老字号一条街的设计。于是月河街区就环绕着京杭大运河的分支水湾一层层地延展开来，夹以 12 座造型古朴的石桥，形成街区陆路呈鱼骨状的江南水乡居住区特有的道路交通格局。青石板的路恢复了，旧式民居恢复了，商铺恢复了，与乌镇一样精致的小桥流水、小街弄堂重现眼前，只是居民消失了，来来去去、进进出出的不是游人就是生意人。

作为嘉兴市区现有保存风貌最为完整、规模最大、最能反映江南水乡居住特色和文化特色的区域，月河街被包围在时尚大气的现代建筑群中，却是那么的和谐，让人不由自主地沉醉于时空交错的魔幻中，感慨“前有古人，后有来者，念天地之悠悠，众愉悦而颜开”。

女儿说：“妈妈，下个周末，我们再来。”

2011

缘深缘浅皆是缘

最初结识海盐人民广播电台（简称海盐广电）是在1987年，那年我正读高二。某天，我正坐在教室的一隅独自冥想，我当时的同桌手持一张单子兴冲冲地走进教室拿给我看，是海盐广电的通知函，函上说我的一首小诗被海盐广电的文学栏目《海浪花》选为备用稿，不过还需要做些修改，希望我根据函上所附的修改意见调整好后再投稿给该栏目。当时我一头雾水地望着同桌，只因我从未投过稿，也从未听过这个电台的节目。经同桌解释后才知道是她自作主张地把我和她在课间涂鸦的两首小诗投稿给了《海浪花》。

也是自那一刻起，我才后知后觉地领悟到，原来在我生活着的这座海滨小镇也有与都市一般的通过电波从空中传递声音的方式。只是，它更多的是被乡村的家庭和居民接收着，而城镇，中央人民广播电台或者省、市主流电台的调频节目已主导了市民的日常生活旋律。偶尔的间歇，你会从众多频率的缝隙中捕捉到这个一直静静地守候在身边的波段，从而滋生一种亲近感。

按照编辑的指点，我顺利修改了稿件，并由同桌代劳寄送给《海浪花》栏目。三日后，我的诗得以播出，这之后，同桌的创作热情愈发高涨，而我也跟着受益。然而，第二年为了全力应对高考，加之《海浪花》栏目改版，我与《海浪花》、与海盐广电的第一份缘就此中断。

和海盐广电的第二段渊源，是基于一个人，即上文提到的《海浪花》的编辑。作为当地电台的文学编辑，他手中无疑掌握着一众文青的信息资源。为了活跃当地文坛的创作和交流氛围，他组建了海盐首个民间文学社会团体“海藻诗社”，也是在他的鼓动和推荐下，我和同桌成了诗社的一分子。20 世纪 80 年代末至 90 年代初是“海藻诗社”的兴盛期，当年的那班文青，如今都已人到中年，依然活跃在当地文坛的也已寥寥无几。但是这段记忆，却常常会在某个夜晚某个场景中被再度翻拣出来，虽如浪花般转瞬即逝，但亦如海藻般炫目缤纷。

与海盐广电第三次结缘是为了我们共同的所爱——南北湖。为了让更多的人知道这块风水宝地、了解这片世外桃源、寄情这方闲情山水，我们与海盐广电人有过很多次的合作。南北湖需要家乡电视媒体的帮助，而海盐广电人也在不遗余力地努力着，他们的镜头跟踪着南北湖的四季变换，记录着景区人的执着坚守，见证着一次次的人文盛典。他们敬业不仅仅是因为对职业的忠诚，更多的是对故乡的深厚情怀。

如今，我对海盐广电的关注度似乎越来越高了，因为海盐广电人里有朋友、有同学，因为《海盐新闻》和广播电视报，因为工作上的多重联系，更因为这二十余年来与它深深浅浅、千丝万缕、剪不断理还乱的缘分和它有目共睹的辉煌的发展历程，就让我看着它、祝愿它在 21 世纪的天空越飞越高，越飞越高……

2011

太阳，永远在前方

五年，在历史的滚滚红尘中，就像孩子们吹出的那一串五彩缤纷的泡泡，只是瞬间的明亮绽放，便顷刻间消弭于无形。

五年，在人生的短暂征程中，恰似旅途中的一个驿站，虽然来去匆匆，却能印证每一个成长过程的转折和蜕变。

悠悠五年，一个垂髫小童转眼便是一个阳光学子、有志少年。

悠悠五年，初涉江湖的青年，转身已能在刀光剑影中闪展腾挪、进退自如。

悠悠五年，跨海大桥戴着世界之最的皇冠在杭州湾绵长的海岸线上跃起了一线长虹。

悠悠五年，绮园文化区已从宏伟蓝图上的景致悄然演变成眼前亮丽的风景线。

我们的五年，任时间沙漏在指间流散殆尽，而记忆里，已是沧海桑田。

五年前，农工商、世纪联华勤俭路店、家得利三家中型超市已能满足客户群体的需求。五年后，随着世纪联华新桥南路店、大润发两家大型连锁超市的加盟，以及市民的购买力持续上升，于是，2011 年春节前夕，主攻中高端消费市场的综合性商厦——利时百货也隆重登场。

五年前，城北路上虽然已有十余家大大小小的餐馆，但是除了当当煲店之外，其余的都开开关关，不停地变换着经营业主和品种。五年后，东北饺子馆、大娘手擀馄饨、御面食坊、胖子肉蟹煲、川香火锅城、阿瓦山寨、吉阿婆麻辣烫、韩式炭火烤肉、台北小站等相继驻足并树立了品牌，将中式西式、南方北方的特色餐饮一一呈现，使城北路成了海盐特色餐饮一条街，每到周末，几乎每一家店门口，都排起了长队。

五年前，宜家花城、天鸿名都、香樟雅苑是县城内为数不多的较具规模的成熟型住宅社区。五年后，外观典雅、装饰精美的高层住宅区、别墅群已遍地开花，不仅如此，农村新市镇、新社区的蓬勃兴起更让这座美丽的滨海小镇处处彰显时尚、大气。

五年前，加入考证大军，有惊无险地拿到了驾照，却没有车可以驰骋，那时单位里的私家车不过一两台，自家楼下每晚停的也是一两台小货车，在百米长的通道里显得孤独而寂寞，偶尔搭单位的车来来去去也是一路畅通。五年后，我的车已有了五万公里的行驶记录，上班路上个性车牌的私家车不断从身旁呼啸而过，下班高峰时段，逢阴雨天气就要感受全城大堵车的壮观，好不容易开回家，还得玩一把现实版的抢车位游戏。

流水的五年，虽然阳光依旧温暖，星空仍然璀璨，但时光已从我们的身边汩汩而去，我们的世界、我们所处的环境、我们的生活一天天的不同，于是我们继续拥抱梦想、继续心怀感恩，因为，太阳，永远在前方，生活，就充满了希望。

2012

这一世，终成烟火女子

我从未曾奢望成为一个“不食人间烟火”的女子，那样脱俗飘逸到极致的精灵应该只存在于小说里和幻想里，现实中也许会有，只是我尚未遇着，那得修几生几世才能炼成，若是遇着了，也只敢远远地看，怕自己身上的凡尘味冲了美人的气场。

相比“不食人间烟火”，“出得厅堂，入得厨房”更为实在，这既是男人们择偶的理想标准，也是女人们努力的方向。只是，现实生活中往往无法兼得，或沉溺于厅堂的优雅而不屑于厨房的琐碎，或盘桓于厨房的烟火气而迈不向厅堂的广阔，更有甚者，既羞于厅堂又怯于厨房，只把自己冬眠在书房，如我，便是。

幼年时的我在上海，是在外祖母身边长大的，隔代宠溺的结果就是“饭来张口、衣来伸手”。及至十余岁了，外祖母和舅舅每次在厨房忙碌时都不许我靠前半步，说是煤气危险、油烟味熏人，于是那时起，我骨子里便认为我和厨房是不该有任何交集的。

上海人生活得精致，尤好烹饪，上海男人是出了名的“围裙丈夫”。外祖母是烹饪高手，连带着她的三个儿女也遗传得一手好功夫，个个都能整出一桌色香味俱全的酒席来。只是到了第三代我们这一辈，或主动或被动地远离了厨房，端的是人才凋零，空叹着“无可奈何花落去”。

中学时代开始在父母身边生活，为生计忙碌奔波的父母自然希望儿女能做些力所能及的家事以缓解长辈的压力。于是假期里开始我学着生煤炉、做饭，烧一些简单的菜。记得那时我做的红烧鳊鱼和水炖蛋是得了母亲赞许的。只是这样的尝试如惊鸿一瞥，随着假期的结束就水落无痕了。

母亲是个完美主义者。在我和小妹的记忆里，自幼年时所做的事、所说的话很少能得到母亲的肯定，以至于我们姐俩一直都很自卑，总觉得我们是这世界上最无能的两个人，于是潜意识中我们就抵触学习母亲身上所掌握的那些技艺，比如女红，比如厨艺。因此成年后的我们就真的成了甩手掌柜，但因为有家人呵护，倒还真有点“不食人间烟火”的味道。

成家后最初的时光里，厨房里的锅碗瓢盆是很早就独立生活的先生操持的，虽然他也只会倒腾他的老三篇——红烧鳊鱼、红烧豆腐、炒青菜，但于我而言总是聊胜于无。只是偶尔去他朋友家做客，看朋友的妻子在灶台间施展着乾坤大挪移的功夫，而朋友则悠闲地陪着我们闲聊时，先生自不免在回家后幽幽地哀叹几声以表委屈，而我则往往心虚地往书房里一钻，且色厉内荏地狡辩说厨房又不是女人的专利。

女儿出生后，母亲和公婆轮流着帮我带，饮食起居自然也仰仗着他们的照应。搬了新居后离母亲近了，反倒成全了我和女儿，因为母亲把我们的味蕾培育得近乎苛刻，几日不闻母亲的菜香，女儿和我就会神不守舍。公婆常年生活在乡下，从来只求温饱而无美食的概念，一成不变的菜式令女儿愈发地想赖在外祖母身边。

父母去沪定居后，我们一到周末总是四处打游击找小吃，因为公婆家的餐桌上从不会出现面食和辣菜，而这恰恰是我们家族的最爱，女儿自然是被母亲和我熏陶出来了。即便是先生，现在也能体验微辣的食物了，至于面食更是我们日常早餐的候选了。

最近几年，许是年过不惑心态有了变化，想着厅堂上的仪态万方既然无望，倒不如实实在在地做个厨娘，唯此间成败属于自己可以掌控的，也免却了每次外出就餐时面对菜单却无从选择的苦恼。再者，在母亲身边多年，虽不曾主动学习实践，但时常被母亲勒令候在一旁打下手，看得多听得多了，理论知识那是相当丰富的。在女儿的一再怂恿以及她鼓励、欣赏的态度的推动下，在微博上那些“出得厅堂、入得厨房”的完美女人的感召下，再加上每次烹制完毕上网晒成果时网友的交口赞誉对内心虚荣的一种满足下，这个秋天起，我爱上了厨房，女儿和先生更是以他们的实际行动来支持我：一个负责饭后洗刷，一个尽量推了应酬来捧我的场。

中秋时初显身手，色香味都到了及格线上，将所做菜式拍照上传，母亲在网上见了，发短信给了我从未有过的赞誉。母亲的肯定于我是那般的难得，而这份肯定也让我明白，我这一世，终究是将自己修炼成了烟火女子。

2012

漫说春节和情人节

题记：又是一季春来到，柳絮儿满天飘，暖风轻扬桃花红了，榆钱串上了梢。

暖冬一过，早春的气息便扑面而来。2月一到，春节假期就指日可及了。

在我的孩提时代，春节的标志性事物就是新衣服和压岁钱。得到新衣新鞋的第一时间是必须上身的，于是总被大人调侃“老鼠不留隔夜食”。压岁钱是拿来跟小伙伴比的，比完了就不属于自己了，它总会被父母以各种堂而皇之的理由收归“国有”。我是一个“嘴大吃四方”的标准“吃货”，所以春节期间无论去何处走亲访友，我对于美食的态度一概是来者不拒，这也为日后体形的不堪埋下了伏笔。

春节在不同的成长时期自然有着不同的内容，但是记忆中不变的就是一盘盘酱油瓜子、葵瓜子、长生果以及一杯杯漂着米花末的糖水。若是去经济宽裕的人家做客，就会有色彩斑斓的炸虾片和大白兔奶糖、话梅、椰子糖，很喜欢虾片入口时粘在舌头上的那种细腻以及一点点融化在舌尖上的快乐，很喜欢奶糖的香、话梅糖的酸、椰子糖的醇，虽然它们也是我日后满口蛀牙的罪魁祸首。记忆中不变的还有除夕夜二十四小时不间断的爆竹声以及守着电视看春晚，直到眼皮实在无法承受眼睑的沉重、意识也一点点地模糊，直至再次被邻家的鞭炮声惊醒。

春节和情人节，在30年前，是八竿子也打不着的两个元素，在各自的时空和地域里被庆祝着，承担着各自特定的使命。当后者被引渡到中华大地，在过往的30多载岁月里，二者曾经重叠，曾经交错，如今，依然紧密相依。

“70后”是改革开放后最先感应并适应时尚的一代人，也是最先接受情人节并实施“拿来主义”、还因此受惠的一代人。我们的传统教育里滋生的皆为“矜持”与“含蓄”，因此太多的缘分就此错过，所以情人节给了彼此于特定的日子倾诉与表白的机会。当然，到了21世纪，情人节浪漫经济不断升温，丰盈了一众商家的钱包，而现代通信技术的发展和网络的普及，也给年轻人提供了多渠道倾诉和表达的平台，这是一个多彩的世界，有着多情的春天。

人到中年，经历世事浮沉，耳闻目睹几多生离死别，对生命多了敬畏，对生活多了感恩。世间万物都会如浮云消散，唯有亲情和友情，愈久弥坚。

因为不在父母身边，所有的长假都被用来探亲，春节更是社会公认的“常回家看看”的假期。父母需要的从来不是物质馈赠式的孝敬，而是情感反哺，哪怕只是安静的陪伴，也足够让老人欢颜。

步入不惑之年后，年轻时和好友在情人节集体疯狂的惯例也被演变成了家庭聚会，无论多忙，无论多累，我们都会记得在这一天里，抛开一切，带上家人儿女，赴一场与友情相关的约会。

所以，如今，无论是传统的春节，还是舶来的情人节，在我们的字典里，都只有一种解释，那是一种提示——记得，相聚的日子。

2014

简单爱，感谢爱

“你总在仰望和羡慕着别人的幸福，一回头，却发现自己正被别人仰望和羡慕着。其实，每个人都是幸福的。只是，你的幸福，常常在别人眼里。幸福这座山没有顶，没有头。我们要学会走走停停，看看山岚、赏赏虹霓、吹吹清风，站在别人的角度，感激自己已经拥有的幸福。”——在朋友的微博里读到这段话，于是我试着，停下来，感激我所拥有的幸福。

感谢刚刚过去的5月，它捧着祝福悄然而至，又满载着快乐离去。5月于我，多是紫罗兰的色彩，今年，亦如是。

5月有我的生日，祝福从不缺席，QQ、短信、微博、微信提示音此起彼伏。一早收到的是爸妈的短信：“祝宝贝生日快乐！”看到“宝贝”二字，恍若还是童年。跟着而来的是闺蜜的：“妞，生日快乐！”我们爱叫彼此“妞”，仿佛时光依旧静止在彼时。中午，你的彩信如约而至，图案是一串彩灯拼接成的那三个字，嘴角不禁微微上翘。傍晚工作结束后回家，进门就看到一个巧克力蛋糕，以及蛋糕后面的两张笑脸，于是，关灯、许愿、吹蜡烛，走着人们百行不厌的程序，只因为，烛光中的我们，都喜欢并欢喜。

5月有爸妈的结婚纪念日，发祝福过去的时候，窗外雨声正淅淅沥沥，二老在家里翻着那本黑白相册，细数45年来的点点滴滴。想起春节的时候回家，到了晚间母亲喝酸奶的时段，只见父亲解开衣襟，从腋下拿出酸奶递给母亲。母亲胃不好，忌甜食和生冷。于是父亲每晚就会用体温给酸奶加热。那一刻，我们感受到的，是爱的温度。

5 月有我的单身告别日，这天，我习惯性地上网去查纪念日的别称。19，一说是美丽的琥珀，一说是好看的印花，其实无论是何种称谓，于我俩而言，都是美好。因为喜欢分享幸福，所以，傍晚牵手散步时，随性地步入茶室，随性地招呼来了一些朋友，我们随性地聊着，没人意识到这个日子的特殊，但我俩暗自欢喜着，感谢着当天有意无意中遇到的他们。

19 年携手共度风雨，不是没有过怨言，不是没有过遗憾，但随着时日流淌的许多个细节里，我的感动，总是不期而至。

知道我偏好手链，每次出差回来，你都会挑选一款当地特色的手链带给我，比如碎珠手链，比如草编手链，比如贝类手链，又比如红豆手链……

《中国好声音》发酵的那阵子，某晚你微醺归来，将两张碟片放在我面前说“拍领导马屁”，一时不明白你的意图，没做任何反应。“网上有人做了《中国好声音》各期的剪辑并合成了，我中午把它刻了下来，给你做车载 CD。”于是第二日一早，我就在好声音的陪伴下、在秋风秋阳的沐浴下做了快乐的上班族。

上月回公婆家吃晚饭，进门后不见你，从阳台上望出去却看到车子停着，正纳闷为何你不上来，电话响了：“你到家了吗？”你问我。“早到了。”我答。一会儿你上来了：“我进来时看到路口有两条狗，且样子都不太友善，想着你最怕狗，以为你还没到家，所以在路口等你，想陪你走上来。”彼时心中一热，想起两个字“依靠”。

有些感动，还因为习惯。习惯了半夜朦胧中你替我掖被角，习惯了过马路时你紧牵着我的手，习惯了开车时你坐在边上的一句句唠叨，尽管，我行驶的里程数是你的数倍。

我曾经到访过“中国好人榜”候选人步菊芬的家，亲眼见证了一个妻子 21 年服侍瘫痪在床的丈夫并与家人患难与共、守望相助的感人故事，并为之震撼。

一生守候不是一句华丽而苍白的山盟海誓，而是在无数个简单而平淡的日子里同舟共济、相濡以沫。爱，并不复杂，幸福，也很简单。懂得感谢，会更加丰满。

2015

曲尺弄底的修鞋匠

女儿的一件真丝衬衣是用锈钮的，掉了一粒后自己无法处理，学校附近也没有裁缝铺，于是国庆假期带了回来。

曲尺弄底，谢师傅的修鞋铺，仿佛从20世纪90年代起就一直存在。以前在县城上班，接送上学的女儿时，几乎每天都会经过，都会下意识地瞄上一眼，如果有某日铺子恰巧没开门，我就会暗自揣测他是病了还是离开了此地。而当一两日后一如既往地远远见到他铺子上那顶酱红色的油布伞时，心情也会跟着爽朗起来。

小时候的街头巷尾，常见形形色色的修鞋匠，如今人们的观念大不相同，这些不起眼的手工艺也缺乏市场的认同，更面临着后继乏人的尴尬。在海盐县城里，这样的铺子着实不多了。

谢师傅的铺子最早并不是坐落在曲尺弄，似乎他也曾辗转于县城各地，但总是在某个比较醒目的转角处，以便于他的老顾客们能不费周章地找到他。我曾寻过他几次踪迹，倒不是因为自己有需要修补的物事，而是把他当作了老海盐的一个记忆。只要他在，这座城市就多了一条寻根的线索，我们的很多过去就可以借此获得一个安放的平台。

我之所以对谢师傅有很深刻的印象，不仅仅是因为他精湛的修补技艺和童叟无欺、不卑不亢的服务态度，更是因为他对人生的态度。我曾在他那里修过鞋子、包和衣裤的拉链，也配过钥匙，每次也就是一元两元的修补费用，这么多年来没递增过。他总是穿着干净整洁的服饰，即便是雨雪天也一样。他喜欢穿白衬衣，衣领和袖口是很挺括的那种洁白，袖子即使是挽起的，也挽得一丝不苟，他穿皮鞋，皮鞋上也少有灰尘。

他要做工的时候，会在身前垫上一大块布，然后有条不紊地履行着他的一道道工序。而候在他铺前的我，就会安安静静地看着他，直到他完工递给我。没容我说上一句“谢谢”，他就已经开始了新一轮修补，他的缝纫机下，整整齐齐地摆放着各式各样的鞋子，等待着他去“手术”，等待着它们的主人下了班或办完了事来领取。

作为一个人，一个靠自己手艺谋生的人，一个尊重自己且尊重自己所选择的这份职业的人，不管他的职业在他人眼中是卑微还是高尚，他都值得我们去尊重。谢师傅就是这样一个人，他对自己的一丝不苟，对这份手艺的一丝不苟，都令我由衷地敬佩。所以这么多年来，我始终是他忠实的粉丝，甚至我认为，他也是曲尺弄的一道风景，一种文化。

2015

永远的华尔兹　一世的布鲁斯

傍晚散步，每当路过绮园文化广场的西北角，听到那悠扬婉转的华尔兹、布鲁斯舞曲，看着一对对搭配得或娴熟或自然的身形，这心的脚步就开始飞旋，我想，终会有那么一天，我也成为其中一员。

人的一生，会有很多梦想，而做一名舞者，曾经是我孩提时代的一个梦想。也许是因为母亲潜移默化的影响，她少年时期是少年宫的舞蹈演员，成年后至今仍然是一名交谊舞爱好者。儿时的我，对于舞蹈有一种天生的领悟力，加之新疆维吾尔族又是一个能歌善舞的民族，所以幼儿园时期，我不是在跟着老师学舞练舞，就是在跟着老师去往表演的路上。记忆中有因为排练中小伙伴没能托稳站在他膝上的我而导致我摔在地上短暂的休克与恐惧；有为了训练出维吾尔族舞中的经典动作——摇脖子，而被母亲压在门背后，让我用两个手撑着门框，然后慢慢向左右两边移动脖子的可笑场景；有为驻军战士表演双人藏族舞时，一个长甩的动作使得我和伙伴的两根哈达绞缠在一起而造成演出的失败；有跟着父母看演出，在看完一段“唱支山歌给党听”的现代舞蹈后自己一个人在家属院凭着记忆完整地跳完这支舞蹈而带给周围大人们的惊愕；更多的是一次次演出结束时作为领舞站在台前，面对台下那些热烈的掌声和父母骄傲的眼神。

小学时，我去了上海的学校就读，我的姨母当时是民族乐团的独唱演员，当她跟我外婆提出要送我去学芭蕾时，被老人家坚决地拒绝了，外婆深知学芭蕾的艰辛和痛苦，她不忍心幼小的我去承受。当时我所在的学校还是以学习为重，所以我对舞蹈的热爱就仅仅限于学校文艺汇演时我自编自导带着同学一起跳舞的一点点满足。升入中学后，文艺汇演也没有了，只有偶尔一个人在家时对着镜子跳上一段新疆舞或自创的现代舞，再就是和妹妹两人搭档跳上一段“三步”“四步”。

再次与舞蹈无所顾忌地接触是在高中毕业之后。20 世纪 80 年代末 90 年代初，舞厅在我们这座滨海小镇正值兴盛时期，那时年轻人夜间的文化生活主要就是交谊舞，偶尔会有一场电影、一场旱冰等。我很享受那样的时光，在幻影摇曳的舞池里，从《海上花》到《月朦胧鸟朦胧》，从布鲁斯转换到华尔兹，我和同学、闺蜜就这样在喜欢的音乐中、光影中移形换步、轻快舞动。

当女孩成长为女人再到母亲，及至如今的不惑，肢体的协调性、柔韧度一再退化，已不复当年之勇。当网络渐渐成为人们社交的主要方式之一，当排舞以强身健体的名义席卷城市和乡村后，民族舞、现代舞和古典舞就只是春晚舞台上的惊鸿一瞥，交谊舞也只剩绮园文化广场西北角那块小小的地盘。

但,《中国好舞蹈》适时地出现了，童年的梦想得以圆满，似乎舞台上的每一位舞者都是一个我，在音乐里诠释着自己，释放着自己，舒展神秘的藏族舞、豪迈奔放的蒙古舞、热情妖娆的维吾尔族舞、激情澎湃的现代舞、行云流水的古典舞，以及国际风范的华尔兹、布鲁斯、拉丁、伦巴、桑巴、恰恰等，不一而足。正所谓，身虽不济，心却满溢。

9 月，女儿即将步入象牙塔的生活，很多人问我，是否会失落，是否会有无所适从、无所事事的感觉？我说不会。因为，我已想过，那时，我会与先生还有同龄朋友们一起，加入绮园广场的西北角，去做一名简单而又快乐的跳舞人，即便，我们会是其中最笨拙的一对，但那又何妨？

2015

有些停留，是因为爱

——一封家书

小妹，如果可以，多回来看看。

还记得小公子吗？那个少年时的邻家男孩。当年他高考失利后，经历了从国企到外企再到高校的转变，他一路不停追逐，最后去了美国。这几日他正在微信上密集地秀着他在哈佛做学者的一切，并且在群里极力游说着朋友们出去，似乎一旦走出国门，一切都会美好起来。我没有响应，因为我明白，美国的月亮不会比中国的更大更亮。

我的中学同学们，一个一个地因为工作和种种原因举家迁移去了嘉兴，那座我很喜欢的中型城市，我也曾经为它写过一些文字。有时间，我们可以去那座城市一起度假，一起感受那座城市古老而又现代的气息。我看好那座城市，但并不代表我会将我生活的重心转移到那里。因为美丽，需要距离。

周边很多朋友都在他们各自心仪的城市买了楼置了屋，只等合适的时机一走了之，而你所在的魔都，更是他们理想的天堂，当然，如果房价不是那么高的话。魔都于我，有很多的情愫在内，但这也不代表，我待她，依然会如初恋。

我想你明白，二十多年前，我可以为爱选择留在这座海滨小镇；二十多年后，我依然会为爱选择继续栖息。只不过这份爱里，已不再是单纯为某一个人，而是这么多年来，我走过的山水、我拍过的村庄、我仰望过的蓝天和星空、我经历过感叹过的人和事，都已融合汇聚到当初的那份爱里，使它的厚度和深度让我彻底沦陷。

对于南北湖，你并不陌生，因为曾经许多个假日我都必须守候在这里，而你和爸妈为了团聚不得不来到这里，这一来二去地，你也被这方闲情野趣的原生态景致吸引了。毕竟，在钢筋水泥的丛林里待得久了，也需要一些清新的空气；在霓虹迷离的夜色中沉醉得多了，也渴望烟雨空蒙中的遗世独立。懂我如你，当明白我的停留，只为这里的“云无心以出岫，鸟倦飞而知还”。

我想你回来看看，看看你的母校，那个易地而建后已彻底脱胎换骨的地方，她的气势、她的内涵将不输于国内任何一座中心城市的学校；看看你我少年时曾几度流连的绮园，如今她也不再作为孤单的园林标本开放，而是与新建成的博物馆、张元济图书馆、张乐平纪念馆，以及绮园商业街、绮园文化广场一起组成了集文化展示、休闲娱乐、商业观光为一体的新型城市文化中心区。是的，在这里你会找到一些与魔都相似的生活方式和流行元素，但更多的是你少年时曾听过的传说和故事，还有许多书本上未曾涵盖的遥远的历史怀想。

你可以继续来看海，带上我可爱的小外甥，让与黄浦江毗邻而居的他也来体验一下杭州湾的深沉壮阔和白洋河湿地公园的亲水空间，实地感受并评价一下小海盐的城市绿地生态系统能否比得过大上海的内循环。

我知道你想来看看，看看我微博、微信里一再晾晒的美丽乡村，看看是为了哪几座自然村落的变化而使得我甘愿承受风吹雨淋、烈日炙烤，让雪白的肤色一月间失去了光泽，转换成了巧克力的风格，看看又是为了什么样的美好而甘愿自然消耗着我的圆润——那原本是对衰老最好的掩饰。当然，你想来的还有“小凤凰”和“紫云人家”，因为我的微博，你已经迫不及待地想品尝那里的乡野风味了。

那么，来吧，我会是你最好的导游。夜晚，你就在紫云里的农家小院住下来，我陪你散步聊天，陪你抚摸一花一世界，流转一世一尘缘。从清晨至黄昏，游走于随处可见的白墙黑瓦间，触眼即是只要有空间就一定有的青翠碧绿，我们可捧上一杯玲珑剔透的花茶，倚靠在石廊旁，摊书于膝上，听鸟儿的婉转啼鸣，哪怕是知了的声声高唱，也胜过车水马龙间的鸣笛轰响。

你还记得老家的祠堂，记得我们翻遍了族谱也没找到自己姓名的遗憾和乐趣吗？来澉东徐匠村，我带你去看看麻雀虽小五脏俱全的“小凤凰农庄”，山山水水伴着花花草草，一份“清风徐来”的怡然自得，研读正屋墙上主人保存的徐氏家谱，不论贫穷富贵，也没有性别差异，徐村的每一分子，都能在上面找到自己。

母亲那一辈人生活在“一颗红心”的年代，有许多的情怀和激昂是我们所无法感知的，但如果你跟我去“十姑娘先进事迹陈列馆”里浏览一番，看看那张十姑娘的合影，看看她们淳朴的脸上洋溢着的幸福，发现那份真实是如今踏破铁鞋也寻觅不到的时候，你就会懂了。在这个陈列馆里，能领略一代人半个世纪的变迁，能通过许多珍贵的私人藏品还原 20 世纪 60 年代年轻人的热烈和荣誉感。你如果有兴趣，我可以带你去拜访其中一位十姑娘，她的公婆如今都已是九十多岁的耄耋老人，相敬如宾了一辈子，也衍生出一个相亲相爱、吉祥和睦的大家庭。

“东方欲晓，莫道君行早，踏遍青山人未老，风景这边独好！”徐匠是一个临水而居的村落，时常能见到村民于河岸边洗濯衣裳，三五只白鹅浮游戏水于碧波间。红色的亲水平台上，偶有摄影爱好者驻足取景，而灰白相间的民房错落有致，农户家墙头不甘寂寞而伸出的那一丛丛鲜亮的黄，总会湿润我欢喜的眉眼。来这里采风的作家、画家、摄影家越来越多了，来这里取景拍摄的剧组也越来越多了，你若是来了，或许不经意间，你就入了他们的镜头，也成了风景，如我，便是。

情随笔走，笔随心动，这一说只怕是止不住了，还是你来待一阵子吧，你的停留，亦是对这座小镇的成全。

2016

七束心香

又是一年清明时。

《朗读者》有一期的主题词是“告别”，嘉宾姚晨说：“每次相遇，都是一次告别。”是的，生命中的很多人，走着走着就散了，有些走得猝不及防，有些走得悄无声息。一生中的许多时光，等着等着就成了回忆，有些刻骨铭心，有些则渐渐沉寂。而最终，所有的生命，都将与这个世界渐次告别。所有的时光，最终，也都会老去。

但，有些生命，我们想记取，有些时光，也不愿辜负。怀念，是需要仪式感的，而我的仪式感，从来都是文字。突然就想起一首老歌《七束心香》：“第一天送上一束心香，且让这花朵诉尽衷肠；第二天再把心香送上，多少的往事费尽思量……”那么，此文就以“七束心香”为题吧。

第一束心香，于漫漫青烟中献给我最亲爱的外婆。二十年过去了，我依然清晰地记得她的种种：她精致的面容、百般的疼爱，还有她失去记忆后那紧紧握住我的手却又不知我是谁的无奈。记得她用那把黑色木梳将自己的头发梳理得一丝不乱，再用它给我扎小辫时在头顶出现并逐渐蔓延的那种酥痒感。也因此，我很喜欢他人为我梳头，哪怕能有一种相似的感觉出现，亦是温暖如初。

第二束心香，于袅袅思绪里献给那些英年早逝的朋友。我的手机通讯录里，我的QQ好友列表里，我的微信通讯录里，他们依然以原有的方式存在着，只是那些铃声不会再响起，状态不会再更新，头像，也不再跳动。但我知道，天堂里的花儿正盛放着，我的祝福在心中也燃烧着。

第三束心香，于惴惴不安间献给逝去的那些友情。请曾经的你原谅我的过失，只要你过得好，见与不见，都已无碍。

第四束心香，于深深怀念时献给那些回不去的年少时光，那些或黑白或彩色的影像，那些或稚嫩或潦草的笔迹，都是一种深刻的印记。纵然还有忘情水，纵然还有孟婆汤，今生有多少次相欠，来世依然会有多少次遇见，这是命运的轮回，也是我们的宿命。

第五束心香，于孜孜不懈间献给我们日益苍老的面庞，还有曾经轻盈的体态、轻松的步伐，以及被不停的奔波吞噬的健康。我们顾影自怜着，也积极拯救着自己，因为我们，都愿在追逐梦想的路上，不断绽放。

第六束心香，于急急跋涉中献给职业人的匆忙。即使为了守候他人的风景被牺牲掉无数个假期，即使为了点燃大众的激情被舍弃掉无数个夜晚，即使为了乡村的发展永远无法正确演算那些白加黑、五加二的公式，但依然义无反顾地坚持着不变的步伐。

第七束心香，于踽踽前行处献给我们最初的信仰。现在的我们，虽然会偶尔惶惑为了什么而坚持，却坚信着念念不忘，必有回响。

2017

小城绿道

这是一个生活气息浓郁的小城，随处可见朝气蓬勃的脸庞，不论是朱颜绿鬓抑或是白发苍苍，每个人的眼眸里，都镌刻着明媚时光。

这是一个处于“快进”中又能即刻“暂停”的小城，我们可以在忙碌时如同陀螺般不停歇，也可以随时抽离去做个“葛优躺”。

我喜欢这个小城，因为小城有着被无数镜头追捧的蓝天，有着经“五水共治”过滤后重启亲近感的碧水，有着被大自然的生灵们信赖的草木成荫繁花似锦，更有着连绵的红色却又谓之“绿”的健身游步道以及沿着绿道次第呈现在眼前的健身路径、灯光球场、网球场。

我喜欢纯粹的生活，喜欢所有的简单，所以，月光下的行走就成了我不二的健身选择。它不受时间和空间的限制，又有着零投入且低碳的便利。

鲁迅先生曾说过：“其实地上本没有路，走的人多了，也便成了路。”而我从不担心这小城无路，无论是在城区还是在市郊，我总能发现那独特的“红”，如磁石般吸引着我奔向它，去随它前行。

这些年，我游走的路径很少固定，范围也越发宽广，途中的风景是意外的收获，久别的重逢是别样的欣喜。

小城最长的绿道是翁金线，也就是平时我们口中时常会提到的老沪杭公路，我虽未曾亲身走过，却在车轮划过的瞬间，相遇车把上插满红旗的老年自行车队、着装狂拽炫酷的青年骑行客以及扶幼将雏踏春行走的游人和村民。作为最美省道，冬天，它会在萧瑟清冷中给你传递春天将至的讯息；夏天，它的如盖绿荫会为你遮挡酷暑烈日，令你不想走到路的尽头离开它的护佑；秋天，落英缤纷满地金黄的它是油画家心中最热烈的向往；而万物复苏的春天，它是生活在这个小城和喜欢这个小城的人们最想沉醉也最想描绘的地方，一切，都只为了“绿”的味道。

小城最热闹的绿道是滨海绿道，清晨时常可见习练太极的老者，傍晚则遍布每日都少不了的广场舞大妈、踩着滑板车呼啸而过的少年以及戴着耳机遛狗散步的中年男女，间或有三五成群快走的健身爱好者，更多的是边走边聊的夫妻或闺蜜。

小城最活跃的绿道是盐平塘绿道，傍晚时分，一侧是书声琅琅的教学楼区、灯火通明的住宅小区，另一侧则是锻炼者们在门球场、网球场、羽毛球场里结对厮杀、挥汗如雨的场景；其中，有不少是家长，他们在等候在校参加晚自习儿女的同时，顺带利用一下身边这么完善的健身场地。

小城最清新的绿道是白洋河湿地公园，它是这个小城绿地生态系统最完美的展示，也是地方政府生态至上理念的充分体现。这里是冬泳爱好者的乐园，也是垂钓者坚守的阵地，还是园艺工匠们竞技的天然赛场。

我眼中，小城最梦幻的绿道是小曲港绿道，它就像安徒生笔下的童话世界，色彩斑斓、玲珑剔透，护岸精致、河道清澈，岸上的景观与水中的倒影交叠，在夜晚，愈发延伸出穿越时空的神秘。

我走得最多的是团结港绿道，从枣园公园开始，或长或短，随心情而定，远的直达东西大道，近的就在亲水平台附近来回走上几圈。橙色的路面赏心悦目，沿岸的景观经久耐看。更妙的是，不时见到熟悉的笑容、听到亲切的招呼声，就干脆结伴而行，开心自在。

这个小城还有许许多多不知名的绿道，分布在 100 多个村庄的健身广场和文化礼堂。天亮了，它们和健身苑一起迎接早起锻炼的村民。夜深了，它们和灯光球场一起欢送结束了排舞、佳木斯操、篮球训练的老老少少。

这个小城是一个千年古县，徒步古道是历史的延续，漫步绿道是当下的自在。

今天，这个小城的城里城外，在行人、游人、居（村）民的眼里，早已没有了分别。

2017

秋日，窗外的味道

闲暇在家的日子，盘桓最多的，就是书房。书房的北窗，春秋时节，总是敞开的。

我的感官里，视力是最差的，不过嗅觉就相对灵敏，儿时被大人戏称为“狗鼻子”。据说五官中如果其中一个功能弱一些，那势必有另一个就会相对强些。这，或许就是万物平衡法则吧。

我家楼下就是这小镇最有名的美食一条街，零星夹杂着美容美发、水果批发、杂货店等，日夜散发着生活气息。而我的嗅觉也就日常游走在这纷繁复杂的气息里，进行着哥德巴赫式的猜想。

因为是生活小区，又加上临街，一到傍晚，各种家常菜的味道便喷涌而出，米饭香是最熟悉的香，还有鸡汤、排骨汤、糖醋制品、红烧肉等各式口味浓郁的菜品，我总能第一时间捕捉到这些香气并准确定性，让自己的感官在各种烹饪成果所发散并交织的香味中愉快地沐浴着，于人间烟火中享受“生而活着”的美好。

晚上六点以后，各种洗发水的味道开始顺着楼道往上涌，基本上我可以通过这股气味的浓淡状态推测出当晚美发店生意的好坏。对于各种洗发水混杂的味道我倒是不太抗拒，因为腰板弯曲受限的缘故，我是美发店的常客，也就习惯了这类化学产品味儿。当地人说“头要紧”，总想把自己捯饬得体面一点儿，这也是一种生活态度，也是对人、对己的尊重。

既然有水果店铺，我少不了会去挑一两样带回家，我喜欢香蕉和柚子，但似乎舶来的榴梿很受顾客欢迎，水果店外的招牌、水果展示区总是陈列着张牙舞爪特大号的榴梿，以及用保鲜膜覆盖着的已剥离出来、散发着怪味的果肉。水果之王的名号不是白叫的，这特别的味道不仅吸引来了更多的购买者，也随着阵阵秋风扶摇直上成功地招惹到书房中的我，让我莫名地怀念起臭豆腐、怀念起童年。

偶尔，窗外会飘来煎熬中草药的味道，甚至以前，有那么几次，会在楼下走道当中看到一堆药渣，上面多数是汽车轮胎的印记。渐渐地，这样的习惯改变了，药渣更多的是被植入花盆或者直接进了垃圾箱。而我衷心希望，我的窗外永远不要飘过药的味道，让病痛和疾苦始终存在于远方。

最近一到晚上，就会有一缕一缕的焦烟味间歇性地钻进我的鼻腔，到了八九点，烟味就浓郁起来，甚至有点齁到喉咙。询问家人，方知楼下新开了一家新疆烧烤，主攻夜宵。傍晚路过时留意观察了一下，生意还挺好，店门口支了四五张小方桌，一些衣着考究的外地口音的男女围坐着，就着啤酒吃着烤串。经营者是几个小伙子，具有明显的少数民族特征，说着他们自己的语言，但却没有我熟悉的风情与腔调，其实新疆生活着很多个民族，除了我熟悉的维吾尔族之外，尚有回族、哈萨克族、乌孜别克、达斡尔等，因此，很难确定这拨人来自何族。海盐人是淳朴而宽厚的，所以，虽然一到晚上路人就要被动地在烧烤味中穿梭，楼上的住户就要被动地蒸一把烧烤桑拿，但想到他们千里跋涉来到江南谋生，一定有着很多的不容易，大家也都释然了，甚至，我看到烧烤店的左邻右舍、我们当地的经营户们还和他们坐在一起聊天，孩子们混在一起嬉闹，这幅画面很和谐，也给了这条美食街更多的人情味。

秋深了，秋浓了，窗外，成熟和收获的味道也更多了。

2019

我是疆二代

枣园路的西段二高对面，新开了一家名为“烟火江湖”的餐厅，我去过，也推介过，因为那是几个新疆兵开的，在那里，你会闻到大西北的味道，吃到新疆特有的馕和烤肉，感受到新疆那一份专属的气质——善良而大气。

周末，照例和母亲通电话，一个多小时里，都是母亲在说，我在听。母亲说她和她的知青战友们过几天又要去农家乐了，而这次的目的地，是一个疆二代开的。

听筒的这端，我笑了，听说过官二代、富二代、星二代、兵二代，直到有一天，我发现自己也有了一个标签——疆二代。

曾经很多次，被问及“你是澉浦哪里的”，或者“你是于城哪里的”（因为我的姓氏在于城较为多见），我的第一反应是：看来我的口音已经完完全全融入当地而毫无瑕疵了。而当对方得知我不是本地人时，就会充满好奇地问：“那你是哪里人？”往往这个时候，我却不知道该怎么说了，我想这该是很多疆二代都会有的困惑：我们究竟是哪里人？因为我们的祖籍、出生地、成长地、最终工作和生活地都几乎没有重合，我的祖籍，似乎就是每份简历表上必填的一个符号，几十年过去了，仅仅去过两三次。我的成长地，有上海、有海盐，还有遥远的阿克苏。而我的出生地，就在阿克苏——那个在古代被叫作龟兹的西域三十六王国之一。

20 世纪 60 年代，还在上海读高中的母亲和她的同学们高唱“到农村去，到边疆去，到祖国最需要的地方去”，在“知识青年到农村广阔天地去，接受贫下中农再教育”的感召下，揣着一颗红心去了新疆。其后不久，出身浙江农村的父亲中专毕业也被分配去了新疆，他们最终在农一师新疆生产建设兵团里相识并完成了人生大事。

在疆二代的记忆里，最深刻的交通工具莫过于绿皮火车和大卡车，从阿克苏坐卡车到乌鲁木齐要三天三夜，从乌鲁木齐坐火车到上海要四天三夜。母亲四年一度的探亲假，一半就耗在了路途中。即便如此，母亲也从不会放过这宝贵的团聚时间。相较于母亲，童年时的我在阿克苏到乌鲁木齐的戈壁滩上、乌鲁木齐到上海的铁路线上往返的频次更高。母亲没有假期的时候，我会被托付给那年返程探亲的同事，由他们将我带去上海交给外婆和舅舅。印象中那时的绿皮火车不是走上去或跳上去的，而是被父母高高举起，经过无数双手、踩过无数人的肩膀，从车窗被他们的战友接进去的。

刚出生的我，身形大小与绿皮火车卡座上的桌板一样，于是在周围友好的谦让里，桌板上的一应物什被撤掉，在母亲牢牢的注视里，我就躺在桌板上摇晃着醒来，又摇晃着睡去。等到三四岁，卡座下方会铺张席子作为我的休息之地，要睡觉了，就钻进去，如果恰好旅伴中也有如我一般大小的，那就躺着不出来了，直到列车员推着餐车过来时才赶紧地去看有啥可吃的。

火车上是没有我们想要的美味的，所以我清晰地记得在到达一个叫符离集（后来知道那是在安徽地界内）的站点时，绿皮火车有短暂的停留，不少乘客会下车去买只烧鸡上来，刹那间整个车厢都是烧鸡的香味，孩子们吞咽着口水，从父母手中接过鸡大腿，一边狼吞虎咽着一边看着他们小心翼翼地把烧鸡扯成若干份，分给同行的人。

那个时候特别喜欢火车钻山洞时一瞬间经历白天与黑夜的转换，那一瞬间连原本喧嚣嘈杂的车厢也会突然静寂下来。

坐着大卡车颠簸在几乎见不到绿色的戈壁滩上时，无聊至极的我一路就靠着隔着窗玻璃数电线杆打发时间，或者听母亲和驾驶员有一搭没一搭地聊天，再或者就是躺到后排座位上昏天黑地地睡去再醒来。

在疆二代的记忆里，最好吃的水果不是库尔勒的香梨、哈密的瓜，而是沙漠地带特有的沙枣树上的果实——沙枣。它们手指头般大小，果肉很干，入口沙沙的，略微带点儿甜和酸。我喜欢让果肉均匀地分布在我的舌尖，再一点点吞噬，然后再从容不迫地拿起下一颗。

在疆二代的记忆里，最喜欢的当地食物有羊肉抓饭，相较于口味，我们更喜欢手抓的那份随性。

我们也喜欢羊肉泡馍，以至于离开新疆很多年后去西安旅游看到羊肉泡馍，就如同见到了老朋友般兴奋。

我们还喜欢新疆最独特的大饼——馕，一种中间薄边缘厚的圆饼，烤得好的馕香酥干脆，很经吃。维吾尔族人“可以一日无菜，但绝不可以一日无馕”。母亲每次取笑我的懒惰时喜欢说那个套大饼的典故，那时我暗想，套一个馕，兴许真的可以支撑很久。

新疆的知青来自全国各地，对家乡的思念的最直接表现方式就是做一顿家乡的美食，再叫上战友、同事和左邻右舍。于是，儿时的我们也就跟着父母尝遍了各种菜系和风味，心灵手巧的母亲没多久就掌握了不少北方主食和菜肴的做法。我至今依然忘不了的是韭菜鸡蛋盒子，于我而言，面食中唯它独尊，母亲负责做，父亲负责烙，只有经过他们俩默契配合完成的作品，才是最香、最入味的。

十年前城北路上开了一家主打西北风味的“御面食坊”，我吃到了他们做的韭菜鸡蛋盒子，那是这么多年来在海盐吃到的众多的“韭菜合子”里唯一最接近儿时记忆的口感和味道的。母亲、我和女儿都会做一道比较独特的菜——蟹粉蛋，发明者就是当年在新疆的上海知青们，因为想念大闸蟹却又吃不到大闸蟹，知青们就将吃大闸蟹的调料——姜末、糖、醋混拌在一起后浇在炒熟的鸡蛋上，使得鲜香的鸡蛋有了大闸蟹的味道，也是家的味道。

在疆二代的记忆里，孩提时代最有意思的文化生活就是看露天电影，比如越剧电影《红楼梦》，我看了十遍，至今很多唱段还能随口道来；也看样板戏，那个时候觉得《杜鹃山》里的柯湘真美；还在剧院里看演出，回来学着跳《唱支山歌给党听》。

20 世纪 80 年代初交谊舞开始盛行，小小年纪的我们跟着去参加知青们定期举办的舞会，也无师自通地跟着学会了“三步”“四步”。

在疆二代的记忆里，有些成长故事是父母说给我们听的。20 世纪 70 年代的南疆还是很艰苦的，当时根本吃不到时令蔬菜，就连最常吃的大白菜也是一车车地从外地运来后被大人们储存在地窖里，可以吃上一个冬天。而两岁不到的我就知道帮爸妈搬运大白菜了，只不过我是沿路捡拾旁人搬运时不慎掉落的菜叶子，再抱回来搁在自家的白菜堆上，引得爸妈的同事又羡慕又好笑，说你们咋生了这么个小人精。

一岁的时候我还不怎么会说话，母亲给我做了一件深红色的棉斗篷，长途路上总用它裹着我，而我也似乎特别喜欢。可就是在长途上的一次住宿，凌晨起床急着赶路，睡眼惺忪的母亲抱着我就走忘了拿斗篷，而我指着旅店的方向着急地哼哼，母亲却始终没弄明白我的意思，直到卡车开出很久，她才回过神来。斗篷，终究是丢了。

在疆二代的记忆里，最揪心的名词是——眼泪。四年一次的聚散离合，总伴随着外婆和母亲的眼泪。

20 世纪 70 年代初中国和苏联关系恶化，外婆担心边疆的安全，一岁不到的我就被母亲送去了上海。于是，跟父母就只能四年见一次了。儿时的记忆里，我跟父母是疏离的，有了记忆后的第一次见面，我躲在外婆的身后怯怯地不敢叫他们，到晚上和母亲睡在一起时，一直紧绷的神经才开始松弛下来，而对父亲，依然陌生着，直到第二天父亲在商场里给我买了个洋娃娃，我才开口叫了他。

很多年以后跟母亲一起看剧，不知怎么说起“男儿有泪不轻弹”这个话题。母亲说，从来没有看到父亲哭过，只有当年在看朝鲜电影《卖花姑娘》时，听到那句“小小姑娘清早起床，提着花篮上市场”时他哭了。他跟母亲说，他想我了。

记得那年母亲托同事送我回沪，她送我们到车站，列车一开动，母亲的泪就停不下来了，而我只是跟母亲挥了挥手就安安静静地坐在了车窗旁，直到列车开出很久，我才躲避着母亲同事的视线，悄悄地流着自己的泪。12 岁那年，没有上海户口的我只能回新疆去参加小升初考试，舅舅哭着送我们，在舅舅和母亲面前，倔强的我没有表现出丝毫的伤感，以至于母亲当场就责备我："不懂事体，没有良心。"可我却在列车开动后一个人走到靠近车门的无人处，开始放任泪水尽情地流，我何尝舍得那视我如己出的亲爱的舅舅。少年时的我固执地认为眼泪是不需要给人看的。反倒是成年后，又变得感性起来。

疆二代的记忆里，童年是两个极端，在上海的日子是封闭的，家人上班后我就被反锁在家里，陪伴我的只有零食和小人书，过得像阁楼小姐，而在新疆的日子却是野蛮生长，跟一帮同龄的小伙伴在大院里撒丫子狂奔乱跑，在马路上爬树跳车，这样的经历越发构成了我的双重性格：我习惯于沉静孤独，却也能恣意洒脱；我敏感，却也神经大条。

在疆二代的记忆里，少年时代真的是"身体和灵魂，一直在路上"，我们总是在转学，小伙伴们刚刚混熟了，革命友谊结下了，却又面临告别，天各一方，而那时又没有 QQ、微信，一旦书信来往得疏了，这联系也就淡了。但不管怎样，我的记忆里，始终有着她们少年时的模样。

2019

长大后，我就成了你

女孩是一名“90 后”，在这个 9 月，她光荣地成了一名高中教师。她也是这个家族里第一个中学教师。

女孩出生时，脸扁扁的，怎么看都不是美人坯子，但是一变二变十八变之后，她成了白皙干净、阳光明朗的青春女孩。

女孩出生那年正好香港回归，于是家中长辈想给她取名“书香”，寄望于这个女孩未来“最是书香能致远”。但考虑到作为大名使用，这样的字眼已不符合现下的风格，恰巧那一年在播古天乐、李若彤版《神雕侠侣》，其中李绮红饰演的郭襄很经典很招人喜爱，我想，香就换成“襄”。至于“书”的谐音，我很快就联想到《茶花女》《大卫·科波菲尔》的译者，近代翻译家林纾先生，“纾襄”这一特别的名字就产生了。或许注定与书有缘，女孩后来和她母亲一起，成了一名公共阅读推广的志愿者。

四年前经历了高考的女孩，成绩刚好卡在一本线口子上，于是她毫不犹豫地选择了二本院校里那所省内著名的师范学院，因为那是她舅舅的母校，她想成为舅舅的校友，也想从事她从小就一直向往的那个行业。

女孩的母亲也在教育行业工作，女孩的两个表姨都是名师，她从小就在讨论教育的氛围中长大，所以她从中学时就坚定了职业理想——“长大后，我要成为你们”。

女孩有爱心，在年少时，她就会主动承担照顾家族中年幼的弟弟妹妹的职责，成年后，她每天都会打电话问候爷爷奶奶，一有空就去看望老人，陪她们聊天。实习期里，她就懂得以耐心和细心去对待比她小不了多少的学生们，以至于实习期结束后，同她搭班的老师和学生们都希望她能继续留在这所学校。

女孩在校的成绩一直很优秀，更是一名称职的学生会干部，当她的父母去参加她的毕业典礼，在学校道路两侧的道旗上看到她的形象和介绍时，那股自豪喷涌而出。当她的父母看到她作为全体新教师代表在培训班上表态发言的视频时，那种欣慰更是无以言表。

女孩也有很广泛的爱好，体育、旅游、摄影、阅读、写作、音乐等。对于体育明星，她如数家珍，也曾经为了心中偶像专程组团购票去现场观看中国女排的比赛，并在现场得到了郎平的签名。这样一个无比热爱生活的女孩，生活给予她的反馈一定也是丰厚的。

今天，看到女孩发了这样一条朋友圈：“每天最幸福的事，就是在各种问题检查反馈中，没有看到自己的班。”因为女孩入职后的第一个岗位，是高一班主任，在一个本该快乐无忧、本该放飞自我的年纪，她已选择了一份责任，一份承担。

在教师节即将来临之际，我想跟女孩说声“节日快乐”！同时，也跟普天下现在的、曾经的老师们，说声“节日快乐”！

2019

缘，妙不可言

——贺国家开放大学四十周年华诞

我和电大，该是有着不解之缘。

至今我仍然记得 1988 年的那个夏天，那个一半是灰色一半是蓝色的夏天。

灰色，是因为高考的落榜。那个时候考完就填志愿是有一定盲目性的，没有答案没有估分，偏科严重的我也没有各种分析引导，只是带着朝圣般的心情写下那几个孩提时代就如雷贯耳的名校，结果可想而知。我仍觉得那时的自己有些可笑。

蓝色，是因为在郁闷期内得到了一个信息，说是海盐电大专科招收应届高中毕业生，只要高考分数达到学校的录取标准，可直升就读。于是我们那一届有一部分同学就幸运地和那些高考胜利者一样，在当年 9 月份，开始了新的学习生涯。只不过，他们是全日制的，而我们，是利用工余时间，尤其是夜间。

初读海盐电大的 1988 年，我 18 岁。那时海盐电大（当时的标准称谓是“浙江广播电视大学海盐工作站”）还在秦山路上，就在老武原中学的隔壁。入学时选专业，爸妈明知我数理化很弱，却依然要求我和我的同学们一样选择会计专业，只是为了我能在合适的时候凭这一技之长谋得一份安身立命的职业。事实证明，这个专业确实不错，我的同学们毕业后果然都在合适的单位做了一名会计。但，我是个另类，一学期下来，面对班主任无辜又无奈的神情，我无地自容，爸妈也无语了。但，转机来得恰是时候，中文系的班主任找到会计系主任，商量着让我转系，他说："她在你们系里垫底，但到我这里会是拔尖的。"学校内部很快达成一致。父母也意识到让我自信、快乐才是最重要的。于是，1989 年，我开始了汉语言文学的学习。

20 世纪 90 年代的课堂教学，除了面授就是在学校收看电视讲座，再结合自学，自学的方式就是看书做习题。三年里，因为是自己喜欢的专业，因为机会的来之不易，我很努力。虽然是开放式教学，学员到课率要求并不是很高，但除了学校放假，我都会准时出现在教室里，这个习惯一直保持到后来海盐电大法学本科阶段的学习。记得读法学本科时有一晚下大雨，浑身湿漉漉的我赶去教室，当晚连我在内总共就到了三个学员。任课老师走进教室的时候是有一些诧异的，他说，这么大的雨，他以为今晚没人会来，所以他是来关教室的，但现在，因为我们三个来了，他会认认真真地给我们上好这堂课。那一晚，我们和老师的互动也特别有效率。

专科阶段的学习还是比较轻松的，于是在 1992 年的夏天，我顺利取得了汉语言文学的专科文凭，还成了那一年的优秀毕业生。1993 年的春天，凭着大专文凭的加持，我成功地跳槽去了民企。而我海盐电大的同学，不少都成了社会各界的翘楚，有副厅级领导干部，有知名艺术家，有电台频道总监……

2002 年海盐面向社会公开招考公务员，对于学历的最低要求就是大专，凭着这块敲门砖我再度敲开了幸运之门，成了一名司法行政工作者。

此时我原有的知识结构和水平已经无法适应新的岗位。为了更好地工作，我必须提高自己，而彼时我已为人妻、为人母，孩子的教育和每天必须处理的家务都表明我只能选择一种相对而言更为灵活的学习方式。恰在那时，海盐电大 2004 年的开放教育首开法学本科专业，我如逢甘霖。

再读海盐电大的那一年，我已 34 岁。那时海盐电大已移址到枣园西路（现商贸学校），教学硬件已非昔日可比。

开放式教育的含义是学习课程、时间开放，学校提供各种多媒体教学辅导材料，教师以辅导为主，学生以自学为主，也可以通过 Internet 获取各类学习资料，这种方式比较适合成人学习。

“当我们重新坐在久违的课堂里听老师讲课的时候，当我们轻点鼠标登录网上课堂进行学习的时候，当我们结束了一天的劳累去课程论坛浏览帖子并就某些学习上的难点给老师留言或者跟老师对话的时候，当我们随时打开邮箱收发老师和同学的 E-mail 的时候，我们无时无刻不感受到开放教育的魅力。四百多个日夜的学习、探索，有欢乐也有辛酸，有工作忙碌时偏遇考试复习时间紧张的焦虑，也有与老师和同学们一起交流时的兴奋和喜悦，尤其是对于法学这门专业性很强的学科，每走近它一步，便有一种成功的欣慰。”这段话取自我法学本科阶段参加嘉兴电大征文活动的获奖稿《开放教育，张扬学习个性的空间》。

2006 年我离开了司法行政战线，调到景区管委会工作。由于是一边工作一边学习，还要兼顾家庭和孩子，压力可想而知，自己也曾经有过放弃的念头，但最终还是坚持了下来。那年四五月是景区的旅游旺季，加之景区首次承办全国性体育赛事，日常接待量和工作量都很大，而学习方面，毕业论文也正进入最后修改和完善阶段。那段时间，由于高强度的工作和学习上的压力，我的身体健康出了问题，我的小腿连着肿了半个月，直到旅游节结束，论文答辩结束，整个人才松弛下来。那一年，我再次顺利地取得了法学本科的文凭，并再度成为当年的优秀毕业生。而我法学本科阶段的同学，有的成了行业精英，有的成为乡镇管理的中坚力量。还有从同学成为同事的，彼此相见，倍感亲切，因为，我们都是电大人！

近日，从网上得知今年是国家开放大学四十周年的华诞，而电大如今不仅在国内享有国民高等教育学历的待遇，而且在欧美等国家得到了认可，被誉为“国际学历绿卡”，心下甚慰，往事又一幕幕地呈现在眼前。

真的很感谢开放教育这种现代化的学习模式，是它让我们在紧张的社会工作之余依然能够系统地学习知识，以保障我们在飞速发展的信息化社会依然能够立于不败之地，也让我们的象牙塔梦想在网络上得以实现。祝福电大！

2019

迁居随感

初夏周末的雨夜，因着咖啡和柠檬酒的叠加效应，思绪变得混乱且跳跃。

迁居已近半年，角角落落散落着不少感触，却无暇串联起整个脚本。笔越来越钝，人也越来越麻木，麻木到没有知觉，觍着脸面对希冀着我粗鄙文字的尊者和朋友，竟可以无愧地笑。

搬家是人生大事，而我们从滋生此念至搞定一切不过一个月时间，节奏快到女儿都无法适应，埋怨我们不给她预留怀念的档期。这种加速度，不仅仅在于时间因素，也在于，机缘巧合。

相较于身边朋友的迁居频率，我们属于蜗牛体质和求安的心态。这或许与我早年的动荡有关——屡次转学、换班，换单位、转岗，让我对居所的安定有着更为强烈的渴望。

10 余年来，每一次的心动都会被“习惯”所平息，只是，量的积累到一定时刻，必定会带来质的转变。

17 年前，我们咬紧牙根依靠商业贷款购买了原来的房子。

那个时候，作为工薪阶层的我们基本上是没什么积蓄的，买了房子之后装修是一切从简，所以经年累月之后，当房屋因为风雨侵袭而渗水、卧室墙面受潮陆续剥落、灰黑色的墙体以及许多个斑驳的不规则图形在黑夜里以狰狞的面目与我们相对时，我们的沮丧无以言说。即便是后来里墙外墙都重新喷涂过，那种从骨子里渗透出来的陈腐味依然可以顽强地穿透墙面画一个树状的裂纹，依然能让光滑的墙面渐渐变成毛茸茸的凸起，令你刮也不是，不刮也不是。至于浴缸渗水、皲裂，厨房和卫生间的龙头故障更是家常便饭。

那个时候，没有小区，没有公共设施，进进出出，从不会有人来多问一句："去哪？""来干吗？"后来因为频繁地发生盗窃案，住户们才集资在一楼楼道安装了有对讲门铃的简易防盗铁门。即便如此，门锁也三番五次地坏，于是总有一段时日那门如同虚设，成为防君子不防小人的"形象工程"。

那个时候，楼下有一条前后都进出自如的弄堂，家家户户的摩托车、助动车都待在自行车车库里。后来随着私家车的渐渐兴盛，小弄堂变得越来越窄，几乎每晚回去都要实践一次线下的抢车位游戏。

那个时候，基本都是多层住宅，没有电梯。17 年前，还年轻着，上上下下也不觉得麻烦，近两年随着年龄的增长，身体状况却是每况愈下，爬楼爬不动了，每回到家都是上气不接下气。有时下楼后发现有要紧物事遗忘，总会纠结于是否折返。于是，改善居住环境的念头愈发强烈。

对于新居的选择，几乎没费什么精力，设定好必备条件之后，通过朋友的推荐连带我们几次踩点，很快就有了理想的居所。

因是高层，采光很好，高低可控的晾衣架也解决了以往靠着凳子和晾衣竿才能解决的晾晒问题。我在阳台上置放了藤制的吊椅，周围是微型的盆景，我会在有阳光的午后坐在吊椅里看书，看着看着就会沉沉睡去。

紧邻阳台的 L 形沙发给了我们自如休憩的空间，电脑加上宽屏电视机、音响就组成了家庭影院，女儿说假期回来哪里都不想去，宅在家是最好的安排。

相比老屋，新居的厨房多了消毒柜、冰柜和热水装置，这使得我在厨房的辗转腾挪不用因为寒冷而缩手缩脚，也省却了频繁清洗碗碟的琐碎。

淋浴房是我期待已久的，在老屋时受空间的限制，一直未能实现，每每因为弯腰洗头而腰酸背痛时，先生总要被我碎碎念几句，如今，终于可以让腰椎彻底解放了，那伴着水流的欢唱就是我得偿所愿的释放。

因为有了电梯，就连搬家这样的重体力活儿，也成了甜蜜的负担，开着车一趟趟地来回装卸，再乘着电梯上上下下地往回搬，新邻居无论老少都很亲切，看到我提着大包小包地等电梯，都会很主动地询问我的楼层帮我按下电钮，成年人会主动地给我一个微笑，孩子们则很礼貌地说着“阿姨好”“阿姨再见”。

小区的绿化很好，饭后我和先生会在小区里面刷步数，享受宁静的时光。小区的地下停车场很大且规划合理，我再不用在晚归时不停地和倒车雷达较劲，也再不用在雪天惦记着为我的“小白”除霜去冰。

小区的保安很尽责，偶尔有人贪图方便把车停在露天非规定区域，他会坚持不懈地在你车窗上贴上警告单直到你彻底改变你的观念和行动。而这个城市的秩序，也正因为有了越来越多这样的普通人而变得规范、文明起来。

小区的物业管理人员也很敬业，每次涉及居民生活相关的设施维修或调整，都会提前在楼道和电梯里张榜通知，操作也尽可能地顾及方方面面。不像老房子，楼道外密密麻麻不具章法的电缆电线盘根错节，安全系数日益削减，当众人都选择逃离的时候，那片区域，也就该被拆除或是改造了。

小区在冬天还有供暖，朋友们很喜欢周末过来坐着聊天，在春意盎然的室内卸去臃肿的冬装，肢体随意舒展着，便是一种愉悦。尤其是对我这个每天不是敲击键盘就是握笔书写的人而言，是一种格外的体贴。

新居滨海，在 10 层，远离喧嚣的马路。现在每天都有远眺的习惯，或早晨，或深夜。南窗望出去是海，通透的夜晚，亮灯的杭州湾跨海大桥，轮廓清晰可辨，仿似一串东海明珠，与皎洁的月光交相辉映，熠熠生辉。北窗望出去，晴朗的日间，就是小桥流水的园林城市，晚上，高低交错的万家灯火，带给人满满的人间烟火感，而那些流光溢彩处，却给了这座滨海小镇一丝浪漫、一丝温馨。这世界早已不是黑白的原色，它越明媚，我们就越喜欢。

2020

来，听我说说“70后”记忆中儿时的暑假

神兽们放暑假了，微信朋友圈里，看那些做家长的发布的内容，有高兴的：有犯愁的，怎么安排一个快乐的暑假？暑假到底可以干些什么？我甚至能预见到，专属于暑期的斗智斗勇的“好戏”又该上演了。朋友问我：“20世纪70年代的孩子是如何过暑假的？”一瞬间的恍惚后，尘封的往事便潮水般地冲破了记忆的闸门。

先说夏令营吧。那时应该是三四年级的暑假，似乎是每个班期末三门主课成绩都在90分以上的就可以参加，大家在校集体生活两周。到入营那天，每个学生都穿上放假前发给我们的印着夏令营标志的白色圆领T恤和蓝色裙子（男生是蓝色裤子），带着小席子、小毛巾被和洗漱用具到校。一部分教室里的课桌被并在一起，每张课桌边沿上贴着夏令营学生的名字。我们找到自己的名字后，就把小席子铺在对应的课桌上。至于枕头，就要发挥孩子们的聪明才智了，拿衣服垫的、拿书垫的，什么都不用晚上睡觉两手往脑后一抄就睡了的也有。白天按照兴趣编班，大家跟着各自的指导老师到声乐班、舞蹈班、作文辅导班、英语小品班、越剧沪剧戏曲班等。夜间，生活老师会在每间教室里点上蚊香，给我们关上灯，只留天花板上的三叶吊扇疯狂转动，脱离了父母管束的小伙伴们哪里睡得着，纷纷说着悄悄话，而我却带着一丝恐惧，总担心吊扇转着转着就脱离了天花板朝我们砸来。我参加的是沪剧班，跟着老师学会了《燕燕说媒》《鸡毛飞上天》等经典选段。但那时只是鹦鹉学舌，并不懂唱段的内容，很多年后听到收音机里传出熟悉的间奏时，才一一对上号，心里也会暗生几分欢喜。夏令营每周还会有三堂游泳课，跟着

体育老师集体步行去区体育馆游泳中心。我喜欢泡在水里的快乐，却非常讨厌呛水的感觉，所以好多同学在夏令营的收获都是学会了游泳，而我至今依然还是旱鸭子。闭营那天，学校根据每个营员在学习和生活中的表现，评选出优秀营员，奖励一个用尼龙网兜兜着的小脸盆和几本作文辅导书。

再说说暑假看电视吧。大家如果还记得电影《我和我的祖国》里《夺冠》篇章的话，我想说那就和我儿时的场景一模一样。儿时的暑假，我和外婆一起守着九英寸的黑白电视机。我陪她看越剧、沪剧、黄梅戏，跟着她一起在戏中人物的悲欢离合中愁肠百转；她陪我看女排比赛，为每一场紧咬的比分紧张到忘了呼吸；我们看风靡一时的日本电视连续剧《排球女将》，剧中小鹿纯子的秘密武器“晴空霹雳”“幻影旋风”放到如今绝对高居热搜榜榜首；我们看中国首部谍战剧《敌营十八年》，至今还记得主题曲“啊战友，你乔装打扮深入敌后去战斗……胜利在向你招手，曙光在前头”；我们看中国引进的首部译制剧——美国科幻连续剧《大西洋底来的人》，内容大多已遗忘，只记得男主人公戴着一副酷酷的眼镜，手上长着和鸭子一样的蹼。

最后说说暑假里的那些美味。我记忆中排行榜第一的是百合绿豆汤。上午，外婆带着我坐在自然阴凉的丝瓜藤架下剥百合的膜，我很喜欢听膜脱离刹那发出的“刺啦刺啦”声。中午，外婆就开始做百合绿豆汤，煮上两三个小时后，软硬差不多了就放到有三分之一水量的自来水槽里去冷却，到傍晚时，就凉得差不多了，每人盛一碗，再添一勺白砂糖，好中和一下百合自身的苦味。我总喜欢先把沉在碗底的绿豆和百合吃了，再以豪饮的方式喝掉汤，那股酣畅淋漓能带来通体舒适。第二便是棒冰，棒冰被装在盖着棉絮的木箱里，架在“二八”自行车的后座上，被一个和外婆差不多年纪的人推着在弄堂里叫卖。他们知道孩子们都放暑假了，一天弄堂里吆喝下来，收成是不会少的。当时绿豆、赤豆和盐水棒冰好像都是五分钱一根，果汁的、奶油的稍微贵一点，要一毛钱。外婆宠我，总给我买奶油的或者果汁的，其实我更喜欢绿豆、赤豆的那种，尤其是喜欢咬到绿豆、赤豆时那种嘎嘣脆的爽。

我儿时的暑假和今天的孩子一样，也会看很多课外读物，因为开学后，会被要求上交 5~10 篇读后感，只是所读所感慨的内容，与现在都不尽相同了。

2020

陈皮、八角做客记

3月14日上午，送妞和陈皮、八角返沪，读研二的妞要回去着手落实实习单位。下午回到自己家，小区供暖停了，我在家庭群里对丫头说："你们真是一天都没有浪费。"这个冬天，因为疫情，我们三人两猫居家抗疫，实现了供暖的效益最大化。

妞和小家伙们离开后，这个家一下子便冷清了许多，尽管，犄角旮旯里无处不在的猫毛证明了它们曾经欢快地生活过，但现在以及之后的一段时间，老两口就只能看照片、看视频来了却相思了。

因为幼时被鹅啄过，少年时被狗追过，我一直不敢与小动物密切接触，尤其是狗，每回见了不是绕道就是躲到同伴身后。到乡镇工作的十余年里，胆子虽然见长，但对猫猫狗狗之类的好感度，依然高不起来，更勿论要养在身边了。

陈皮和八角是同胎的英国短毛猫，陈皮是哥哥，八角是妹妹。原本妞到宠物店是冲着陈皮去的，因为在微信朋友圈看到宠物店老板晒出陈皮的信息和照片，第一眼就看上了。到店之后又看到了八角，知道了刚出生一个月的这对小家伙是一母同胞，怀着不忍心拆散它们的初衷，就都买回了家。在给小家伙们取名字时，妞颇费了番神，为了避免重名，妞查看了各种宠物群以及微信朋友圈，终于在输入陈皮（妞喜欢的零食）二字时，发现仅此一例，于是哥哥就有了固定称呼。顺着哥哥的名字，妞原本想叫妹妹茴香的，结果重名了，最后，妹妹就有了比较奇怪的名字——八角。

在开启了与猫同居的日子后，妞的微博、微信的头像都换成了猫，所发的图文也都是猫，不知不觉地，先生也开始关注各种萌猫的小视频，而隔着屏幕和妞聊天时，我总要多问一句："陈皮和八角在干吗？"

陈皮和八角是跟着妞回来过寒假的，没承想因为疫情休了两个月的超长寒假，也让我和先生的日常生活有了很多不同。

几乎同时出生、吃同样的猫粮，但好动又挑食的陈皮却比懒懒的八角整整肥了一圈。

陈皮胆大，是个好奇宝宝，刚来时还矜持了几天，一周不到便原形毕露，沙发、窗台、餐桌、茶几，凡是以它的弹跳力能企及的高度它必登之。为了找寻方便，家里只对小家伙们开放了客厅、餐厅和妞的卧室，也因此我们的卧室和书房还有厨房、卫生间就成了两个小朋友削尖了脑袋都要一探究竟的场所，它们不放过任何一扇因为我们的疏忽而未关上或者未关严实的门，特别是陈皮，一不留神它就钻了进去，而八角远远地看着哥哥的举动，一旦成功它也会立刻跟进去。陈皮观察力很强，看到妞每次给它续水都是去厨房，而看我们开关了多次厨房的折叠门后，它找到了着力点，于是某个早晨它溜进了厨房，只是它没能成功地喝到水，只好去到妞的床边，叫几声，随后就趴到置于客厅的空水盆边，等着主人给它续水。

八角胆小且极度缺乏安全感，刚来我们家时，它就只在妞的卧室待着，即便出来觅食或者上厕所，也要趁我们不在周围，如若我们主动靠近它，它立刻风一般窜到床底下，半天都不会出来。即便后来都熟悉了，一有异样的声响或者看到我们带有侵略性的举动，它还是习惯性地躲去床底。有一天先生在客厅腾出一只空纸箱，八角便立刻据为己有，躲进箱子里，只露出一对猫眼窥视着外界。

陈皮黏人，我们坐在沙发上看书看电视，它就会在我们边上趴着睡，我们在书桌旁上网，它不是跳到书桌上看我们电脑屏幕字符闪烁的状态，就是钻到书桌下，在最靠近我们的椅子上假寐。我们正常上班后，陈皮好像也有了时间概念，感觉时间差不多了就趴在门边的脚垫上，支起耳朵听着外边的声响，一旦有脚步声和钥匙声，它便兴奋地紧盯着门口，我们进门后，它先是把我们的裤子、鞋子挨个嗅一圈，随后就蹭着我们走，直到我们蹲下撸撸它，跟它说几句话，它才心满意足地走开。八角有时候也会跟着陈皮一起守在门边，但我们一进门，它就又逃了。

虽是同日出生，但作为雄性，陈皮天性使然会照顾八角。每次排泄完，陈皮都会将猫砂盆里的排泄物埋得很深，而八角总是草草了事，陈皮见了总要替八角重新掩埋。陈皮溜到新鲜的空间时八角跟得很紧，但却不像陈皮那样进去转一圈就出来或者就大模大样地站在房内的窗台和桌椅上，八角特别喜欢在暗黑的角落里待着，我们往往看到不该开着的门开着就会立刻关上，关门时顺便扫一圈房内，多数时间只会发现陈皮，就直接赶了出来。有天傍晚，陈皮在书房门外叫个不停，我们起初没留意，后来发现八角不见了，才意识到陈皮的反常，就打开书房的门，果然看到八角蜷缩在门内的墙边，一副想出来却出不来的委屈样，可谁让它不肯发声呢。我有次逗八角，在它逃进纸箱子后，我把箱子的两扇侧门合了起来，又将上下盖合成一条缝，想看看它有没有办法出来。结果八角一副认命的样子缩在那里一动不动，反倒是在一旁看着我举动的陈皮，一俟我离开，立刻过去帮八角开盖子把它放出来。

初来的几天，猫粮都是妞一早起来添加的，后来先生心疼女儿为了让她多睡会儿就接了手。于是每天早上两个小家伙就守在我们房门口等着先生起床给它们放粮。它们听力很好，傍晚放粮时它们恰巧在别处也会立刻闻声而来。

陈皮的消化功能不太好，一换猫粮它便不适应。除了猫粮之外，陈皮就喜欢啃家里的吊兰叶子。后来因为便血问题，我们向宠物店咨询，店主关照不能让它吃植物叶子，我们赶紧把室内的绿植都搬到了阳台上。

八角比较粗糙，什么都敢吃，特别爱翻垃圾袋找吃的。我早饭吃面包，它就吃我手上的面包屑。我们喝了酸奶后会把盒子剪开，八角就会把盒子壁沿上的奶液舔得干干净净。发展到后来，只要我一喝酸奶，八角便迫不及待地蹲守在我边上，目不转睛地看着我，等着我的下一步动作。

它们晚上会睡在妞的床脚，白天则爱睡床、沙发、电脑椅、瑜伽垫。它们每天都会互动追逐打闹一两次，这就使得家里到处都是它俩的毛，尤其是八角，抱着它撸一把，手里的猫毛就能团成一个小球，妞戏称它为“掉毛怪”。当然，后遗症便是我每天增加一项锻炼任务——角角落落捡猫毛。

猫是爱干净的小动物，它们会自我整理（洗脸、梳理皮毛），陈皮还会帮着八角舔舐脸部。但是猫主人还是得定期给它们洗澡、剪指甲和洗耳朵。陈皮很抗拒洗耳朵，一看到妞拿出相关的工具，它立刻逃到床底下，有时候乘其不备先下手为强，被先生和妞联手制服的它会很愤怒，一旦两人松手，它立刻大幅度甩动它的脑袋试图把令它不爽的洗耳液全甩出去，还会一连几天疏远先生和妞。

相处了一个多月后，连八角也会四仰八叉地睡觉了，这说明小家伙已经完完全全地视我们为家人了，因为猫只有在极富安全感、极度舒适的环境中才会仰天躺着。陈皮更是各种撒娇，时不时地蹭在我们边上希望我们抚摸它，摸得舒服了它的喉咙还会发出轻微的咕噜声。而八角被撸得舒服了就会扭来扭去，展现出各种袅娜的姿态。有时心被它们的可爱融化，我们会情不自禁地抱起它们，陈皮在我们怀里要不了三分钟就会挣脱逃窜，似乎不适应人类的主动关爱，而八角则会温顺地趴在你怀里，实在不耐烦了才会用爪子勾你一下，意思是：“你抱够了吗？我想自己去玩了。”

妞有时候会用纸团成一团扔出一个抛物线，它俩就会飞蹿过去，来来回回地拍抓纸团，这是为了训练它们，不让它们忘了与生俱来的捕鼠技能。八角对纸团情有独钟，还成功地帮我们搜出了不少平时扫帚、拖把伸展不到的角落里的各种废纸团。陈皮更喜欢与人互动，有一次它直立起来，我就连续拍了两下它的前爪，结果它看到我的手掌摊开后，也用前爪来拍我。我被它的机灵劲逗乐了，就跟它“你拍一我拍二”地玩了起来，直到先生提醒我小心被它抓伤皮肤方才罢手。

时间过得很快，陈皮、八角回去也快一个月了，先生每天还会继续看各种萌猫小视频，我则会不时地问一下妞它俩的近况，看看妞发在群里的它俩的照片，岁月就这样平静地流淌着。而我则用文字把这段经历刻录下来，以感谢生活的馈赠。

2020

爱的传续

上个月先生到杭州出差，去探望了我的伯父，回来告诉我说伯父和伯母现在住在疗养院里，而伯母是被伯父带去的。我听了心下便是一暖。纵然都已是耄耋之年，可伯母在伯父眼里始终是年少时的那个丫头，是他走到哪里都必须牵着、带着的老伴。我深深地记得去年十月我们跟着爸妈去看他们二老，伯父要下厨为我们张罗饭菜，伯母跟着伯父走进厨房却又被伯父撵了出来，伯母只好很无奈地用吴侬软语说："总是这个套（总是这样），从来不让我下厨房。"但这样的嗔怨在我们听来却是如此的悦耳。

母亲曾跟我说她很羡慕伯母甩手掌柜般的生活，其实父亲虽然因为健康原因无法成为母亲心中的那个里外一把好手，可他也让了母亲一辈子。现在则是母亲走到哪他跟到哪，他每天都会把母亲一天中的各种药按服用的时段分好，然后自己就做那个自觉的闹钟，时间一到，他就会倒好一杯温开水连同那个时段该服用的药物一起递到母亲手中，以确保母亲不会漏服一顿影响到某种疗效。

上一代人的相濡以沫、鹣鲽情深，在第二代、第三代人眼里，就是对幸福最好的定义。我和小妹至今还记得那年一同回老家过年的路上，堂兄堂嫂之间那种含蓄的亲昵互动和相互间体贴入微的细致照顾，这些年更是见证了堂兄带领一个传统的国企成功转型时，嫂子始终站在他的背后给予支持与保障。我们同样羡慕堂姐，因为堂姐夫虽然小堂姐一岁，却把堂姐宠得像个公主，同时为了让堂兄能放心闯荡，堂姐夫妇俩承担了对伯父伯母日常的照顾。现在堂哥的儿子不仅成了设计师，还组建了小家庭，有了一对小儿女。每天在微信朋友圈看堂哥晒他的小孙子小孙女时，我们的心，也都是欢喜的。

而在我们家，我和先生也已过了银婚之年，这么多年过去了，他依然保持着一过马路就牵着我走、半夜给我盖被子的习惯。就连女儿，也已经遇到了那个愿意为她天天下厨的男孩。我妹妹是大家族第二代里最小的那一个，所以当初也是最任性的那个，而所有人也都顺着她，包括她的先生。不过现在她不仅能像堂嫂支持堂兄一样支持着她先生，还像堂姐堂姐夫照顾伯父伯母那样照顾着我爸妈，从不让身在外地的我担心。

堂兄的事业成功是伯父伯母最大的骄傲，而他们的外孙也已跻身德国精英阶层。女儿保送研究生后，伯父给父亲的电话里，溢满着家族大家长的喜悦。伯母看到了我登在《钱江晚报》上的文字，私信我说："我们家的孩子，真的都很出色。"虽然只是通过屏幕传达的话语，我却能想象屏幕那一端，那个戴着老花眼镜、满头白发的老人，她的脸上，那一圈圈正荡漾开来的骄傲的笑纹。

每年的春节，这个家族中的每一个成员都会用微信、用电话互致问候，每年的父亲节和母亲节，这个家族中的每一个父亲和母亲都会收到来自儿女的最诚挚的祝福和贴心的礼物。

这么多年来，我们这个家族聚会的次数并不多，一旦聚了，一定是到伯父那里汇合，因为我们都喜欢围坐在伯父伯母身边，看他们恩爱着，幸福着，而我们，也在努力往这个方向奔去。

2020

一场雨落下　一人在天堂

5 月 30 日上午，我在返程的高速路上，跟先生断断续续地叙说儿时的故事，与姨母和姨父一家的故事。一阵急雨突降，前挡风玻璃上雨点滴落泛开，再串成一行行雨珠向下端曲曲折折地汇聚而去，就像前一日这个家族每个人脸上恣意的泪一般。我拍下了这一瞬间的景象，发了一条动态："一场雨落下，一人在天堂，该记住的，也不会忘。"

那个去了天堂的人是我的姨父，我儿时的"上海爸爸"。27 日中午在毫无征兆的情况下突发心肌梗死走的，这一年，他 78 岁。

随着年岁逐渐递增，作为"70 后"，我已不得不面临上一代人的陆续告别。可我总希望，这样的时候，能来得晚一些，再晚一些。

母亲姐弟三人的感情一直很好，到第三代也都成长起来时，他们相互间越发亲密，几乎每天都要电话问安，过个十天半月，三对老夫妻就到小弟，也就是我的舅舅家里聚一聚。他们的电话粥一煲就是半个多小时。他们达成的共识是，现在的社会生存压力大，儿女们都拉家带口，且工作压力也都不小，尽量不给小辈们添乱，他们要依靠的就是自己和彼此。迈入古稀之年后，母亲、舅舅、姨父先后有过不同程度的中风，所幸都未留下明显的后遗症。不过他们也因此愈加牵挂彼此，祝福彼此。

但是这份平衡，终究还是被打破了。追思会上，母亲和舅舅的哀痛如我所料，但姨母却比我想象中坚强，她依然还是那个见惯大风大浪，要把所有人都庇护在她羽翼下的"上海妈妈"。

童年的我，跟着外婆长大，一直住在舅舅家。姨母一家住在较远的区，他们家有两个儿子，都比我大，所以喜欢女孩的姨母过一阵子便会接我过去住几天，因为我天性比较讨喜，姨父一家对我都很好，只有大我一岁的小表哥时常会因为嫉妒他父母对我好而和我拌嘴计较。姨母让我叫她和姨父“妈妈”“爸爸”，小表哥自是不肯的，而我也天真地说：“我的爸爸妈妈在新疆啊。”姨母说：“那就叫我们‘上海爸爸’‘上海妈妈’好了。”于是，自那时起，每每见了，都会很自然、快乐地叫他们“上海爸爸”“上海妈妈”，一直到成年后为了和小妹统一称呼，才重新叫回“姨妈”“姨父”。

姨父姨母相识相恋于他们工作的第一站——上海民族乐团，二人同为声乐组二重唱成员，不过却从未搭档过。姨父的嗓子就是那种带声腔共鸣的磁性嗓，小时候我最喜欢听他叫我小名，长大后，姨父的声音在我听来是浑厚中自带沉稳，总能让人心生宁静。

在母亲的私藏相册里，有若干张姨母年轻时的照片，那容貌气质绝不亚于 20 世纪 30 年代上海滩的电影明星们。还有一张姨母姨父当年的合影，一看就是珠联璧合的一对。

“文革”时期，上海民族乐团被迫解散，姨父转业去了上海钢铁厂，姨母去了供销社。但是他们对于音乐的热爱并未消弭，所以两个表哥不但继承了父母的外貌，也都是天生的好嗓子。大表哥曾经想走艺术这条路，却不知为何之后偏离了轨道，不过如今退休后的他倒是又回到了原点，成了街道艺术团的台柱子。

姨父的老家在宁波，所以每次在他们家吃饭，餐桌上一定会有腌制的醉泥螺和咸炝蟹，这也是我成年以后总也忘不了这道美味的缘由，以至于我身边的朋友若去宁波出差，必定记得给我带回一两瓶。

和众多传统的上海家庭一样，他们家下厨的也多半是男人。每次去他们家，都会看到系着围裙的姨父在煤气灶前煎炒烹炸，姨母偶尔进去打打下手，但多半都是在客厅陪着我们。所以，很长一段时间里，在我和小妹的理解中，男人下厨是天经地义的。直到很久以后，我们俩才明白，是因为爱你，才会愿意为你洗手做羹汤。

只是，命运总是无常，那个一生只为我的“上海妈妈”洗手做羹汤的男人走了，走得猝不及防，走得悄无声息。

一个月前的今天，姨父走了，一个月后的今天，我写下这篇文字，视为告别。“别了，‘上海爸爸’。愿你在天堂，一切安好。”

2021

你好，子城

2019年10月，我被嘉兴“禾点点”一串长长的新闻标题吸引了——“重大发掘！嘉兴千年子城守门石狮‘破土重圆’，原来你一直在这里……”更打动我的是新闻中所附的一则出自浙江工业大学工程设计集团嘉兴子城遗址公园室外工程总设计师陈瑶红笔下的故事提纲“千年守望”，其精彩程度不亚于大型文化综艺《国家宝藏》中任何一个文物故事的剧本。我当时在微信朋友圈转发了，并附言：“发现‘她’的地方就是公狮注视的地方，原来他们一直相望相守。”好些朋友留言评论：“被温暖了”“相望相守，看着就感动”“感动泪目”。

每年春节长假，我在完成规定动作——回沪探亲的同时，自选动作就是搜索两小时车程内的某个古镇或者有历史文化积淀的某处进行一番游历。今年原本打算回沪时去苏州河转转，去瞻仰四行仓库，但因为一些原因不得不放弃了跨省之行。正在遗憾之际却看到嘉兴同学在微信朋友圈晒出了子城的照片，这心心念念了快两年的子城守望之狮，终于能一睹真容了。

2021年大年初三，恰遇情人节，窗外云层渐薄，阳光已有破云而出之势，心下不由感叹，万物都有灵性，一切都是最好的安排。

我突破重重车流人流跟着导航一路开到了府前街，开到了谯楼前广场，耸立的谯楼和连绵的城墙跃然眼前。

史料记载：“子城建于三国吴黄龙三年（231），为嘉兴最早的城垣，至今已有1700多年历史。子城周长二里十步，高、厚为一丈二尺，占地7.5万平方米。城内历为县、府、军、路、府的衙署。”元代在子城正门上建谯楼，明代两次重建。现存子城谯楼及东西两侧城墙为清光绪三十四年（1908）重修，也是浙江省现存城墙上唯一的古城楼。子城遗址被列入全国重点文物保护单位，其地位和历史价值均高于我所熟悉的澉浦城墙，这也是子城吸引我的原因之一。

我心里暗暗犯怵，因为广场上熙熙攘攘，城墙上望去也是人头攒动，城门口人群一批批地进着，好在绝大部分人都自觉戴着口罩。不过也默默欢喜，文化遗产景观日渐被社会所关注，并成为人们假期出行的目的地，这是当前历史观和文化观的转向，是民族认同感不断加深的体现。

城门洞两侧的围栏里，我注意到了那对坐看世间风起云涌、人间离合悲欢的石狮子，它们的目光，真的就牢牢锁定在对方身上。城门东侧的是公狮，也是嘉兴人所熟悉的一直守在子城遗址旁的那一只，西侧是怀抱幼狮的母狮，就是失踪了很久后在子城遗址考古发掘时顺着公狮注视的方向出土的。如果国宝会说话，它们的重逢或许会来得更早一些。遗憾的是，公狮的双臂只剩了肩轴，母狮的右臂也有残缺，可我分明感受到了一份自明代以来历久弥新的坚韧，纵使岁月令它们百孔千疮，但爱的坚守却能抵挡一切尘世风霜。

走过朱红的城门，剥离了粉刷层的清水砖墙上，分明有着当年砌墙人的标记，中华民族工匠精神的细微处，可见一斑。再沿着遗址公园的中轴线往前，甬道两边古树高大挺拔，梅花次第开放，城墙遗址考古发掘区呈开放状态，而仪门、大堂都以全新的姿态静默着，也包容着今天的热烈。仪门上“公生明”三字正是对衙署公职人员的廉政警示。大堂西侧前后两幢民国建筑，均为兵营，前为民国绥靖司令部营房旧址，暂未开放。大堂名为“端本堂”，是子城文化展示馆，堂内有遗址坑和府署文化的具体展呈，现代科技手段在此也有充分体现。比如 AR 场景复原、文物碎片复原、换装体验、考古挖掘小游戏等，还有 VR 展示点，游客只需用微信扫描地上的二维码就能看到谯楼、仪门遗址坑、宅院内景的三维复原场景，堂内还有 4 台 AR 设备用以扫描遗址坑，观看大堂三维复原场景。只可惜每一处体验区几乎都无立足之地，我们只能怀着二刷的意念，退出了“端本堂”。

出“端本堂”后往外走，直接上了城墙，管理方出于安全考虑，实行上下单行，我们因为走错了方向而成了逆行者，只能环视一圈后原路返回。公园内到处是扶老携幼赏春的游人，也不乏穿着汉服打卡晒圈的时尚博主，最多的是带着孩子现场阅读文物了解历史的年轻家长，当然，还有像我们一样带着仪式感来亲眼见证穿越五百年的“深情凝视”，聆听这则温暖的文物故事的。

我们出城门的时候，下起了太阳雨，人们说太阳雨能带来好运，那就祝愿牛年的你我喜乐平安，与子城石狮一起，守望中华文明的下一个千年。

2021

跟着外婆过大年

我满半岁时就被父母托付给了外婆，因为爸妈工作太忙。也因此童年和春节有关的记忆，总是伴随着外婆的身影。

记得儿时，过年是要做元宵的。外婆的家是平房，有个搭着丝瓜架的方方正正的小院子，院子里有个小石磨。一般在过年前几天，外婆会把浸泡一夜的糯米放入小石磨，不断顺时针推磨，就看到细细的浆水顺着石磨的出水口淌落到一个用面盆托着的布袋里，直到布袋装满。随后当晚外婆就把布袋扎紧吊在丝瓜架上，下面用水桶接布袋里滴下的水。第二天早上，水滴干了，外婆把糯米粉团掰碎，放在院子里晾晒，晒干后收好。到大年初一的早上，外婆准备了很多黑芝麻，炒热，再加入白砂糖，一起放入一个黄色的小木臼中，用小木杵不停地捣，直到芝麻和白砂糖全部捣成了粉。小时候我常自告奋勇承担这一差事，虽然胳臂会酸，但这种肉体上的不适会被成就感抵消。芝麻粉做好后，外婆会把它们放入一个大搪瓷盆中，和入事先熬好的猪油，用手不停地揉，直到它们变成一个巨大的馅团。此时，我和舅舅便会一起上阵，舅舅先把馅团分成若干个差不多大小的中号的馅团，随后一个个搓成细长的馅条，我就用手去揪馅条，揪下一个放在右手手心，左手手掌合上去不停地滚搓，直到馅条成为一个馅球。当一碗馅球做满时，外婆就准备一个干净的盆，将之前做好的水磨糯米粉倒进去，一边加入温水一边用筷子搅拌。等水磨糯米粉被搅拌成筋道的粉团时，我和舅舅就跟着外婆一起，各自在粉团上揪一小块放入手心摁平再摊薄成元宵皮，取一个馅球放在元宵皮正中心，用皮把馅紧紧地裹起来并捏拢所有的缝隙，再双手滚搓，直到一个白色的光滑而圆滚滚的成品立在手掌心，就宣告一个元宵制作完成。当然，我做的是没有那么完美的，因为手上的芝麻馅总也刮不干净，我的力气小，元宵的缝隙也收拢得不紧，所以我的元宵搓好后就像一张麻脸，黑白混杂，在一大盆成品里“光彩夺目”。而元宵出锅后总有几个已经开了口，也连累着整锅元宵汤半黑不白，不过，汤的味道反而变好了。

记得过年时我还会跟着外婆做蛋饺，取一个方形的可控火势大小的煤油炉，点燃后放上一个长柄铁勺，把鸡蛋敲开打散，用一个小调羹舀一调羹蛋液到铁勺里，转动铁勺，直到蛋液摊开凝结成蛋皮，把火势调小，再舀入一勺外婆事先拌好的肉馅，用筷子掀起蛋皮的一侧把馅包牢并与另一侧的边合起来，用筷子沿合好的蛋皮边依次摁几下，确保蛋皮边都捏紧了。此时再调大火势，等蛋皮变得金黄且有香味浮起，一个成熟的蛋饺就大功告成了。

我记得我像所有的小朋友一样喜欢年初一的压岁钱和新衣服，收到新衣服的当天我就会迫不及待地穿上，舅舅就会笑我：“老鼠不留隔夜食。”我记得外婆说过：“初一百事不做，也不可以打孩子。”所以隔壁家的小男孩总爱在年三十恶作剧一番，因为第二天被发现后不会受到惩罚。我还记得小年夜全家大扫除的情景。舅舅用竹竿绑上扫帚就可以清扫屋檐上的灰尘，而外婆则会用报纸做成船形的帽子，戴在我的头上以免沾染上灰尘。

远在大西北的母亲，因为我在外婆身边，就等于在春节这个特别的时刻，替她陪伴了她的母亲；而外婆，因为我在她的身边，看到我就像看到了母亲，这一份相隔千里的思念似乎就有了依托。

三十多年前，从大西北回江南，要七天七夜，如今只需十六七个小时便能抵达。在我女儿半岁的时候，外婆去了天堂。但我和母亲，一直保留着外婆过年时的习惯，就好像，外婆从未离开。

2021

父亲的脾气

父亲生气了。

和小时候一样，父亲一旦发脾气我便会不知所措，且百般忐忑，因为他不像母亲，几乎隔三岔五就会发脾气，且脾气来得快去得也快，我习惯了也就有了一定的抗压性。但父亲的情绪几乎一年四季都是平和的，尤其是对母亲。对我们姐妹俩，他日常最多也就是用筷子敲我们的头以示惩戒，以至于多年以后我和小妹都把我们的日益愚笨归结在他这种“暴力”下。印象中几十年来父亲发脾气的次数加起来不会超过十次，他一旦黑脸，那表情严肃到四周空气都会凝固，口气严厉到我和小妹只想立刻隐身或者退避到他的气场之外。

幸好，这样的机会并不多，因为，我和父母生活在不同的城市。

也幸好，这一次父亲的脾气是用文字输出在微信对话框的另一端，我成功地避开了他的气场，但我依然忐忑了许久，于是我让对话框里我的回复空白了一阵子，直到最后我用“对不起，我错了”来结束这段特别的对话。

我是真的错了。这次的起因也简单，国庆我们去了长沙，出发时我给父母发了微信告知。返程后因为家里各种事情我忽略了报备，又加上这次出行的交通工具是高铁而不是飞机，我主观上认为没有落地风险，父母应该不会挂碍。之后第二天我给二老分享了一篇文字，父亲马上问我回来了吗，在得到我的肯定回复后父亲生气了：“回来了也不知道招呼一声，无声无息是为什么？”又紧跟着一句灵魂拷问：“你不知道儿行千里母担忧吗？”你一定能想象到彼时我满头黑线的表情。我在屏幕的这头，想辩解，却发现所有的理由都很牵强，这不是用“忙”可以托词的，更不是用“神经大条”可以搪塞的。有点伤感，原来我们无论怎么走，走多远，都走不出父母的视线。想想也是，到了父母他们这个年纪，该经历的都经历过了，除了孩子，世间万物都与他们无关，所以，我们真该多记挂他们的记挂，每天记得隔着屏幕或者当面问声“老爸老妈，还好吗”，并告诉他们“我们，很好”。

几乎是同一天，公公也生气了。这是我平生第一次看见公公生气。那天女儿他们回海盐，于是先生准备在商业街订餐打算一大家子聚一下。我和女儿先去餐厅点餐，先生去接公婆。约莫二十来分钟后，公公黑着脸走了进来，没有理会大家的招呼，即便看到许久不见的孙女，也没缓和情绪，依旧沉默着。我问婆婆怎么回事，婆婆说不用理他。小姑问他，他嘟哝了几句，言语不是很清晰，但大致能明白他是生先生，也就是他儿子的气。几分钟后泊完车的先生进门，我们才知道公公生气的原因。

公公因为神经压迫，时常会腿脚麻木，行走多有不便。先生所订餐厅离公公下车的地方隔了一个广场，老人一步一挪地走到餐厅，走得很辛苦，也很无辜。了解原委后，我问先生，为什么不可以绕到广场的南侧停车，这样老人不是可以少走很多路吗？或者，可以订一个门口就能泊车的餐厅。他说一时间没想到那么多。

我想说先生几句，脑海里却闪过了另一个发脾气的父亲，我和先生苦笑着对视，原来我们都不是合格的儿女。

第二天，和母亲通电话，一番聊天后母亲把话筒递给父亲，父亲的口气又恢复了一贯的平和。晚上和先生去婆婆那里吃饭，公公又扯着他一贯的大嗓门和先生聊着《新闻联播》里的那些事儿。

在父母眼里，永远没有不可原谅的孩子。而孩子的一生，只欠父母，请记得陪伴，记得问候，记得父母的记得。

2022

两会偶记

今年，是我作为海盐县第九届政协委员参加两会的第五年。因为防疫需要，我成了被封闭式管理中的一员，一切行动听指挥，安全处在第一位。

晚餐后在大厅里画圈游走，我们都很自觉地戴着口罩。虽然相熟的朋友不少，但大家都遵守规则不互相串门，各自“闭门思过”。会前还做了核酸检测，真的是一段特别的经历。

差不多会前一周，会务处的短信就开始周期性提示，组长在小组钉钉群里也不时地敦促委员们记得递交提案，记得填报相关信息。

两天半的日程十分紧凑，大会时认真聆听，小组讨论时各抒己见，只是口罩戴得久了会感觉胸闷气短，联想到抗疫一线的医护人员，几个体弱的微微透口气后又自觉地戴好。

每年小组讨论时氛围最热烈的要数研读政府工作报告了。平日里看似波澜不惊的日子，其中却沉淀和积累了无数个实实在在的成果。认真观察一下身边，发现真的是日新月异。我们欣慰于一组组数据的递增和一件件实事的落地，也会质询一些陌生的观点和专业术语，而对于未来的一年甚至五年，则寄予了更多的期待。

一般外出学习或培训的夜晚，我会认真地带一两本纸质书，特别读得进去，且会有成就感，这次也不例外。

封闭管理的夜晚，按规定每人一间房，就有了安安静静独处的两个晚上，除了阅读，还能让思绪天马行空一番，也借此盘点一下做委员的这五年。

五年里几乎每年都会递交一两个提案以及三四个社情民意。案由都来自平时工作和生活中的所遇所思，也有身边同行和朋友的想法和困惑。一直以来，我的原则就是：“不说就全无机会，说了至少有百分之五十的机会。”我尽我的能力传递着基层的声音，所幸，我们的声音也没有被淹没。

第一年的提案我立足于自己最熟悉的行业，呼吁关注村级文化管理员的成长性，而这个焦点也延续至今，问题在不断被解决也不断在萌芽。之后每一年的提案都涉及文化发展，虽说“旁观者清”，虽说会“自己套牢自己”，但对我们而言，自己的领域更容易看到问题的症结和解决问题的可能性。

每一年的社情民意，则更侧重于反映平日里在民间听到的声音，内容范围宽泛，诸如城市色彩规划、职校课程开设、器官捐献、小微企业扶持等。目前最圆满的一则建议与美丽乡村有关。去年5月我在丰义景区用餐，席间听村里人说起景区门口没有公交直达线，给许多年长的外来游客带来不便，遇到酷暑和阴雨天，更是让老老少少叫苦不迭。当地管理部门也有自己的难处，因此问题悬而未决。我说我来试试，通过社情民意的途径递交你们的问题，多一个渠道或许就多一个解决问题的机会呢。没多久，交通运输部门就来向我了解具体情况并探讨可行性方案。去年10月1日，直达景区的公交车正式开通，村里特地私信我表示谢意，而我亦要给交通运输部门的雷厉风行点个赞。

两会结束了，春天也来了，而我们，又要踏上这一年的征程，去观察、去聆听、去思考、去记录了。

2022

去看看当年的“西伯利亚”

2022 年的春节，我要在乡村度过。一方面是因为在家人的共同努力下，公婆的四层排屋于年前落成，二老顺利回乡入住，我们也回去一起过年；另一方面我也想实地走访，深入了解农村当下的变化。

当年的庄星村——人们口中的“西伯利亚”

公婆家位于沈荡镇庄星村（由原来的庄星村和南星村合并而来，属于齐家片区），20 世纪，因为交通闭塞，集体经济薄弱，这里被称为海盐的“西伯利亚”。记得 20 世纪 90 年代初，我第一次走进这个村庄时，只看到一片萧瑟，乌压压的田埂，泥泞不堪的乡间小路，低矮破旧的平房，原生态的河道两旁盘根错节的枝丫几乎塞满了整个河道，河面上不合时宜地漂着些不明物体，但依然有不少村民就着河水淘米洗菜和浆洗衣裳。那个时候，这里的农户全家全年收入也就千元左右，若是运气不好得了病，那就只能靠亲戚乡邻周济、借钱救急了。

2000 年左右公婆到县城生活后我基本没再去过庄星村，十年前听说老房子塌得厉害，已经成了危房。看着周边乡镇的新农村建设搞得红红火火，婆婆总要感慨一番自家村的不给力。

现在的庄星村——游人眼中的美丽乡村

2014 年，庄星村完成了村级道路硬化。2016 年年底，总占地面积 1800 余平方米，共计投资 250 万元的庄星村文化礼堂完成建设并投入使用，占地 150 平方米的室外舞台水墨风格、平直大气，有雨后清浅水洼的光照充足的日间，你的镜头一定能捕捉到连同倒影一起呈现的最美礼堂的外观景致。2018 年，位于村部西侧占地 7000 平方米的农民文化休闲公园建成，它与清澈毓秀的南星桥港、村部后方的清朗庭园、绿色廊道以及文化礼堂一起，构成了庄星村美丽乡村的自然和文化景观。同年，庄星村又完成了新农村建房规划点基础设施建设，先后有 3 个村整体搬迁。2020 年，公婆家所在的堰张门自然村整组搬迁工程启动，近三年时间里，112 户人家通过排屋联建的方式渐次完成了土建和装修。如今，56 幢灰色外立面、风格统一的四层排屋拔地而起，素朴中透着清新。如今近一半的村民已经入住。

2021 年，新农村小区（一期）实施了道路硬化，每幢排屋西侧都设置了四五个铺设绿色透水砖的停车位。达户道路和道路两旁的绿化也将于今年完成。小区内整治过后，自然河道简家浜蜿蜒逦迤、水清岸碧，木制的护岸栏杆内侧，不知名的花花草草星星点点地在栏杆罅隙间滋生着，只待"忽如一夜春风来，千树万树梨花开"。

我曾在烟雨蒙蒙的年初二沿着南星桥港的河道环行，途中遇到一对运动装束的年轻情侣，雨珠跳跃在他们的伞上，他们却在和三脚架较劲。"我们是去古镇旅游的，顺道来做田野考察，这里的河道很漂亮。"面对我疑惑的表情，他们主动介绍了自己。

庄星人的自觉、快乐和满足

我知道庄星村在 2020 年 10 月成了第三批省级引领型示范社区，这也是我想走访庄星人的原因之一。

沈哲英，67 岁，是村里负责南星片区的四位一体保洁员，我在路上偶遇她忙碌的身影，就跟着她一路走访。她骑着电动三轮车清运垃圾，每天 7 点上岗，日常 11 点左右可结束。春节期间垃圾多，要到午后才能完成。她承包所在区域的垃圾清运，每天要来回三趟才能完成全部的清运量，同片区还有一个保洁员专门检查垃圾分类，全村负责四位一体保洁和垃圾分类监督的一共有 5 个人，都是丽城环境管理有限公司的员工。

沈哲英60岁开始做四位一体保洁员，我问她："村民垃圾分类意识怎么样？二次分拣的压力大吗？大家配合度高吗？"她说，农村垃圾分类现在先按两类，易腐垃圾和其他垃圾，从简单的开始，等大家都养成习惯了，再细分。村民现在都有意识了，会配合，基本上家里都会分好，分别装袋，再扔到对应的垃圾桶里。

之前在文化休闲公园的南侧就看到树丛中掩映着一座小青砖外墙的尖顶房子，起初以为是管理房，跟着沈哲英过去后，才知道是南星片区的垃圾中转房。沈哲英娴熟地打开灰色铁门，将车上的垃圾桶卸下推进垃圾房，再将垃圾房里的空桶拖出装到车上，整个过程中我没有闻到一丝异味，这是令我最不可思议的，以前下乡时路过垃圾房，远远地就想屏住呼吸了。沈哲英告诉我，农村里其实易腐垃圾少，因为大部分在牲畜喂养时已得到处理，而且村民装袋时都扎得很紧，又都装在垃圾桶里，原来不装桶的时候，垃圾房确实很难走近。

告别沈哲英后，当日下午我又走进了张刘英和张彩英姐妹俩各自的家。她们的排屋就在公婆家后面，装修兼具新中式和现代简约风，尤其是地台床的设置立时显现出了其对二胎家庭的实用性。刘英家"家和万事兴"的家训背景墙令我眼前一亮。刘英是高中生，曾经做过赤脚医生。后面夫妻俩都务农，她依靠网络教程和现场向承包大户学习育苗技术，自己在家科学实验育苗种菜，靠着微信朋友圈的推广，今年娃娃菜卖得很好。彩英一边说话一边看手机，她说她刚进"微嘉园"（嘉兴社区网上服务平台）当日签到，今年已经用微嘉园的积分换过年货了。

看着一直笑意盈盈的姐妹俩，不禁想到年三十夜里，坐在宽敞明亮的餐厅里，面对着电子转盘上满满的美酒佳肴，公婆脸上的自豪和满足，我想，这才是庄星人快乐而鲜活的人生。

2022

寻味海盐

我的嗅觉一直很灵敏，这归功于我的高度近视。因为“上帝在给你关上一扇门的同时，一定会给你开扇窗”。

因为这个原因，我对气味的感知都快于周围的人，好的味道也就罢了，遇到不太妙的味道，我的鼻子就饱受煎熬，连带着整个肺腑都憋闷得不行。所以我很佩服一种新兴职业人——民间闻臭师。常人避之不及的气味，他们却以此为乐，当然，他们最终的目的是让自己不用再上岗。

这几年我的鼻子是开心的，我带着它走了很多地方，它也为我捕捉了世间各种芬芳。甚至，有些我们生活里确实避免不了异味的地方，我的鼻子，竟然也都“失灵”了，并且，是开心地失灵了。

工业区的味——闭上眼，深呼吸

十年前有同事从南北湖景区调去经济开发区（西塘桥街道）工作，他自嘲：“从海盐空气最好的地方去最差的地方。”那时我自驾回沪探亲走沪杭高速，途经开发区时必定摇上车窗加快时速，因为那飘过的风里总有说不清、道不明的气味顺着鼻翼侵入体内。十年前西塘桥的村民征迁安置房成套成套地空着。

近两年开发区的烟火夜市突然就成了网红打卡点，去过的朋友都说那里晚上的人气超过了县城商业区。我一边羡慕着生活在西塘桥的人，一边疑惑那里到底发生了什么，直到上个月，我跟着环保采风团去了开发区工业园区，参观了爱拓环保能源（浙江）有限公司（简称爱拓环能），不仅所有的疑惑都迎刃而解，也明白了我所在的这个滨海小城为何会“空气优良率、绿色发展指数、生态环境公众满意度三项指标均位列嘉兴市第一”。

走进爱拓环能，吸引我眼球的第一个细节，是数字化展厅里公司标志背景墙前的岩板长桌，桌台上有两排整齐列队的簇新的白色安全帽，我猜测这个景象的内涵是“规范操作、安全至上”，这是所有企业共通的文化。我关注到的第二个细节，是企业设计感十足的观赏性走廊，绿植沿途一字儿排开，不锈钢护栏上点缀着盆装花卉，走廊一侧是企业文化和环保宣传墙，另一侧则是全透明的大玻璃窗，窗内企业的整个生产流程，从进料到粉碎，从焚烧到废水废气处理等，皆清晰可见。

众所周知，工业生产易带来生态污染，尤其是三废——废气、废水、废渣的排放。造纸行业由于三废排放量偏高，一直是环保监管的重点，海盐十年间亦有不少造纸企业被关停、项目被下马，“造纸”即“污染”一度是社会和群众的共识。于是，近十年来，防止环境污染，维持生态平衡，已成为社会发展的一项重要举措。大量发达国家采用的或尚未采用的先进清洁生产设施在我国造纸行业内得到了普遍使用，比如秉承循环经济发展理念的爱拓环能，早已步入了绿色行业。

爱拓环能，其母体是全球造纸业 15 强之一——山鹰纸业。爱拓环能成立的目的就是对造纸废弃物进行无害化、减量化处置，探索造纸业后端废物的资源化，实现绿色制造目标，助力制造业生态化升级。

爱拓环能，仅仅是海盐经济开发区 800 多家企业中的一员，但窥一斑而知全豹，见微可以知著。当天陪同我们参观的开发区环保执法中队的黄队感慨道：“作为海盐工业经济的主平台，开发区承包了海盐 40% 的工业经济总量，开发区的环境问题解决好了，全县的环保压力就要少一半。”黄队的话，既有“亚历山大”的责任感，也有环保成果丰硕的自豪——海盐经济开发区先后获评中国最佳投资环境开发区、浙江省工业循环经济示范园区、浙江省美丽乡村示范乡镇、浙江省省级生态街道、浙江省美丽园区示范开发区。

新农村的味——阳光下，自然香

十年前我不太喜欢去乡下走亲戚，沿途污水四溢的垃圾房、堆放得横七竖八的房前屋后以及蚊蝇密集的犄角旮旯都是我捏着鼻子飞奔掠过的。但近年来因为参与了所在乡镇的美丽乡村建设，亲眼见证了种种变化，已对农村环境改观不少。今年婆家搬迁至沈荡镇庄星村新农村集聚点，春节我在乡村住了几天，还特意跟着乡村保洁员走了一圈。村里的垃圾中转房在文化休闲公园的南侧，是一座小青砖外墙的尖顶房子，掩映在树丛中，不走过去看根本猜不到它的用途。我看着保洁员娴熟地打开灰色铁门，将车上的垃圾桶卸下推进垃圾房，再将垃圾房里的空桶拖出装到车上，整个过程中我没有闻到一丝异味，这是最令我不可思议的，以前下乡时路过垃圾房，远远地就想屏住呼吸了。保洁员很热情地向我解释说农村其实易腐垃圾少，因为在牲畜喂养时已做处理，而且村民们现在垃圾分类回收意识都很强，装袋时都扎得很紧，又是装在垃圾桶里，原来不装桶的时候，垃圾房确实很难走近。保洁员一边跟我说话一边抓紧处理手头的活儿，她说春节期间生活垃圾清运量是平时的一倍多，所以反而比平时要辛苦，但是看到村道上干干净净的不亚于县城，看到越来越多在大城市工作的年轻人都返乡度假，她就特别骄傲。

养猪场的味——溜一圈，心舒畅

曾经，一到盛夏，老沪杭公路翁金线的丰嘉牧业生猪养殖的刺鼻味儿就随风飘荡，钻进周边的村子，钻进沿途的车辆，钻进行人的肺腑。终于，在县、街道、村的共同努力下，该养殖场于 2018 年正式关停，并转型为现代创意农业孵化园。

曾经，望海街道青莲寺村作为海盐西部的生猪养殖大村，全村 85% 以上的农户养猪，导致村内 22 条河道淤积，臭气熏天的环境使得请客都没人来，姑娘们也不愿意嫁进这个村。后来，依靠“生猪退养”和“五水共治”双管齐下，青莲寺村再度绿荫环伺，碧水绕村，花香满径，一到周末游人如织，文人雅士也纷至沓来，用笔墨书写，用水彩勾勒。

其实，养猪也可以是一件有趣的事儿，在你参观过农业产业化国家重点龙头企业——浙江青莲食品股份有限公司（简称青莲公司）后，你就会发现。

青莲海盐数智循环农业公园——嘉兴市最大的生猪牧场，位于海盐西塘桥街道，牧场内采用园林化布局、生态化饲养和智能化管控，为你呈现一个闻不到臭味、见得到美景、触得到自然的绿色“五星级猪圈”。

这里“猪舍饲养采用低蛋白饲料，并添加苜蓿草等原料，从源头降低饲料蛋白分解产生的废气；同时采用封闭式养殖，在出风口设置废气处理装置，对废气进行喷淋洗涤和生物吸收处理，实现臭气零外泄、处理全达标。污水则是通过以微生物为核心的 A/O 生化处理技术处理，达到纳管标准后送入污水处理厂。粪便、沼渣、污泥等固体废物，通过发酵罐进行高温好氧发酵，最终粪污可以转化为有机肥，农牧有机结合实现循环利用变废为宝”。

猪猪星球，是青莲公司以“猪文化”为主题的 4A 级景区式乐园，集合了萌猪表演、儿童游乐、科普教育、餐饮购物等业态，让消费者在体验的同时，了解产业背后的故事、文化和历史，年接待游客三十万人次，是青莲公司一二三产业融合发展的最系统的成果展示场所。

“膳博士”——青莲公司旗下的肉品品牌，是浙江省著名商标，荣获浙江名牌产品称号。其连续 7 年为世界互联网大会供肉，连续 14 年为中国极地研究中心供肉，还是杭州第 19 届亚运会官方生鲜肉类产品供应商。“膳博士”黑猪鲜肉包已成为海盐大街小巷的网红早点，这个味道，我很喜欢。

生活在海盐，我，也很喜欢。

2022

陌上花开，可缓缓归矣

我想说说“古今第一暖男”吴越王钱镠。

史载，钱镠武将出身，身材魁梧。但铁汉偏偏柔情似水。

据说钱镠的王妃——庄穆夫人吴文华，每年寒食节必归临安探望双亲。她回娘家要翻一座岭，而此岭悬崖峭壁，溪流相间，钱镠怕王妃不安全，就专门派人去铺石修路，加设栏杆，后来这座山岭就改名为“栏杆岭”。王妃回家住得久了，吴越王钱镠就要捎信给她，信中或是思念或是问候，偶尔也会催促一二。那一年，王妃又去了临安娘家。一日，钱镠在都城杭州料理完政事，就走出宫门散心，却见西湖两岸已是姹紫嫣红，一片明媚，想到已是多日不见王妃，不免心生思念。回到宫中，便提笔写了一封信，信虽不长，但饱含款款深情，其中就有千古名句：“陌上花开，可缓缓归矣。”（见《历代名人短笺》，意为田间阡陌上的花开了，你可以一边赏花，一边慢慢回来）短短一句话九个字，在含蓄中蕴藏了无限深情——钱镠既盼望妻子早归，又不愿催促她而令她为了赶路错过一路的风景。短短九个字，没有帝王的威势和强横，只有一个普通丈夫患得患失的矛盾心态以及对妻子的体贴和尊重。据说吴越王妃当即便梨花带雨了。此事很快在坊间传开，一时成为佳话。

北宋豪放派词人苏东坡曾就此故事创作了怀古咏史的七言绝句《陌上花三首》。“陌上花开蝴蝶飞，江山犹是昔人非。遗民几度垂垂老，游女长歌缓缓归。”“陌上山花无数开，路人争看翠軿来。若为留得堂堂去，且更从教缓缓回。”“生前富贵草头露，身后风流陌上花。已作迟迟君去鲁，犹教缓缓妾还家。”三首诗均委婉地感叹了吴越王朝的兴亡，感慨人世富贵繁华和虚名浮利就如过眼云烟。

清代著名诗人、诗词理论家、文坛领袖王士祯在其著述《香祖笔记》中曾如此点评："'陌上花开，可缓缓归矣'——不过数言，而姿致无限，虽复文人操笔，无以过之。"

今人往往用古代帝王与后妃生育子女的数量来判断帝后（妃）之间的感情深浅，因为自古君王多薄幸。

明末的《西湖二集》说"陌上花开"的女主是钱镠的原配夫人戴氏，清朝的吴任臣编撰的《十国春秋》则明确"陌上花开"的女主是庄穆夫人吴文华，而我更倾向于庄穆夫人，因为据史料记载，吴文华是当时江东第一美女，容貌绝伦，文学造诣高。钱镠与她一共生育了十三个儿子，显而易见钱镠十分爱她。并且庄穆夫人虽贵为王妃，生活却很俭朴，她每年回江东娘家探亲，会在老家教当地人种植桑树、养蚕、织布。而在钱镠主政吴越国期间，在钱镠提倡农商、宽仁待民的同时，吴文华也亲身垂范，纺纱织布。因此她深受钱镠敬重。所以，钱镠写这封信时，他们已非少年夫妻，但依然恩爱如初。由此，世人评说："论丰功伟绩，吴越王钱镠比不上秦皇汉武，比不上唐宗宋祖，但他却是最深情的男人，最细腻的男人，为古今第一暖男。"

江浙沪包邮区盛产暖男，初始以为与江南好文之风有关，在读了"陌上花开"这一典故后，觉得这些地方男人的"暖"，或许多少是受了吴越王钱镠的影响。

2022

我的生活关键词：咖啡

我的生活关键词或者说我的标签里，排前三的一定有“咖啡”。

在今年爆款的沪语电影《爱情神话》里，弄堂里的老皮匠有着他固定的 Coffee Time 的情节被一些网友诟病其真实性。

可这样的情境在我儿时的生活场景里很平常，即便是如今我扎根的小县城，也能在底层谋生人的保温杯里，嗅到我最熟悉的香味。

再不济的生活里，每日的鸡零狗碎之外，也总有那么一刻，会触及一份鲜活的美好，而这一份美好，或是咖啡，或是茶，甚至仅仅是一杯温热的糖水，却也能让这一刻的自己，与不堪隔离，给自己、给生活、给这个世界一份尊重。

一杯咖啡，闲暇时端在上海老克勒或者追求品质生活的人们手里，一定是手磨、手冲再加拉花，豆子也一定是精度烘焙，产地也必是巴西或者哥伦比亚。但更常见的，就是端在街角咖啡馆里散坐的男男女女手中，或者捧在行色匆匆的职业人手里一杯现做的三分糖、半糖的星巴克。因为更多的 Office 一族存在，速溶咖啡的市场也很大，曾经大批量涌入各大超市的各种植脂末咖啡，如今已被束之高阁，毕竟它带来的反式脂肪酸会给人体带来一定的危害。而像女儿常喝的超速溶冻干——三顿半，就很畅销，一盒喝完了，一串五颜六色的迷你小罐在窗台上、在办公桌置物架上排排站，就是一道卡通感十足的风景。

曾经，星巴克的这句经典广告语“我不在办公室，就在星巴克；我不在星巴克，就在去星巴克的路上”深入人心，后来知道是脱胎于奥地利作家茨威格的名句“我不在咖啡馆，就在去咖啡馆的路上”。

如今，虽然星巴克已非独一无二的选择，但是咖啡，却是越来越贴近我们的生活。作为世界三大无酒精饮料之一，它和茶一起，稳居国内饮品界的C位。

在咖啡馆喝咖啡是最有仪式感的，在门口几十米远处就能闻到咖啡诱人的香味，若门口装饰得别致、耐看且和书吧相结合，我是一定会进去坐坐的。几十年来，与闺蜜聚会地点是雷打不动的咖啡馆，从最初的上岛、名典、真锅、雅迪、迪欧一直到后来的逸美、老友记、再会吧姑娘、星巴克、瑞幸、吴小牛，及至去年在虹桥新村商业区逆流而上的灰石，我的足迹几乎覆盖了海盐所有的咖啡馆。在嘉兴工作的同桌每次回来都要先问我海盐又有哪里可以喝咖啡。去外地旅游或出差，只要时间允许，就会搜索附近的好评咖啡馆，带上同伴去小坐一会儿，品评不同的口味，欣赏不一样的风景。

我参观过世界上最大的咖啡工厂——星巴克臻选上海烘焙工坊，也在去厦门曾厝垵旅行时打卡过亚洲最大的咖啡厅——Hollys。我品尝过最贵的麝香猫咖，也喝过威士忌咖啡和茶咖啡。目前想做还未做的，就是带着电脑去咖啡馆坐上一天，看看在咖啡的香氛里键盘能敲击出多少字节。

上海人喜欢喝咖啡，因为魔都是国内最早接触咖啡的城市，坐在咖啡馆里的人群，虽以中青年为主，也不乏银发一族，因为这是百年来沉淀下来的习惯和文化。我的童年时代是在上海度过的，因此就不可救药地爱上了咖啡。就像已逾古稀的老妈一样，不管这一天有多忙，在“买汰烧（上海方言，指买菜、做饭、打扫卫生等家务活）”的间隙，每天下午三点就是她雷打不动的Coffee Time，有时会就着小糕点，有时候只是一杯清咖。喝咖啡的同时，她会用平板看看小说，这一刻是身心合一的悠闲，是脱离了鸡毛蒜皮的纯粹。小妹喜欢自己选择咖啡豆精煮，女儿和她的朋友会自己做手冲，懒散如我，也会买了哥伦比亚豆经咖啡机加工再添加鲜奶、燕麦成就一杯拿铁，或者选择零植脂末的摩迪卡随身携带，随时愉悦自己。

生活在海盐的我，日常，在阅读时会泡上一杯咖啡，写文章时会泡上一杯咖啡，每天多少都会喝点，戒不掉，便随缘。甚至因为不可抗拒的咖啡香，我还会将磨煮后的残渣用空茶包装了放置在洗手间当空气清新剂。也会因为不可抗拒的咖啡二字，读很多标题就有咖啡元素的书，比如严歌苓的《无出路咖啡馆》、王森的《就想开间小小咖啡馆》等。

我不喜欢美式的苦涩，所以拿铁是我最常喝的口味，可以不甜，但一定要带点儿奶香。闺蜜宠我，总会在外出旅行回来后赠我以当地最有特色的咖啡；同事们爱我，叫咖啡外卖时绝不会少了我那一杯。我搬家，小妹快递了咖啡机。女儿读大学期间，带我走遍了校内校外的咖啡角。母亲有一年在海南度假，竟给我邮了两大包三合一咖啡，那一年，感觉自己的呼吸都是甜的。

有人说咖啡喝的是情调，酒喝的是寂寞，茶喝的是境界，茶、酒和咖啡，虽然趣旨不同，但只要适量，都能给尘世中颠簸跋涉的你我，带来一刻的安然、愉悦和其乐融融的自得。

最后，我想说，我爱南北湖爱了很多年，直到今年，我才明白，南北湖也是爱我的，因为，它终于有了自制的咖啡，而且，是拿铁。

2022

爱情信物

日前看到一篇帖子，说的是张爱玲的姑姑张茂渊用五十二年的执着换来与李开弟十二年相依的故事。李开弟曾送张茂渊一块霞帔。对此，张爱玲在《姑姑语录》中写道："她手里卖掉过许多珠宝，只有一块淡红的霞帔，还留到现在……每隔些时，她总把它拿出来看看，这里比比，那里比比，总想把它派点用场，结果又还是收了起来。"这份爱虽然太过沉重，但霞帔却很美好，它是信物，更是见证，而对于张茂渊来说，"如果最后不是你，那其他人都是将就"。

如果说最执着的信物是霞帔，那么最悲壮的信物当属林觉民荡气回肠的《与妻书》。

从前的信物很旖旎，多为女子随身的香囊、罗帕、木梳、簪子，男子则为折扇和佩玦等。赠上了信物，便相当于有了契约，也就有了初心如磐、矢志不渝。如今的信物很时尚，就像香港导演王家卫的黑色墨镜，那是他太太送给他的爱情信物，他承诺永远都不会摘下。

在"70后"的概念里，生活是需要仪式感的，爱更需要仪式感。这仪式感又需要一个信物来承载，这承载的不光是一种承诺，还是一段记忆。当语言含蓄地躲在背后时，信物就是最好的表达。

在"70后"的家里、行囊里，一定也有过以下这些信物，或许每次搬家，都会有一波断舍离，但也有一些物什，会再次被稳妥地收纳，并在新一轮的检视中给自己一波回忆杀。

比如我的家中，就有一个20世纪90年代初用一百张一分钱的纸币折出来的菠萝。那个年代，折一个纸币菠萝就如同21世纪折一罐千纸鹤一样，送出去的是无声的告白和深深的祝福，并始终跟着主人，经年累月后镌刻上文物的属性。

“从前车马很慢，书信很远，一生只够爱一人，从前的锁也好看，钥匙精美有样子，你锁了，人家就懂了。”

20 世纪互联网还不发达，书信往来是我们和远方的亲人朋友沟通联系的重要方式，更是恋人之间直抒胸臆的媒介。我家中就有一个红色铁皮盒子，里面是曾经的往来信件，有函，也有明信片。从最初的隐晦含蓄，到最后的坦诚直接，用五年的过渡期成熟一段感情，用日渐泛黄的质地承载“70 后”的足迹。换作当下，年轻人“有爱便会大声说出来”，或者依靠电子设备“滴滴”几声将情谊分分秒秒传达，却少了一份将信件插入绿色邮筒后便开始的影影绰绰的期待、忐忐忑忑的猜测和朝朝暮暮的碎碎念，以及收到回信后的迫不及待。

能送达、能收到的信物都是幸运的，但也有终其一生都未能寄出、而对方更未能收悉的信物。1982 年，长沙市政府要修缮杨开慧的故居，无意间在她卧室的砖缝中发现杨开慧的亲笔手稿，在这些手稿中有一首诗名为《偶感》，表达了她对丈夫毛泽东深深的思念和牵挂：“爱我当无变，情怀永相依。良朋尽如此，数亦何聊聊。念我远方人，复及数良朋。心怀长梦之，何日复重逢。”只可惜杨开慧牺牲得早，毛泽东亦在手稿发现之前就逝世了。但这留在纸上的斑斑墨迹，却为后世留下了一曲令人景仰的爱情绝唱。

一生守候不是一句华丽而苍白的山盟海誓，而是在无数个简单而平淡的日子同舟共济、相濡以沫。一件信物也不必昂贵，不必难得，在持有人心里，便是一分钱的纸币也是无价的珍品。亲爱的男孩女孩，请珍惜那个会送你霞帔、愿意给你承诺的人，因为，爱，并不复杂，幸福，也很简单，懂得感谢，会更加丰满。

2023

这个夏天，体验海盐数字温度

6月底，定居沪上的老爸因肺炎住进了医院，需要我过去陪护几天。因为我视力不好，先生不放心我独自上高速，但他又抽不开身，所以我决定乘客车。

由于不坐大巴很多年，想了解一下班次和车程，便致电客运公司的朋友，她说你关注一下“海盐交通”的微信公众号，可以直接查询信息，还可以购票。

果然，从微信公众号的菜单栏里“便民服务”一项点进去后，就看到了“长途查询、网上购票”等功能项，于是两分钟时间里选好了第二天的车次并买好了票，支付成功后就收到了系统发来的短信，提示发车时间、几号检票口和座位号，并附取票号和密码。

第二天一早到了客运中心，直接在大厅的自助服务机上取了票，过了安检，找到检票口，拿着车票在验票屏上一刷，闸门自动打开，上车。“一切顺利，一点儿时间都没浪费。”发微信给先生，得到“胜利”的手势回复。

久居沪上的爸妈，社保关系都在海盐，所以两年前当地社保部门就帮忙办理了异地就医备案。现在就更方便了，比如临时外出异地就医是可以直接在“浙里办”App搜索“浙里医保”在线备案的。说来也巧，就在我开始关心老人异地就医报销政策时，“海盐发布”微信公众号及时发布了“海盐最新异地就医政策”，我立即转发给在沪的家人们。但我们以及身边的朋友都没有类似的实操经验，虽经当地社保工作人员确认，老人出院时会直接在线报销和缴费，不用像以前那样带着一大沓的单据回海盐办理，我多少还是有些忐忑，老爸更是一次次地问：“这住院报销很麻烦的吧？海盐社保卡这边能用吗？”

老爸出院这天，女儿和她小姨一起去接，她俩带着出院小结，先去门诊大厅办理缴费报销手续，望着缴费口一眼望不到头的队列，女儿环视一圈，发现了自助结账机，她插入她外公的社保卡，根据提示陆续输入所需信息，几分钟内就完成了报销和缴费手续，也拉出了长长的报销和缴费清单。女儿发微信给我：“结账好了，没有排队，报销比例还是可以的。”小妹也同时发微信给我：“我们用自助的机器搞定了，人工太恐怖了。”

晚上和老爸老妈通电话，老妈很兴奋地跟我说：“没想到现在海盐和上海医保结算这么方便了。”我说，是的，上海有两百多家医院可以与海盐在线进行医保实时结算，双向互通，“老爸之前在新闻里不是看到说海盐要接轨大上海融入长三角，还问我怎么个接轨法吗，现在你们知道了吧。”老妈一个劲儿地说：“灵额灵额。”

小区西门对面新建了公交候车亭。记得以前有个“兜兜公交”App可以查询车次和早晚班时间，交通运输部门的朋友让我到“海盐交通”微信公众号里找“车来了”功能，也可以直接下载“车来了”App。于是次日我直接选择乘坐公交车去单位，体验一把“车来了”。打开App，菜单栏里跳出一排定位所在站点所有的车次，选择经停单位的车次后，会提示该路车距离我还有几分钟，这个类似于打车叫车的服务模式，让人很窝心。上车后刷一下乘车码——“市域公共交通一码通”就可以了。事后和朋友分享本次体验时，也提出我的疑惑：很多老年人不会上网，不会用支付宝，那他们乘车怎么办？朋友说：“70岁以上的老人直接免费了，其他的办一张海盐公交一卡通IC卡，全国通行统刷。”

宜居小城，数字化的生活，便利，触手可及，美好，无处不在。

2023

护工周姐

父亲最近住院。我在异地，不愿年迈的母亲家里医院两头奔波辛苦，而小妹既要上班又要顾家，无法周全地陪护父亲，所以请了护工周姐。见到周姐的时候，她正在帮父亲擦身，我原想搭把手，却被父亲喝止："你不知轻重的，在旁边看着就好。"穿着护工制服的周姐，身形瘦削，一头短发，戴着口罩，两根口罩带子吊挂在头上。她手脚真的很麻利，力度拿捏得当，从头至脚，耳根、脖颈等无一遗漏。周姐的动作如行云流水，父亲的神情惬意而放松，见我带着欣赏的笑，父亲有些小得意："小周是护工的头儿，护理技术也是最好的。"

因为父亲基本能自理，所以在普通病房时，周姐就每两小时过来看看他的状况，并按规定在适合的时段服侍父亲用餐、吃药等。其实周姐的主阵地在重症病房，那里她还有个一对一的陪护对象，在那里她就没那么轻松了，老人完全下不了床，却又是"重量级"人物。每次周姐为他全身擦洗一遍后自己也差不多脱力了。

父亲转重症病房后，周姐就固守在重症病房了。医院不允许家属陪护和探视，护工成了代我们子女尽义务的不二选择。我加了周姐微信，她说："有急事就打我电话，微信我一般要到晚上才有时间看。"周姐给我们的回复除了转述医生当日查房时的病情分析，总会带上朴素又温暖的一句："放心啊，老爷子一天比一天好。"

周姐很有眼力见，反应也快。重症室不时会有老人的监控仪发出警报，周姐都会主动帮忙联系医生，并在医生实施现场抢救时打下手。一次，老爸邻床的老人呛咳不止后痰液喷射而出，周姐避之不及，被喷了一脸污秽。她只是无奈地摇摇头，默默地去洗手间清洗。我想，可能她的隐忍也是她在呼吸科病区受欢迎的原因之一吧。

护工们一般吃、住都在病房里，晚上她们一般就在病房内的角落支好简易单人床休息，但基本是和衣而卧，以防病人出现突发状况。呼吸科重症区住的基本都是老人，到晚上八九点就都睡了，周姐她们也跟着老人们的作息。一天晚上快九点时我们去给老爸送日用品，走到病房门口，就看到一列竖排着的简易床，护工们都躺下了，睡在最靠近门的周姐很机敏，立即起身来接过我们的袋子，又关切地说："你们忙，不用每天都来看老爷子，有我在，你们放心。"

周姐自己也是在医院订餐，只是标准相对低一些。病区内也有病人家属会每天定时给病人叫外卖，连同护工的份额一起，无非是想让护工照料病人时更用心一些。周姐说："你们不用管我，我自己买，花自己的钱，舒坦。老爷子这边，放心，肯定饿不着他。"

周姐的老家在河南，她今年已经60岁了，孩子也在大城市里打工挣钱。她说她从1995年到现在，做了半辈子护工，到明年春节，她就打算回老家不干了。"伺候别人一辈子，也想换别人伺候自己了。"

短短一周的相处时间，我却记住了周姐，以及她每晚微信里必定回复的那句话："放心啊，老爷子一天比一天好。"

2023

美甲初体验

一生中，总有很多个第一次。有时是首次吃螃蟹的尝试，有时是突破自我的言行，就比如，在接近退休的年龄走进美甲店。

家门口的吾悦广场是我走几步路即可抵达的商业区，里面小而精巧的美甲店有很多，以前散步经过时都只是用余光瞥过，判断其生意是否清冷。

根据“90 后”小同事的推荐，在约定的时段我去了吾悦广场外街二楼东侧的某美甲店，店主名叫“小钢炮”。

美甲店的客户群体比较单一，大部分是女性，尤其是年轻爱美的女性。

方言谐音的店名很接地气，也很直白。十平方米不到的美甲店，装修风格简约而清新，粉绿的底色，正中两张并排的工作台，靠墙是两排陈列柜，分别是各色甲片、各种钻饰和各色指甲油。工作台东向坐着美甲师，是两个年轻的女孩，都是扎一个清爽的马尾辫，穿着素色的卫衣，戴着黑色口罩，系着格子围裙。西向里侧已有一个女孩正在做美甲。外侧的空位显然是留给我的。

按约等候着我的美甲师就是小钢炮。她戴着眼镜，语调清婉，简单地询问了我的诉求后，根据我“指甲油要自然，贴合肤色，比如裸色系”的要求选了两款，一款“裸粉色”，一款“裸橘色”，各涂于一甲，让我自己甄选。我呢，简单粗暴，直接拍了照片发给女儿，由她选定了裸粉色。小钢炮拿了一本美甲的产品样册给我看，问我要不要再做些点缀，我摇头。她解释道：“不会很夸张的，比如喷点星星什么的，你会喜欢的。”我说那就先把最基础的做了，再定。

小钢炮让我把双手放在一个拱形的腕托上，开始给我修指甲。先用小剪刀去除甲盖两侧的倒刺和死皮，接着用钢推去除甲盖下端的薄膜（这是美甲的程序，所以美甲只能偶尔为之，因为这层薄膜是甲根的保护神，没有了它就少了抵挡细菌入侵的屏障）。钢推滑在甲膜上，酥酥麻麻的，一如儿时母亲给我梳头时梳子划过头皮的感觉。此时的我很放松，时不时地还和小钢炮聊几句，但小钢炮多数时候很沉静，专心做活，旁边她的同伴也如此，在给她对面的女孩接指甲。

薄膜推完，剪指甲，并用硬海绵质地的锉刀把指甲顶端磨平，随后拿着锉刀粗的一侧先对甲面进行抛磨，再用细的一侧磨光，以粉尘刷清除粉尘后，持软毛刷蘸酒精刷于甲面清洁消毒。消毒好了开始涂底油，先涂一只手，涂完伸到桌下的烤灯上烤干，换另一只手涂，涂完也去烤，两只手交替着一烤一涂，循环三到四次，再涂一层底胶，再烤干，循环三四次，再涂甲油胶，再烤干，最后涂封层胶。小钢炮还是想给我喷星星，我有些不忍拒绝，就退了一步，允许她在我的两个无名指上喷上星星，这样整体不会很显眼，却也有不经意一晃眼中的唯美小细节。

星星喷完再烤一下，小钢炮就在我的指尖完成了她的作品。我拍了照片发到家人群和同事群，得到一致认可，我的心情霎时美好起来。看旁边的女孩不仅接了黑白两色甲片，还用了钻饰，很炫，也很酷，我看着，也觉得喜欢。

离开时特意又瞄了一眼小店招牌下的日常告示，营业时间是上午 10 点到晚上 10 点，也就是说小钢炮每日的工作时间是 12 小时，这个应该是美甲从业者的常规工作时长。守店人是辛苦的。但，在小钢炮和她的同行们看来，这种辛苦远不及传统手工业者。而她们虽非传统意义上的手工艺人，却也是美的创造者，在指尖这个方寸之地进行艺术创作和加工，在带给顾客愉悦的同时也获得了自身的成就感。况且，三百六十行，行行出状元。我想起前不久看到的一则新闻报道，美甲行业技能大赛，最终夺冠的是一个男孩。接受记者采访时，他说他用他的努力向父母、向社会证明了这也是一份值得信任以及被需要的职业，他不仅依靠这份职业自食其力，还给他人的生活带去了时尚和乐趣。

据调查统计，中国有 70% 的女性愿意到美甲店享受服务，这也是美甲店蓬勃兴起的原因吧。而我也恰好在这个春天成了大多数人中的一分子。

其实美甲，也是一种经典的轮回。看过《甄嬛传》的一定都还记得熹妃那长长的金属指甲吧，慈禧太后的景泰蓝长指甲也不遑多让。美甲之风始于汉朝，装饰性长指甲则盛行于唐朝，英国皇室贵族也有留甲的传统，都是用来表明不用劳作，显示身份的尊贵。只不过进化到现在，美甲更多的是一种时尚和心情的告白。

所以指尖，也有文化。

2023

家家有个倔老头

之前疫情暴发的时候，小妹给我发微信吐槽："无语了，我日防夜防，里防外防，在阳性包围圈严防死守了这么久，却被老爷子一个举动搞得全线崩溃。"还附上了大哭的表情。原来是我家任性的老爷子没听女儿"好好待在家里，不要出去，不要给陌生人开门，确保无接触收快递"的话，和送氧气瓶上门的小伙子面对面聊天，结果当晚就发了烧，之后全家人都先后中招。

无独有偶，小妹的公公也把孩子们的告诫当成了耳旁风，去了公共浴室，还自信满满地说："哪有你们说的那么严重？我就不信这个邪！"很快他就被打了脸，还连累了小妹的婆婆。同款老爷子我们家还有一个——我公公。初春时节，赤脚穿鞋，怎么说都不听劝。表弟说起舅舅的顽固，更是直接为其冠名"天下第一倔"。

和母亲通电话，她必定是要控诉的，说父亲"犟是犟的来""一点都不肯听的"，都是一些原则性不大、但伤害性不小的生活细节，父亲每每为此吃亏，却依然故我。

朋友们在一起说起自家老人的牛脾气，都是槽点满满。闺蜜家的老爷子身体状况江河日下，依然死守着不去医院的红线。由此，我不免动了成文的心思，想着该用个什么样的标题，就在常看的 App 里输入"倔老头"，没想到炸出了一长串关联帖，百分之七八十都是儿女吐槽父亲的，我不厚道地笑了，敢情"倔老头"全国通行。

家家都有个倔老头，这是生活中的一个特色，他们是一种标志性人物。他们的性格非常固执，往往一条道走到黑，不撞南墙不回头。他们不听劝，冥顽不化，喜怒无常，但对孙辈们都爱得毫无保留，令你哭笑不得。老头们犟了一辈子，偶尔转性时说会改，但一扭头又故态重萌，于是儿女们就陷入了与倔老头的斗争轮回，并乐此不疲。或许，老头要真转性了，儿女们一时半会儿还真有些无所适从。

俗话说“老小孩老小孩”，还真是，倔老头们和孩子一样固执，一样不懂得照顾自己。那么，就只有像哄孩子一样，经常给他们竖竖大拇指，说声“你真棒”，用土话说就是“撸顺毛”。倔老头们之所以固执，是因为他们还停留在他们曾经的那个世界里，还是过去的眼光，还是过去的方式方法，甚至，对当下的变化十分抗拒，就比如我家的老古董舅舅，手机在他手里只有打电话的功能，坚决不学微信。

倔老头们自尊心都很强，他们像孩子一样希望证明自己，证明自己的作用和价值。当父亲倔劲上来时，我会避其锋芒。当他心平气和的时候，我就和他说道理。其实老头们都不糊涂，他们事后都明白孩子们是为了他们好。有时候他们闹，只是希望引起孩子们的关注，希望自己是被需要的，当他们在诉说的时候，希望孩子们认真倾听。

倔老头其实是一个社会热点现象，是一个儿女们热衷探讨的话题。与其吐槽和抱怨，不妨从积极的角度来对待，去发现倔老头们身上的闪光点和优点。给予他们充分的尊重和理解，如此才能够与倔老头和谐相处，让你、让我、让每一个家庭都水乳交融。

嘿，老头，以前都是我们听你的，现在，也该轮到你听我们的啦。

2023

闲话春分

春天的节气，惊蛰过后便是春分，此时，春光明媚，春播春种、植树栽花等农事开始繁忙起来，也是茶农们采摘绿茶的最好时机，而茶客们在微信朋友圈也开始呼朋唤友，“春分了，应时喝茶最养人”。

古时春分又称“日中”“仲春之月”。汉代董仲舒《春秋繁露》说：“春分者，阴阳相半也，故昼夜均而寒暑平。”到了春分日，各地昼夜平分，正是仲春时节且气候回暖，万物竞生。

写春分的诗词中，令我印象颇深的是唐代诗人元稹的《春分二月中》：“二气莫交争，春分雨处行。雨来看电影，云过听雷声。山色连天碧，林花向日明。梁间玄鸟语，欲似解人情。”曾诧异现代词汇如何出现在古诗里，仔细辨析，才发现“看电影”一事古今含义完全不同，古代是指节气自然现象，今时却是生活娱乐方式。

“春分到，蛋儿俏。”春分日最有趣的习俗是竖蛋，也称立蛋。记得儿时，一到春分日，外婆就会选一个匀称光滑的鸡蛋，教我轻轻地放在桌面上，如果能立住就会奖励我最爱吃的荷包蛋。外婆说，古人很讲究仪式感，而竖蛋就是古人为了庆祝春分这个阴阳平衡的吉祥日子而发明的。注重仪式感在我们家也是一脉相承的习惯，往大了说，仪式就是一个地方的风俗。

上学后，老师在常识课上说春分这一天，呈 66.5° 倾斜的地球地轴与地球围绕太阳公转的轨道平面处于一种力的相对平衡状态，所以鸡蛋才可能竖起来。但有调皮的男生悄悄地把蛋底儿敲碎一点形成一个小小的平面，蛋是立住了，但他也被罚站了。

“儿童散学归来早，忙趁东风放纸鸢。”“学习强国”的题库里这句诗出现的频率很高，而放风筝，正是春分日最应景的游戏。这几日，海滨公园的大草坪上，举家出动的不在少数，孩子们忙着放风筝，爸爸妈妈忙着搭帐篷，爷爷奶奶也忙，忙着用手机抓拍孙辈的有趣瞬间，再发到微信朋友圈和家人群、战友群里分享。

“吃了荠菜，百蔬不鲜。”春分日最当令的蔬菜是各种野菜。母亲是个厨艺高手，荠菜、蒿菜、豆苗、马齿苋、马兰头，这些春天常见的野菜无论凉拌、清炒，还是做馄饨、饺子的馅，经她一捯饬，便成了上佳的美味。而我尤爱她做的荠菜肉丝豆腐羹，那口感，一想起来就会在舌尖盘桓多时。当然，现在的自己也学会了一二，为的是让美食与乡愁的融合更加具象。

“春分麦起身，一刻值千金”“趁取春光，还留一半，莫负今朝”，这是春分日的古训。春分过后气温升高，雨水也渐丰润，复苏后的大地血脉贯通，油菜花开，农人们一机在手，操控各种现代化器械在田间地头进行春灌、春耕、春种。这座城市的环里环外、大街小巷，一个个谋生创业的身影匆匆掠过，还不时地按下提速键，因为被疫情耽搁的三年时光，得去抢回来。

春分日阴阳平衡的引申意义有很多。比如明朝儒家经典《菜根谭》中的“守正安分，远祸之道。栖恬守逸之味，最淡亦最长”，用现在的话来说就是守正安分者，保持独立人格，固然清贫寂寞，却可以得到持久的平安、平淡之福。

所以年过天命，很喜欢读《菜根谭》，喜欢“躁急无成，平和得福”。装满水的碗或杯子，放得不平，水就会溢出，同理，人有了平和的心态，才藏得住运气，纳得下幸福。

平和，在明朝《小窗幽记》中有最美的诠释：“宠辱不惊，闲看庭前花开花落；去留无意，漫随天外云卷云舒。”我把这句话送给一起来到春天的你们，心若安了，身边处处是风景。

2024

从好好吃饭开始

去年年底，嘉兴多家媒体发出呼朋唤友帖，原来是众多“吃货”喜欢的蔡澜港式点心登陆嘉兴，并且一开就是两家——八佰伴店和南湖天地店。

都说文人兼“吃货”，古有苏东坡袁枚，今有汪曾祺和香港四大才子之一的蔡澜。蔡澜，著名的美食专栏作家，《风味人间》和《舌尖上的中国》的总顾问，被称为“食神”。

蔡澜港式点心是蔡澜先生亲自打造的点心品牌，主打港式茶点。自第一家门店于 2018 年登陆深圳海岸城后，蔡澜港式点心至今已有 80 余家门店，并连年稳居大众点评必吃榜。

身为“吃货”，之前蔡澜的书倒是看过一些，他的文章短小精悍、丰富有趣。他在《今天也要好好吃饭》里说：“好的人生，从好好吃饭开始，好好吃饭，就是好好爱自己。人生的意义就是吃吃喝喝，就这么简单和基本。”“爱吃的人才是爱生活的人，只有爱生活才能有快乐。”在《我决定活得有趣》里说：“活着，大吃大喝也是对生命的一种尊重。”

我认同蔡澜的观点并积极予以实践。年前路过上海新天地蔡澜港式点心店时，因店内人气太过火爆，只来得及扫一眼内外景观，和身着蓝色长衫、乐呵呵比心的蔡澜先生 Q 版卡通像合了个影，就匆匆回了。年后终于守得一个晴朗的周末，赶去嘉兴中山路八佰伴店，成功打上了卡。

与新天地店一样，蔡澜港式点心八佰伴店用餐空间的设计也是传统与创新、古典和现代的融合。天花板、灯饰、座位等硬件装置都走的是适配年轻人喜好的现代简约风，但窗边的竹帘、隔断用的橱柜内文人折扇陈设、墙上的书法、装饰漫画、食盒、餐具等却细致典雅，传统韵味十足。蔡澜港式点心店的另一特色，就是随处可见的绿色植物，令用餐者置身于诗画田园之中，时光仿佛静止于此了。

坐在店里的小桌前，点了蔡澜港式点心店的镇店之宝——酥皮山楂叉烧包，网友推荐榜排第二的鲜虾红粉米肠，又从菜单上挑了一个菜干咸骨腩粥。

十分钟后，鲜虾红粉米肠来了，观之晶莹剔透，闻之香气扑鼻，入口，红米皮油亮润滑、柔韧劲道，双层米网皮十分酥脆，内裹大虾滑嫩，那种细腻而独特的口感，仿佛有东西在舌尖上跳舞，我每咬一口，嘴角就会上翘一下，先生说："你这是有多喜欢呀。"接着酥皮山楂叉烧包来了，不同于传统叉烧包，它的表皮酥得掉渣，叉烧肉被裹在山楂酱里，略带酸味的口感很好地中和了叉烧肉的油腻感，吃得我无比愉悦。听介绍说这山楂酱是用新鲜山楂熬煮 3 小时后再用于调味的，而表皮是纯手工制作，用多道工序揉烤，历经数十次油酥发酵测试，两次轻度烘烤，才能呈现最佳酥脆口感。果然高品质背后都有匠心精神的支撑。最后上来的菜干咸骨腩粥，虽不在网友推荐榜和点评榜上，却也清淡可口，赠送的红枣桂圆姜茶，在这春寒料峭的时节，很是熨帖。

坐在回程的车上，我已迫不及待地将用餐体验向同为"吃货"的朋友分享。以前，读蔡澜的美食文字是一种享受，感觉他用独特的笔触和生动的描述，给每一道菜肴都赋予了灵魂和故事。现在，走进他的品牌店铺，用舌尖去品尝一道道充满诱惑和创意的美食，领略蔡澜对美食的理解和热爱。

感谢蔡澜，为禾城快节奏生活的年轻人带来了久违的松弛感，让慢生活一族有了精神属地。而我们，都要谨记——好的人生，从好好吃饭开始。好好吃饭，好好爱自己。

PART 3

书影婆娑

2014

我是俗人，所以我喜欢一切美好的事物

——喜欢《青年医生》的N个理由

我喜欢看电影，却很少追剧，一年里也不过看一两次，倒是20世纪ATV、TVB争霸时代曾痴迷过一阵，所以喜欢的演员，也多是那个时代的。

近几年就完整地看过《甄嬛传》，那是因为事先知道剧中有20世纪90年代的TVB当家花旦蔡少芬；看过《最美的时光》，那是因为有女儿的男神——钟汉良；看过《离婚律师》，那是因为有大嘴姚晨。

现在的我，看电视更喜欢看谈话类节目，诸如《开讲啦》《可凡倾听》《非常静距离》等。这一次会追《青年医生》，就是因为《非常静距离》节目的推介。

《青年医生》是一部青春偶像剧，一如当初的《像雾像雨又像风》《拿什么拯救你，我的爱人》《奋斗》等。一批养眼的俊男靓女搭配京式幽默的对白是赵宝刚导演的一贯风格。任重、王阳、张铎都是那类能令小女生尖叫的款，而张俪身上独有的高冷气质，正是我的菜。我是俗人，所以，我喜欢一切美好的事物。

母亲是医生，有30多年的从医经历。《青年医生》是一部讲述急诊室医生的医疗职业剧，唤醒了我成长中与医生相关的很多记忆。

儿时我就住在职工医院的家属区，与医院仅一墙之隔，而且还是开放式的围墙，因此对于医生的工作、生活，我并不陌生。母亲退休前在国企的医务室工作，时常会值夜班，处理那些夜班工人的突发状况，我

那时已经长大，常会陪夜，很多场景就与《青年医生》中急诊室的故事类似。回忆是美好的，所以我喜欢这部剧。

儿时的我是跟着外婆长大的，对剧中程俊与爷爷奶奶间的深厚亲情深有感触，程俊奶奶每次看到孙子时的那股慈爱劲儿，真的有消融冰雪的力量。

随着该剧的收视率节节攀升，各种吐槽也随之而来，网友们一边追着，一边批评着，说夸张，说美化，说幼稚，等等。较为统一的意见，都是说现实远比电视剧来得残酷，比如医患关系，比如医生的职业道德。

诚然，《青年医生》中出现的医务工作者，无论是高年资的抑或是实习的，无论是院长抑或是太平间的护工，对待患者，都是春天般的温暖，对待同事，也是坦诚友善的，即便是有点小自私的王博，为了所爱的人，也可以不顾一切。剧中唯一不遭人待见的，就是院长夫人李兰英，但她的职业，却不是医生。该剧对于医患关系的披露，属于点到为止，几个案例的结局，也都能化干戈为玉帛，而年轻人对于情感的执着和对事业、对生活的态度，也都是正能量的体现，我想这应该是该剧主创们的美好愿望，作为励志剧，也是一种引导，至少，能给当下年轻人一些启示。

剧中有很多情感的美好，从绝症小情侣之间的不离不弃，到程俊爷爷奶奶的生死相随，都在告诉观众，相信爱情，它从未离开过。

至于剧中一些专业术语和医疗操作的细节错误，还有实习医生们过于八卦的风格，并不影响该剧的整体质量。

世间原无百分之百完美的事物，但是，我们追求美好的步伐，却可以继续。

2016

今生缘 · 光阴的故事

——有感于河北卫视《明星同乐会》

我们今生有缘在路上 / 只要我们彼此永不忘
朋友啊让我们一起牢牢铭记呀 / 别在乎那一些忧和伤
…………
我们今生注定是沧桑 / 哭着来要笑着走过呀
朋友啊让我们一起牢牢铭记呀 / 我们今生兄弟情谊长
…………
我们今生有缘在路上 / 只要我们彼此永不忘
朋友啊让我们一起牢牢铭记呀 / 别在乎那一些忧和伤
…………
我们今生就像梦一场 / 有你陪喝醉了又何妨
朋友啊让我们一起牢牢铭记呀 / 凡尘过后终了无牵挂
…………

(《今生缘》——《明星同乐会》主题曲)

我疯狂了，在奔五的洪流里依然无法抑制地疯狂了。而这股情绪的狂潮，源自《明星同乐会》——河北卫视每周五晚的一档情感主题综艺节目。自去年年底在频道转换中无意间瞥见，此后一发不可收，于网络上将其从 2011 年下半年推出之时起至今的一百六十七十期视频录像追踪了下来。

有很多期，我这个屏幕前的傻瓜与栏目的主持人、嘉宾一样，热泪盈眶，为一桩桩久别重逢，为记忆和情感的大碰撞，为真情的守望与回归。

回忆往事，无限美好，我们的青春都在我们同学和老朋友的心里，所以我们不曾老去。

但，这并不是这档节目吸引我的全部。

关键词之一：老歌

《明星同乐会》邀请的嘉宾都已届不惑之年甚至更年长，他们中大部分人都是20世纪五六十年代文化大繁荣背景下耳濡目染、受到熏陶的那批人，是人民公社时期宣传队的骨干，是激情昂扬活跃于群众舞台上的那批人。因此，当几十年未见的老同学、老战友、老同事作为嘉宾的青春见证人出现在嘉宾面前时，那些随着时代的变革和岁月的流逝被沉淀与珍藏的记忆再度喷薄，曾经的美好便化作一曲老歌、一段样板戏、一支民族舞展现在观众面前。怀旧是一种情愫，是一种自我心绪的流放，我喜欢那些耳熟能详的旋律，因为它们流淌过我的童年、少年和青春时代。它们更是父母一辈知青岁月的群体记忆，是共和国历史上无法抹掉的一笔。

关键词之二：坚守

很多嘉宾的老同学、老朋友当年和嘉宾一样都是艺校、戏校的学生，或是文工团、剧团的演员，一起学习艺术，从事文艺表演，但却为各种主客观因素所累未能像嘉宾一样坚持到底，而选择了改行，与最初的梦想渐行渐远。嘉宾们在节目中也坦陈自己最窘迫和困顿的时刻的无奈与沮丧，但是只要坚守一份信念跨过低谷沟壑，就会有拨云见日的一天。我想这也是《明星同乐会》的思想主题所在，正能量的释放是必需的。

关键词之三：敬业

来过《明星同乐会》的明星嘉宾在节目当中都有过相同的感叹：“你

们太厉害了，我曾经自己找过，都没找到，你们是怎么找到的？！”“不可能的，你们不可能找到他（她）的。天啊，怎么可能？”而这一份份惊喜与感动的背后，是栏目组全体工作人员的不懈努力以及“不到黄河心不死”的恒心与毅力。有一期的嘉宾是著名影视演员吴京安，他与一个初中同学36年未见，编导们通过明星的同学圈打听下来都没有找到联系方式，只知道他在西安一家泡馍店做保安，节目组就在当地一家家地找，最后终于找到了，那晚已经12点了，敲开店门时，那位同学震惊得无以复加。

关键词之四：记忆

栏目编导为了节目的可看性，寻找嘉宾的老同学、老战友时都尽量选择那些分别时间超过20年的，有的甚至超过40年。于是我们看到，有的嘉宾记忆非凡，有的一般，现场就会有时隔三十四年依然被记得的感动，也有仅十余年未见却已被完全遗忘的失落。我是不敢做这样的尝试的，因为我一定会让老同学、老朋友失望，40余年的人生，小学五年转了两次学还遇到拆班，老师里只记得班主任的姓名，同学连外号带名字能记住的加起来最多十来个，初中三年转了一次学，能记得的老师和同学也是寥寥无几。工作后兜兜转转也换过好几家单位，老同事多了记忆就更模糊了。无论是忘却还是混淆，都是对老同学、老朋友的不敬，所以我想借此对我的老同学、老同事说：“我渴望有那么一天，能和多年不曾见面甚至没有联系的你们重逢、拥抱，然后说一声‘老同学（老朋友），好久不见’。如果有那么一天，当你们遇到我而我未能认出你们时，请千万原谅我并记得告诉我我们的曾经，我感谢我们相遇过，今生有缘，定当铭记。”

关键词之五：真情

社会上一直流传着这么一种说法：“最铁的三种关系，是同学、战友和难友。”《明星同乐会》节目中嘉宾和老友的关系也多以同学和战友居多。再大牌的明星，一旦与老同学、老战友相遇，展现的都是最真实的自己，彼此间的那份融洽与无间并未因时光的流逝而消散，尤其是面对自己的恩师所流露的那份真挚的思念与感谢，令旁观者为之动容甚至潸然泪下。而来爆料的老同学、老朋友也毫不客气，将嘉宾的糗事纷纷道来，让粉丝心中的明星形象更加生动和可爱。人生短暂，相遇即是缘。能陪你走一程的人原本就不多，而能一路给你扶持的人更是屈指可数。那些真挚的同学情、战友情，那些并肩走过的岁月、那些经典的时光将永久地镌刻于心，如果再回到从前，就让一切重演。

关键词之六：原创

我们知道，国内不少热门综艺节目的创意是模仿国外的，而《明星同乐会》作为国内原创情感综艺节目，开国内电视栏目的怀旧先河，主打“友情”牌。节目通过让嘉宾一轮轮地猜测辨认老同学、老朋友，穿插年代秀式的表演和怀旧游戏，带领观众共同缅怀曾经的青春和难忘的记忆。千年不换的男主持李彬的风格很适合这档节目的定位，而女主持流水般地调换是节目目前唯一的败笔，左岩是有观众缘的，她和李彬搭档是交相辉映的，但不知何故离开了节目。现在《明星同乐会》的收视率已跃居各大卫视同时段栏目的前四。不仅观众们喜爱，明星嘉宾们也相当认同，陈建斌说：“这个节目是一个非常好的节目。它不是光娱乐别人，而是让你重新面对你的人生。”

在节目的最后，嘉宾和朋友们会一同唱一首他们难忘的歌，而每一首歌，都是一段“光阴的故事”。

春天的花开秋天的风以及冬天的落阳
忧郁的青春年少的我曾经无知地这么想
风车在四季轮回的歌里它天天地流转
风花雪月的诗句里我在年年地成长
流水它带走光阴的故事改变了一个人

就在那多愁善感而初次等待的青春

…………

遥远的路程昨日的梦以及远去的笑声
再次的见面我们又历经了多少的路程
不再是旧日熟悉的我有着旧日狂热的梦
也不是旧日熟悉的你有着依然的笑容
流水它带走光阴的故事改变了我们
就在那多愁善感而初次回忆的青春

2020

第一件好事，还是读书

出版界巨擘、浙江海盐人张元济曾书写过一副对联——“数百年旧家无非积德，第一件好事还是读书”。这副对联，影响了之后的数代人。

书和文字是我这一生不离不弃的朋友。闲暇时间和假期若不阅读，便是辜负；有了灵感若不倾泻，便会后悔。因为书，我遇见了全世界；有了文字，我写出了我的世界。

我是“70 后”，是疆二代，我的童年和少年经历都可以分成两段，一段跟着父母，一段跟着外婆和舅舅。但无论身处南北，我的阅读都是从连环画起步的。

童年生活在北方的日子，忙于工作的父母陆陆续续给我买了许多连环画好让我安心在家。记得第一本是《保尔·柯察金》，那个时候，世界在我眼中，是热血，是捍卫，是信仰。在南方时住在外婆家，舅舅是国有企业的职工，他从单位图书室借了很多中外名著的连环画合订本回来，还捎带着一些最新的电影画报，让小小年纪的我足不出户也知道了世界历史的点滴元素，汲取了文学经典的营养，还成了早期的追星一族。

少年时期的我喜欢舅舅书柜里大部头的中外名著和普希金、雪莱、拜伦的诗集，也读遍了北方少年们追捧的梁羽生和金庸、少女们通宵不放的琼瑶和亦舒，也曾跟着三毛走进撒哈拉，再从各种通史和“七侠五义”的江湖绕出来。彼时，我眼中的世界交织着诗情画意和快意恩仇，我的文字也开始了“为赋新词强说愁”。

步入中年后的我偏好民国题材和人物传记一类，比如去年的大部头《南渡北归》、近期刚刚看完《蒋百里传》。世界在我眼里也越来越真实，越来越客观。

大师的作品，我喜欢的是胡适和季羡林的，因为你会发现学者的世界也可以那么有趣；媒体人的随笔，我收藏了白岩松和康辉的，因为他们，会带我去看遍世界百态。至于网络世界的文字，一般集中在豆瓣阅读的高分书目和个人欣赏的几个作者的新作中选择；有时某部我喜欢的电影或一档我喜欢的电视节目中有书推介，也会去追，比如《查令十字街 84 号》。本土作家的作品，写海盐、澉浦的文字也在必读范围内。

我喜欢去书店买书，也喜欢去图书馆借阅；我喜欢晒着太阳捧书翻页的感觉，也乐于对着电子屏幕滑动指尖阅读。传统与现代，从来都可以兼容。我挑书很随性，纯粹看书名和作者名是否入眼，就像买衣服偶尔遇到某品牌，穿后发现很适合，之后便会有意识地奔着这个品牌而去一样，阅读也是如此，如若恰好看了某本书，觉得喜欢，就会关注这个作者，之后发现他的新书，也会优先选择。

“读书，不是为了背书，而是为了感悟。”阅读于我，就是寻找一份对过去经历的认同感，寻找大千世界茫茫人海中的一份共鸣。 所以我眼里好书的标准很简单，只要能打动我，并让我对其中某一章节某一片段印象深刻的，就是好书，当然如果再有优美的文字，那就是上乘之作。

在这个 4 月，我想到两个阅读场景：一个是二战时期三名英国男士站在刚刚被炸成一片废墟的“荷兰屋图书馆”里阅读；另一个是三年前火爆网络的组图——纽约地铁里随处可见的读书路人。由此感悟——书在，人的精神，就不会灭，爱读书，你的人生，就不会输。

2022

一路，听你轻吟

一个春节长假因为居家应对疫情，静态的日子被拉长了。有很多事情不能做，也就多了很多时间可以做一件事，那就是——看书。

陆陆续续完成了《长安十二时辰》(马伯庸)、《矮大紧指北》(高晓松)、《那些钱解决不了的事情》(田朴珺)的阅读，也写了微书评，不过有一本书的读后感不是三言两语能涵括的，这本书就是本土作家叶生华的《一路轻吟》。

生华大哥近几年高产，这跟他心无旁骛、专心致志有关，不像我们太容易被各种新鲜事物、各种俗事八卦所诱惑，心难以沉静。

《一路轻吟》与《乡里》《城里》《野鸡浜》一样，都是记录生华大哥生活中经历过的人和事，这些看似细碎絮叨并不宏观伟岸的文字，偏偏就像一杯清茶，沁人心脾，似乎转眼就被遗忘，却又在某个特定的时间、特定的地点，倏忽而来。

《一本书的记忆》中讲述了孩子们偷偷借阅《赤脚医生手册》的故事，作者通过大量的心理活动来描写初中生对于性的懵懂和好奇，以及当时老师、同学和学校方面对于此类事件的处理方式。之所以令我印象深刻，是因为我少年时一段相似的经历。当时社会上悄悄流行一本讲早恋的手抄本小说《少女之心》(曾被列为禁书)，有大胆的同学转弯抹角得到了一本，便在班级里流传开来。看过的欲言又止，想看却还没排上队的同学更是望眼欲穿，同学们一个个像地下工作者一般，但还是被班主任察觉到了。最终，书是在班里一个品学兼优的女孩书包里查获的，班主任老师网开一面没让事态扩大，但在班会课上把全班同学都严厉批评教育了一通，书也被没收了。多年以后，每看到“禁书”二字，就会想到《少女之心》，它那个时代应该算是“70后”的性启蒙读物了。

《给母亲挠痒》中生华大哥从为母亲挠痒而引发诸多感慨。生活中，很多父母却不轻易在孩子面前流露出身心的疲倦和不安，更不用说病痛了，他们不想给儿女添负担，不想儿女担心忧虑。但其实，儿女们非常希望有这样的机会来反哺父母，体现身为儿女的价值，并以此为骄傲。我不记得是否为母亲挠过痒，但我有时会为母亲推拿和按摩，母亲肩颈不好，又因体虚而时常血脉运行不畅。这可能是遗传了我外婆，儿时我常见舅舅为外婆推拿，舅舅一边推一边还会给我示范具体的手势，所以这一套手法就留在了我的记忆里，很多年后成为我尽孝的一种方式。

“抽签洗碗”不仅是生华大哥家的日常生活场景，也是我们家的，是许许多多世俗家庭中都会上演的一幕轻喜剧。不过，我们家现在不用抽签，因为我们一家三口分工明确，买汏烧各领一项，大家都是家庭的一分子，应共同承担义务，共同享受成果。可这样的道理我也是在自己有了家庭后才懂得的。少年时的我时常无视母亲在厨房忙碌的身影，偶尔她叫我帮忙传递些碗碟或者调料，我还很不情愿，总觉得她一个人可以完成的事情为何还要浪费我的时间。但是女儿小时候却与我截然相反，她不仅会在厨房陪着她的外婆，还会有各种古灵精怪的问题，而母亲也会不厌其烦地回答，一副心满意足的模样。母亲有时就会嗔怪我：“你女儿比你会看山水啊。”如今每次去探望母亲，当她在厨房精心烹煮我喜欢的美食时，我都会待在她身边打打下手，母亲这时候也会欣慰地说：“其实我并不是真的要你们帮忙，我只是想让你们在边上说说话，我喜欢一家人一起做事的感觉。”母亲的愿望比我朴素，愚笨的我，幸好有女儿为我弥补。

和生华大哥一样，“挂盐水”的经历也是很多人共同的记忆，我们都曾被“实习护士”当过实验品，但基本都是一笑了之，因为谁都有第一次，谁都是从生涩走向娴熟，但唯有一次，我是黑了脸的。那次年幼的女儿患了中耳炎而不得不挂盐水，当小护士第三次扎进拔出还是找不到血管时，我的心要溢出血了，可我还不得不配合她安抚女儿的情绪，用力按住女儿拼命挣扎的小小身体。自此我便没再让女儿挂过盐水，一直到她成年后。

写着写着似乎又要收不住了，比如，“作家梦”我做过，“左撇子”的经历我有过，“做梦”“圣诞”“音乐送我一对翅膀”类似的话题我也写过，再一想，觉得很正常，因为我们都热爱生活，都有点时间，都喜欢看书，都有倾诉的愿望，如此而已，却，真的挺美好。

2020

我看《乘风破浪的姐姐》

作为一名50岁的姐姐，虽然不常看综艺，但不拒绝各种平台向我推送的综艺新闻，所以女团成长综艺节目《乘风破浪的姐姐》(简称《姐姐》)的企宣一出来，看到30个嘉宾名单的时候，我便知道芒果台又要“搞事情”了。这些姐姐们，有的霸气，有的牛气，有的虽已过气但也曾红过，有的属于流量或者话题明星。总而言之，她们都是历经风浪或者正处在风浪中的人。虽然褒贬不一，众说纷纭，但不得不说，芒果台又一次踏准了市场热点，注定是赢家。

我不关心最终是哪五位成团，我感兴趣的是30位嘉宾正好分成了女人30岁、40岁、50岁的年龄梯队，节目组正是要通过代表这三个年龄层次女人的女明星们在日常生活和参与演出的过程中呈现的对梦想、对生活的态度，让屏幕前的你我从中寻找到共鸣，得到些启示。这也是这档节目从众多市场热点中脱颖而出的主要因素。可以说，芒果台这次终于玩点思想了，虽然它的淘汰制依然延续着它惯有的思维模式。

如果说20岁的青春是恣意张扬，那么30岁的青春就是自信坦荡。蓝盈莹从《甄嬛传》开始为大众所熟悉，到《演员的诞生》用炸裂的演技赢得“最会演戏的‘90后’”美誉，再到《姐姐》第一期里的惊艳开场，她完美诠释了什么是“越努力越幸运”。万茜，或许是饰演过一代名妓柳如是的演员中气质、形象最贴近的那一个，她的清冷中透着洞察世事的聪慧，就如生活中的她自己——她在《声临其境》中展示的实力令其自身成了“发光体”，收割了包括倪萍在内的一大波重量级粉丝，但她始终保持低调谦逊，一如她在《姐姐》中怀抱吉他时的浅吟低唱，是那么随性坦荡，却又光芒万丈。许飞，不久前曾因在《王牌对王牌》中质疑尚雯婕一度上了热搜并遭到网络暴力，但我始终坚信一个能创作《父亲写的散文诗》的女孩绝对是有实力又有真性情的。果然，坚强自信的她没有倒下并很快在《姐姐》里为自己正名。

女性一旦过了不惑之年，家庭和事业多数都已风平浪静，便开始求稳求安。但无论是歌手还是演员，她们都是表演者，随着年龄的递增，不仅功力见长，心性也越发自由。40 岁的姐姐，是实力的代名词。一旦舞台需要，她们随时可以走出舒适圈，重回大众的视线。就像阿朵，曾经活力四射的她突然就离开娱乐圈，回到家乡并致力于中华优秀传统文化的传承和弘扬。《姐姐》让暂离苗寨的阿朵再度点燃了大众的热情，或许，这次回归能给带着非遗代表性传承人身份的阿朵一个机缘，为苗族优秀传统文化复兴带来机缘。

曾经，50 岁给我的感觉是活力的退场，是人生走向苍老的开始。如今当自己也知天命了，却似乎没那么悲观。还记得《笑看风云》中的林贞烈，那是 24 岁的“松松”（陈松伶）最美的模样。从 TVB 收视女王到被闺蜜和经纪人欺骗导致一无所有，陈松伶的经历不可谓不坎坷，好在她后来遇到了张铎，再后来又遇到了《跨界歌王》。如今在《姐姐》里，她再度乘风破浪，无畏绽放。

每一个年龄段都会有每一个年龄段的不堪，每一个年龄段也会有每一个年龄段的精彩，无论曾经年轻过，还是正年轻着，选择自己喜欢的事物，去做自己喜欢的事情，淡定而从容，不悲不喜，安之若素，就好。

2021

我的前半生，都在这书架上

每次搬家，最累的，就是搬书。

不像衣服，觉得不适合了就上闲鱼捐掉，攒了能量还能在蚂蚁森林种棵树，既支援了环保事业，还不浪费。书，总觉得是不会过时的。别说自己喜欢的成套买的名家名著，就连工作后为了学历、为了技能证书而买的专业教材，只要是有实用价值的，也都留着。就这样日积月累着，家里的藏书也有了上千册。

在乡镇的时候，节假日我会在镇图书馆代班帮忙进行图书上架分目，所以我按图索骥也把家里的藏书分成工具用书、文学书刊、历史典籍、地方文献以及本土作家作品五大类。这里面比较特别的一部分是爸妈回上海后留给我的，比如袖珍版《毛泽东选集》，现在市面上就很少见，又比如连环画，那是我童年时的启蒙读物。我的前半生都在这书架上，或许可以这么说吧。

搬去出租房的时候，我自觉地承包了搬书这个大工程，因为“家长”说要统统打包直接送去乡下，省了二次搬运的麻烦。可我坚决不干，我可不想承受“一日不见如隔三秋”的煎熬，每天我就算只有几分钟翻一下甚至打扫房间时在书柜这边多擦几下也会觉得有能量加持了。

一个人搬书，想省钱，就得拿出蚂蚁啃骨头的毅力，而且还搬得心甘情愿。家里有十几只帆布环保袋，除了偶尔外出购物或者徒步时需要外，使用频率最高的，就是搬家时用来装书了。经过家庭主妇的实践对比，这些环保袋容量大、易提拎、不伤手，还经久耐用，性价比非常高。因为它们的存在，我搬家运书的过程虽然辛苦，但不算痛苦。

我爱阅读，一边享受着现代电子书带来的诸多便利，一边依然眷恋着纸质书。因为我是个健忘的主，所以特地做了份藏书目录，每次或购买或受赠新书，我都会将它加入目录。我的藏书一般不外借，特殊情况那是一定得备份一下，好让我清楚它们的去向，也提醒我它们曾经的存在。每半年我会调整一次藏书目录，那一刻，内心是丰盈而愉悦的，这种欢欣，远远超过获得一件心仪的新衣，就像逛街，我更喜欢进书店，送人礼物，也最喜欢送书。

我要求自己至少每月读完一本书，每天保证花半小时阅读。读过的书，我会在微博上留下微书评，这样一年下来自己看了多少书也一目了然。偶尔书评得到作家本尊跟帖回复或者浏览量过万时，我会笑得像个孩子。

初遇先生那一年，他过生日，我买了书打算作为礼物，老妈一听头就大了："你怎么能送'输'呢？"我只好换了 CD 做礼物。后来，我和先生还是达成了一致，确切地说，都懒，都觉得生日礼物送书最简单，不用挑肥拣瘦，并且，这书，送出了，等于还是自己的。

日前一神交已久的前辈来看望我，竟带了一整套严歌苓的书做礼物，我怀揣老鼠跌落米缸的雀跃，感谢如此懂我的前辈。同样，先生的一位朋友，已连续两年送他全套《中国国家地理》，只是，搬书的时候，《中国国家地理》最令人"不堪重负"。

多年来，藏书的家什，经历过最初一米多高简易的竹制书架，到两米高双开门书柜，再后来变成了一套成人组合书柜和一套儿童组合书柜。不过，三年前租房时，却不得不跟它们说了再见，而那一套套、一本本的纸质书，或屈居于纸箱内，或叠放在居所的各个角落。好在，明年这个时节，在空气清新的乡间，我将拥有一个独立的书房，里面有整墙的书架，再扔几个懒人沙发。我的藏书有了最好的去处，我也有了去乡间晒太阳最好的理由。我甚至设想着，给我的书房取个名字，或者此刻正在阅读的你，能给我一个惊喜。

在外上大学的女儿回来度假，发现她从小到大读过的课外书都安放在她房间的书柜上，她说原本以为我会在搬家的时候处理掉。我说那是她成长历程的证明，若要处理，那权利也应属于她。她为此特地在淘宝上买了多功能吸尘器来减轻我的打扫压力，而配件中最小的那个刷子就是专门用于书柜除尘的。

话说回来，现有的一千多册书，我看过的也就三分之二，有些连包装和腰封都没拿掉。先生不乐意了："你买书的速度远超过读书了，你买来是装饰门面吗？"我说："No，因为喜欢，就想拥有，现在没时间看，等退休了，有大把的时间，每天都可以带着皇帝选妃的心情来选书看。"微信朋友圈和我有相同习惯的不在少数，都在叫嚷："看书的速度远不及买书。"但大家都是一边叫，一边禁不住手痒。如果这是一种坏习惯，那就纵容我们一回吧。

"青年人要读书，不必先谈方法，要紧的是养成好读书、好买书的习惯。"看，胡适先生也如是说。虽然我只是那个曾经的青年。

2022

沧桑尽头是笑颜

——我读《六里河》

题记：

《六里河》，我拿到手的时候，聿禾的文字已经传到了微信群里，成为书评首发之人，我读完的时候，安歌的读后感已经在微信朋友圈闪亮登场了。我成了那个“末拖囡”，于是在白地期待中夹带着一些胁迫的眼神里，小心翼翼地说：“我肯定会写，但一定不要有时间期限。”

其实落在后面的我是有压力的，有他们珠玉在前又是同一题材，想要写好很难。于是我决定，先不看聿禾和安歌的同题文，跟着自己的感觉走，如果我的感悟成形后和她们一样，我就无限量地放大那个期限。好在，最终，还是符合了哈姆雷特定律，三个人的眼里，有三种《六里河》。

三年前，我将精神留在溆浦，肉身被抽离了。两年前，白地因为一些特殊的机缘，而选择将其精神与肉身都驻留在溆浦，驻留在朱家门，驻留在六里河（现在的学名是溆六运输河，简称溆六河，而白地喜欢叫它六里河）。

两年多来，白地在这条河边谋生、生活和创作。这些经历汇聚成了今天的《六里河》。

我的骨子里有浅浅的诗歌烙印，那归功于童年时在舅舅书柜里认识的普希金、泰戈尔、雪莱和拜伦。20 世纪 80 年代是中国诗歌的黄金时代，我一边读着徐志摩、戴望舒、余光中、席慕蓉和朦胧诗派，一边加入了海盐民间最早的文学圈——海藻诗社。所以海盐诗群的六个代表性人物，在 20 世纪 80 年代，我就认识了其中的三个。后来遭遇瓶颈而无法突破时（在朦胧诗盛行的年代，我的诗歌却无法含蓄），我直接放弃了这种表达方式，既然做不好，那就干脆不做。

像我这样转身的写作者（相较于“文人”“写手”这样的称谓，我更喜欢“写作者”这个定义）不计其数，有些直接远离了文字。但是，依然有一些孤勇者在执着地向前，也因此，才会有今天卓然出尘的“海盐诗群”，有一骑绝尘的白地和她陆陆续续结晶的《温暖的冰》《物质生活》《走来的春天》以及今天的《六里河》。

白地写诗是有先天禀赋的，但后天的经历才是她诗歌的骨骼与血脉。白地年少时没有一个能给予她优渥生活与安全感的家，所以她早早地踏上了谋生之路。成年后，她在杭州、苏州、郑州、乌鲁木齐都留下过生活的痕迹，也从事过多种职业，在即将迈入不惑的门槛时，她终于结束漂泊回到了家乡。要读懂白地的诗，是需要一些人生阅历的，有品质的文字，是需要一些深刻的。嘉兴文坛的一位大咖曾经对安歌和我说：“白地的那种深刻是一个人在江湖上升级打怪得来的，你们没有那样的经历也就写不了那个层级的文字。不过，相比于希望你们出成绩，我宁愿你们没有那样的经历。”

邹汉明的序里这样说白地：“她的笑在诗歌圈小有名气，目光跟她一对接，她灿烂的笑意就在脸上绽开了。在她张口说话之前，她的这种笑，大家最难忘记。”

是的，朋友们都喜欢她的笑。沈宏说白地的笑是“忧伤之后的温暖”，我说那是“历尽千帆后的风轻云淡”。安歌定义白地的笑声为“魔性”，我认同，人不疯魔不成活，疯到极致，也就成了塔尖的那一个。

“秋深以后，晴好的日子，午后的光线很容易就铺满那间老屋。闲下来的白地，身边总躺着一两只慵懒的花猫，喧嚣而旋转的世界，就这样在猫的身上出其不意地安静下来……世间的情味，大抵也无过于此。”（邹汉明）这是白地向往的生活状态，也是我们很多人向往的生活状态。作为多年老友，邹汉明懂白地，在他的序里，我们可以读到很多情绪，有欣赏，有心疼，有理解，有欣慰。如果读《六里河》有屏障，你可以先好好读一读邹汉明大白话的序，读完了，或许那些隐藏在诗歌后面的白地，你就可以用手把她牵出来，再给她一个37℃的拥抱。

好的诗歌必定有好的内容，灵感的真相，不外乎是厚积薄发。所以我喜欢白地诗中那些更具象化的东西，可以触摸，那些场景会直接跳脱出来，直如亲历。就像——《两个环卫工人》：

两个环卫工人靠在我的车门上聊天，
阳光下，像两个橙子，发着甜蜜的光。

我喜欢白地诗中那份普世的情怀，就像——《丁香就要开了》：

有人说及失业。家具厂老板的事故。
无限萎缩的生意。那些倒闭的事业。
名望一直在马路的缝隙中存在，但没有人能获取。
午后的阳光总算波及了超市，

还有婴孩的奶瓶，那丁香一样的奶汁
很多年后会开出丁香花——
那个卖橘子的老人说，橘子熟了，丁香就开了。

最近的三年，也是与疫情不断抗争的三年。白地在艰难地维持着“白地三影”和她自己生存的同时，还加入了志愿者的队伍，一边尽力做些公益，一边用诗歌记录这种非常态的日子，带着一些坚毅，带着一些伤痛。

除夕夜，并没有最重要的消息
来祝福我们的余生。黑暗在潜伏。
隔离。禁行。起程。奔赴。不知来历的
毒。发热的道路，望不见的家。

——《除夕夜之疫》

阴雨。病菌。无处安放的爱。
世界终于放下了它的不疾不徐，
把城市一夜塞满，一夜掏空。而你
在雨中穿行，问候，测人间体温
…………
今夜我不伴你前行，只祝你安好若少年。

——《阴雨，和空巷》

《六里河》里，能让我共情的地方有很多。比如：

我坐在北门的门槛上，看雨丝躺到水里

——《光阴很好的时候》

白地到朱家门后，每一年固定的一个日子，她、安歌和我会并排坐在北门的门槛上，对着折射进来的阳光，释放出最安然松弛的笑，即便我和安歌，都是过客。

对面，一辆挖掘机和一只狗，
是这个夜晚的综合体。我在众多蚊子的腹中
成为即将开花的树。

——《夜，太黑了》

黄梅天的朱家门是湿漉漉的，加之三影原是改造的几间老旧的平房，一到夜晚，各种昆虫云集于此，对诗人展开一波又一波的攻击。彼时朱家门的历史文化区工程项目启动，基础设施建设逐渐向内递进，道不成道，路不是路，进出都是两脚泥，在我们的对话框里，她说："外面好黑，我怕。"在小城另一头的我，一边弹送一个拥抱的小人和一朵红色的花，一边安慰她："熬一熬，就好了。"而她也马上发出一个笑脸并回应："期待。"那一刻我想到，其实在澉浦，近年来卓有成效的澉浦小城镇综合整治以及南北湖核心景区的开发建设中，很多个项目不是一蹴而就的，也就意味着会有多个连续施工的现场，当地的居民生活出行多有不便。但是，他们也都和白地一样，在朋友那里调侃几句，笑一笑，就好了。因为，未来始终比现在更值得期待。

我的猫咪，忘了收起爪子，它趴在墙头上，安详又俏皮。
…………
冬天，黎明的雪就要下来了，
等到那时，猫咪经过的地方，
就会留下脚印，美丽，柔软，有《聊斋》一样的结局。

——《表达》

金银花的病痛渐渐远去。
我抚摸了一只小猫咪的头，把它紧紧抱住，
我尽量使自己温暖一些，生怕
突然到来的冷空气冻结了它的毛发。
我就此可以躺到摇椅上，翻两三页书就睡着。

——《光阴很好的时候》

我遇见猫咪的尾巴，蛇一样从书架上落下。

——《天赐良缘》

《六里河》的很多角落里都有猫的影子，因为大家都是宠主，很自然地会喜欢这些零碎的记录。我有陈皮和八角，白地有朱小花、朱小黑以及一串猫二代，她给它们取名诸葛亮、张飞、关公、林黛玉……它们是朱家门的流量明星，和朱家门的许多猫猫狗狗一起，成为这个古村落的生物之灵。

白地的第四本诗集以《六里河》命名，篇章里自是少不了写六里河的。

不可说出这条河流的名字，
在春秋的更替中，运送盐和粮食的秘密。
我忠于心中最诚挚的祝福，去祝福
它长久的（地）存在，与我的留恋，一样绵长温暖。

——《运河》

六里河
终于可以让我独自漫步——
十二月，我停留在河埠头，因为清点落叶
去眷顾生命。我因此可以享受人间正道，
努力去做一个温暖的人。

——《六里河》

六里河是有故事的，五十年前它承载着一条运输生命线，连接起溆浦古镇和朱家门，而它的前身，或许还可以追溯到明朝，它与大运河也有血脉上的延续。

如今，生活在六里河畔的白地，在千帆过尽沧桑历遍后，以水之柔韧，报俗世以温暖，还人间以良善。

生活在朱家门的白地，也时常游走在溆浦的山水间和巷陌里，从《六里河》的字里行间搜寻过去，一路见到了茶磨山、紫薯山庄、翁金线、泊橹山、云岫庵、葫芦山、水车基。泊橹山是白地抬头东眺便可见的山丘，她到山上就可以跨越历史长河，如秦始皇、吴越王般挥斥方遒。“水车基没有一架水车”与我当年第一次到水车基这个自然村落时，刹那间跳出的意念如出一辙。

和我一样，白地也没有进过大学的校门，所以她时常会说自己书读得少，总遗憾自己文化程度不够。也因此她一旦在白地三影发现了埋头读书的青年，便会雀跃。

多希望他是我的儿子。
…………
多希望他不从这里走出去，
这里所有的书都是他的初恋。
读书人二十一岁。他说他不是个好孩子。
他时而埋头看书，时而探出头来
问我一些关于人类的问题。
…………
任何细节都不会妨碍我们
一边读书，一边抚养花园的亲人。

——《读书人》

在白地三影，除自行设计、策划并经营文创产品之外，她更多的是读书、写诗。她希望路过的人们也能进去坐下来喝杯茶，然后看书、写字。她把她喜欢的书都展示在书架上供友人、游人随手翻阅，她把海盐人写的书也都陈列在书架上，就像把朋友介绍给朋友，把家乡介绍给世界一样。

在认识白地之前，她是海盐文坛的一个传说，在认识白地之后，她是我们身边的一个童话。我想白地既希望读她诗歌的人能读懂，又不希望他们读懂吧。懂的人多数痛过，或许，还痛着；不懂的人还单纯的活着，爱着，那就继续纯粹地活吧。

2022

《沧浪濯金》：共同富裕的故事

断断续续用了 11 天时间，阅读了方忠明 56 万字的关于中国农村改革波澜壮阔 30 年的大作《沧浪濯金》。这是我看过的现实主义题材的小说中，除余华的作品之外，写海盐写得最为翔实的。当下体制内写长篇小说最著名的，莫过于当年明月。而浙江农林大学毕业，长期从事“三农”实践的方忠明在这条路上走的是“十年磨一剑”的艰辛，用他自己的话来说，创作到后期，痛苦到担心“我会先于此书而去”。

浙江文艺出版社出版的《沧浪濯金》是一部用说故事的方式写就的农村工作“工具书”。（顾益康语）

方忠明说：“我用第一本书，想把农村改革的原理告诉大家，可是没多少人看。我只好用第二本书，把原理写成案例，可是，依然没多少人看。于是，我不得不把案例写成了故事。也许，这回有更多人看了。”

现实是，在当下，长篇小说如果没有话题和热度，我们也不会轻易去看。毕竟工作和生活的节奏太快太紧，快到无法停下来阅读一本“大部头”，紧到没有这份松弛的心力去领略一部“大部头”的精彩。《沧浪濯金》之前，能让我集中一个时间段攻下的书还是三年前的《南渡北归》。如果说选择阅读，是基于一种礼节，因为认识作者，也去参加过他的民谣分享会，那么完成阅读，确是小说本身的魅力使然。

《沧浪濯金》将施家三兄妹以及施嘉生“三剑客”的成长置于农村改革开放 30 年的背景之中，读完了他们跌宕起伏的命运也就厘清了中国农村改革开放 30 年的脉络。家庭联产承包责任制的推行催生了第一代农创客，他们大浪淘沙，带领村民走出困境、振兴乡村，实现共同富裕的故事其实就发生在我们身边。

通常我们看小说，在读故事时，会有一种代入感：彼时彼刻彼景，若书中的主人公换作我，我该如何？我会如何？也会寻找共鸣感，相同的时代，相仿的经历，似曾相识的地名、人名，等等，读者的情绪随之起伏随之蔓延。读罢小说，觉得自己又活了一回。《沧浪濯金》通篇不乏我们熟悉的地名和事物，杭州湾、沪杭公路、古镇、老街、城乡物资交流会等，令我们不自觉地想将小说中的人物与现实对号入座，这样读来，自然多了份趣味。

小说结构完整，线索清晰，主要有事业线、爱情线、亲情线和友情线。事业线中施嘉生、施嘉明、施嘉芸三兄妹虽然都出生于农村，却都怀揣大抱负；爱情线中施嘉生和施彩芹携手创业、相濡以沫，而施嘉明、林佳音情投意合的过程却一波三折；友情线中“三剑客”一路走来相互扶持，患难与共。最令我感动的是亲情线，“你的路我来走完”，是嘉明对嘉生的无悔承诺，“你未完成的大学，我来完成”，是嘉芸对嘉明的坚定承诺。彩芹只身远涉重洋更是对施家的大义守护，尤其是她牺牲小我成全嘉明和佳音，让我深感心疼。

小说时而慷慨激昂，时而又委婉动人，触动泪点。比如：嘉生的葬礼上，施彩芹隐忍又决绝的一跃；嘉生忌日的坟前，阴阳两隔间，“两剑客”和镇长周生明的倾囊相助；当彩芹知道自己罹患癌症后情绪崩溃时嘉明的真情告白，及至彩芹发现嘉明的日记后远涉重洋的放手；文末小木楼那出人意料却又情理之中的一幕等。无论是葬礼的那一跃，还是后来的远走，都是爱的最纯最高境界，爱可以是生死相随，可以是付出而不求回报。

《沧浪濯金》也是一部有参考和借鉴意义的工具书。首先，它有科普作用。小说的主人公 30 年来执着向前，先行先试，从家庭联产承包责任制的试行、乡镇企业改制到村级产权制度改革，是当代新农人、新创客们了解历史，学习农业农村改革、振兴乡村的有效途径。其次，它有教化作用。小说中言及施嘉生和施嘉明的创业历程，一路得到了基层模范党员干部的缩影——周生明的热情帮助，施嘉芸也因此从大学生村官做起，努力学习积累经验，继而走上更高更大的发展平台。小说也披露了镇、村两级基层干部中存在的腐败和不作为现象，以及人性的阴暗面。凡此种种都值得我们乡镇工作者和基层党员干部从中汲取营养，获得警示。第三，它有审美作用。小说中的嘉明在某种程度上，有着作者本人的影子。我所认识的方忠明是音乐发烧友，他钢琴、吉他、古琴都玩且玩得很好。小说借嘉明和佳音的言行铺陈了不少乐理知识，尽管我看得云里雾里。音乐是嘉明一生的陪伴，是他彷徨时的“燃灯者”和暗夜流泪时的守护者，是他面对挫折和压力时最正向的能量。如果你喜欢音乐和艺术，而手边恰好有这么一本书，可读。如果你正在城市中创业和打拼，而店里正巧遇到这本书，可读。相信你一定能在宏大的背景中，找到专属于你的那份小确幸。

最后，我想说，我们玩了文字很多年，写的都是生活琐碎，充其量是一个写手。而非专业出身的方忠明，却用十年磨一剑的工匠精神，为社会、为行业、为嘉兴奉献了这部精品。所以，谨以此文向方忠明致敬。

2022

“吃货”眼中的《食货志》

每个“吃货”的世界里，都有一本《食货志》。

所以当我看到一无先生（吴雄飞）的《食货志》时，便不由自主地笑了，文人多好吃，这是自古不变之理。比如远有苏东坡和袁枚，近有蔡澜和汪曾祺。

我不懂绘画，便只管看画中意味。虽然我不是土生土长的海盐人，但在这个地方生活得久了，也早已融入此地，所以看《食货志》，也就能看出许多趣味，联想到许多趣事。

《食货志》虽是一组活灵活现的小品画，每一幅都搭配简短文字，介绍该款果蔬相应的产地或者食用方法，抑或是相关的故事。它是一无先生信手拈来的合集，在我看来，却也是生活的合集。

话说第一幅《小白菜》里提到的“捏菜海白虾”，可以算是海盐特色，在南方和北方都生活过的我，来海盐之前还真没吃过。海盐人喜欢将小白菜切碎拌上盐，随后用手捏一捏，再用碗具压上，腌上二三十分钟，把水分沥干后，配海白虾炒、配毛豆炒，做成上等美味。而我尤其喜欢捏菜炒海白虾，或者炒好后加点粉丝加点水烧成汤，便是上海人口中“打耳光都不肯放”的美味。私认为这道菜里的小白菜和海白虾是相互成就的，相互吊了鲜头，又相互给了滋味，又一起呈现了翡翠白玉般的视觉观感。所以，这道菜是我爱上海盐美食的开路先锋。多年来，在外就餐时只要在菜单里看到它，那必定要圈它一下。

“大蒜”也是我到海盐生活后入乡随俗开始慢慢靠近的，儿时家人都不喜欢它，所以我也不吃。在海盐的饭桌上，大蒜炒百叶皮子是常见菜，偶然挑了皮子来吃，发现很入味，之后就不再抗拒。后来还遇着做凉菜的糖醋蒜，据说可以降血脂，一度天天都吃上一口。澉浦的清汤黄鳝和红烧黄鳝是地方美食里不可忽略的篇章，两者都放大蒜，一则去腥，二则提味，据说还能防流感病毒。因蒜谐音“算”，所以流行于澉浦民间的“八大碗”（也称“行八碗”）之一的肉丝炒大蒜就有了“运筹帷幄”的寓意，背后更是有着海盐腔、澉浦海运等诸多故事背景。

《食货志》里的《梅大头》和《汪刺鱼》也是我喜欢的两幅，画得太逼真了，真想它们能自己从画里蹦跶出来直接让我烹了吃。儿时外婆做的清蒸梅子鱼（海盐人叫“梅大头”）的鲜嫩劲儿我到今天都忘不了，而我最好的那口是泼粉油炸后连骨头一起入肚。来海盐后又遇见了汪刺鱼。海盐人做汪刺鱼的方法有多种，有雪菜烧的、霉干菜炖的、红烧的、加豆腐一起做汤的，各有各的诱人之处。去年去了一趟湖南，看到当地的菜谱上有道叫“黄鸭叫”的菜，很是好奇，上桌后才发现就是我所熟悉的汪刺鱼。

《食货志》里我们熟悉的蔬果还有很多，我就不一一叙述了，留着各位看官去现场观展或者后期看画册吧。

《食货志》的意义，可借用汪曾祺先生的话：“一道道日常小吃，既融进了制作者的心意，还承载着千百年流传的文化风情，表达了无限的生活热情和雅致韵味，令观者、读者感受到的不只是美食的诱惑，更有着温暖的乡野人情以及世俗生活中含蕴的自然真趣。”

一无先生书画皆精，更通文理，现在连吃都能品出这么多道道，这是我们即便仰仗撑杆也达不到的高度。故，要致敬。

2022

君问归期，万里归途会有期

——我评《万里归途》

因为有张译，《万里归途》不可错过。凡有张译出演的影视作品，品质都有保障，并且，张译也从未让我失望过。

《万里归途》是根据真实的事件——北非努米亚爆发战乱期间中国使馆成功撤侨事件改编而成。虽同是撤侨的主题，同为现实主义的主旋律影片，但《万里归途》又区别于《红海行动》和《战狼》。后两者撤侨的主角都是军人，是用科技和武力值说话，属于硬功夫；而《万里归途》撤侨的主角却是一群外交官，是用智慧和口才说话，用勇气与谋略去对抗枪林弹雨，属于软实力。

《万里归途》采用的是线性结构叙事方式，以天数记录撤侨事件进程。撤侨中有百名同胞未能及时撤出，生死未卜，已经获批回家陪妻子待产的外交官宗大伟（张译饰），与初生牛犊不怕虎的新人外交官成朗（王俊凯饰）手无寸铁，却毅然“逆行”，顽强穿越战火和沙漠，几次遭遇当地叛军的枪口威胁，最终带领同胞历尽艰辛回到祖国怀抱。

中国的外交官形象，最典型的莫过于民国第一外交家顾维钧和一代伟人周恩来，皆英俊潇洒、气度不凡、才智过人、善于思辨，并且临危不惧、正气凛然。而《万里归途》里的外交官群像，则更平凡一些，他们是一群普通人，只是恰巧在和平年代遇到了别样的凶险，面临随时丧生的危难，面临国家使命与个人安危的选择，他们有矛盾有纠结，但最终无愧于中国外交官这一身份和担当。

影片开头，政府军和叛军不断交火，大街上随时可能引爆的炸弹、横飞的流弹、上下肢被炸离的士兵、吊在半空中的六具尸体、女孩恐惧的大眼睛，以及被爆炸波及的中国驻努米亚使馆内一边躲避流弹一边打电话联系正往使馆方向前进的章宁（张子贤饰）、宗大伟、成朗等人的政务参赞严行舟（成泰燊饰），快速推进的一幕幕画面，以纪录片式的呈现方式，展示着战乱的可怕，令观众一秒钟入戏，沉浸式体验全程高能的紧张态势，在140分钟的影片里，情绪随剧情不断起伏，直到最后，和张译一起在家中享受温暖亲情，却又在鞭炮声里警觉，彩蛋里吁出一口气，至吴京会心地一笑后，释然。

一部好的影片，一定是由一群好的演员共同成就的。这部电影，压阵的是影帝主角，支撑的是黄金配角，即便是客串华兴公司员工的群众演员，也都拿出了百分之百的职业态度。

张译，只要他站在那里，他就是影片中的那个人物，他不需要演，他只是把宗大伟的人生再现了一遍。面对边检官时的胸有成竹，面对暴乱时的沉着冷静，面对同事的耿直不拘，面对俄罗斯轮盘死亡赌局时的恐惧迟疑，看透叛军首领虚伪本质的不屑，看到家人时的脆弱与依赖，每一份情绪都张弛有力。尤其是身处死亡赌局中，他害怕，他挣扎，他颤抖，再到孤注一掷毅然决然地面对死亡，每一种细微的情绪变化都在他的脸上精准释放，每一个眼神都在告诉你，他也是血肉之躯，是个普通的中国人，但他还有一个身份——中国外交官，他有责任保护他的同胞，有责任代表祖国，在此刻成为他们坚实的后盾。

作为年轻的电影人，王俊凯的演技虽不及同时出道的易烊千玺，但在该片中还是看到了他的努力和成长。他饰演的新手外交官成朗最初面对大街上突发的暴乱时产生了巨大的震撼和无名的愤怒，迫不及待地用摄像机记录这种末世般的恐怖与苍凉。初出茅庐的他，看不惯久经沙场的宗大伟在处理各种关系中的圆滑，不认同宗大伟对白婳所在的团队隐瞒真相——前往的目的地吉凶不明，但随着人性被层层剥开，他开始理解、接受并被宗大伟折服，再到最后勇敢地对峙叛军首领。这一系列情绪的过渡，王俊凯稳住了，他和成朗一样，随着影片成长了。

殷桃和万茜都是实力派演员，在影片中的表现也展现了她们的演技。成泰燊一亮相，观众便认出他是《人世间》的冯化成，但很快就被带进严行舟的角色里。王迅，喜剧人，在影片中却将世俗的小人物演绎得很到位。

影片中两个人物的死亡是观众的意难平——边检官哈桑和老司机瓦迪尔，他们代表了战乱中残暴与邪恶的对立面——正义和善良，但覆巢之下无完卵，小人物的命运总是被时代裹挟。

影片中有几个细节刻画入微。一个是宗大伟发现白婳他们的线索，是小孩脖子上吊着的一张麻将牌。麻将在海外，是代表中国文化的元素符号。二是宗大伟、成朗和老司机一起开车去找白婳和华兴公司时，车上响起了《星星点灯》的旋律，这首歌温暖又励志，很适合彼时的场景，也与影片的主题相呼应。

再优秀的片子，也能找到一两处 Bug。第二次赌局，穆夫塔的谎言被彻底揭穿时，他恼羞成怒要杀宗大伟，这时候成朗高举摄像机表示要将真相昭告天下，现场围观者也纷纷举起了手机。当时战乱发生已经十余天，一路跋涉穿越火线和沙漠的众人，身边的电子设备应该都处于电量耗尽的状态，不可能还闪亮着。也有网友解释说，成朗是打了心理战，那，就当围观者是人从众吧。

还有一处，是回国的飞机上，白婳手中崭新的骨灰盒。当时的情境，可以说，只要没到达中国的领空，都算不上安全。登机前众人依然处于战火纷飞的动荡之中，又怎么会有一只崭新的骨灰盒准备在那里呢。当然，依然会有善解人意的观众解释说，是使馆工作人员拼死寻访到的。

影片中，宗大伟的妻子（万茜饰）在电话里询问宗大伟什么时候可以回家陪自己生产，宗大伟说快了，已经批了，应该赶得上孩子出生。

君问归期，万里归途会有期。

影片结尾，宗大伟回到自家的筒子楼，街头巷尾追逐吵闹的鼎沸人声，是最真实的人间烟火、最平凡的幸福生活，是国人生逢盛世的自豪与满足。

而我们之所以能拥有这些平凡的幸福，正是因为另一些人在遥远的边陲荒漠、在异国他乡负重前行。中国外交官在历次撤侨事件中、在战火不断的异域边关，以血肉之躯，带着中国人的坚忍与顽强，穿越沙漠、矿山、戈壁，穿越火线、前哨和废墟……正如片中李雪健老师饰演的中国驻努米亚大使所说："祖国不会放弃任何一个同胞。"外交官们始终坚守一个信念——"让每个人到达心安的归处"。

《万里归途》，将个人、家庭、国家在一场大事件中融为一体，奏响一曲"回家"，回到和平的祖国，回到熟悉的故土，回到温暖的家。

2022

不怕，有《妈妈！》

总是一身旗袍的吴彦姝知性优雅，端庄大气，是我很喜欢的电影人。在高龄演员中，她就是个宝藏，完美诠释了“岁月从不败美人”的真谛。

今日头条的推送内容告诉我，她和奚美娟出演了阿尔茨海默病题材的亲情电影《妈妈！》，并凭借这部影片获得了第十二届北京国际电影节“天坛奖”最佳女主角。

于是，我走进了电影院。影厅内加我在内共 7 人，单场这样的上座率已经对得起这部小成本文艺片了。

影片开篇很唯美，斯文雅致的妈妈（吴彦姝）和女儿（奚美娟）坐在繁花似锦的院落内，晨光里，碧空如洗，母女二人背靠着明净的窗，窗内隐隐可见格子花布的桌案，以及桌案上线条简洁的花瓶、一两本散开的书。随着屏幕上慢慢勾勒出片名“妈妈”，我们也被带入这温馨又恬静的画面。

随着故事展开，画风也跟着转变。同为高级知识分子，85 岁的母亲活泼、任性又多疑，65 岁的女儿严谨而刻板，她们在没有男主人的老宅子里共同生活着，却也处处针对着，便利贴是她们日常对话的工具。

相较于沉默的女儿，我们会更喜欢性格明朗的母亲，博闻强识的她有很高的文学素养，她的记忆就和她的容颜一样，从未遭时间侵袭。

很快，阿尔茨海默病找上了女儿。我们通俗地将阿尔茨海默病称为“老年痴呆”，虽然听着对患者是一种不尊重，但却最容易理解。

以前曾看过有关阿尔茨海默病的相关资料，高知阶层（更宽泛地说是脑力劳动者）更容易罹患此症。女儿退休前是大学教授，退休后一直在整理父亲生前的研究书稿。

从出现幻觉，到健忘，再到认知退化，女儿意识到问题的严重性，也很快从朱时茂饰演的医生那里，得到了明确的答案。表面上，她看似很理性，一边在家中用便利贴提醒自己同母亲的各种生活细节，一边开始物色合适的养老院，为母亲做好自己发病后的安排。实际上，她的内心比任何时候都要慌张，她恐惧，也在时而清醒时而糊涂间游走。

女儿以为自己准备好了，但生理机能的退化让她猝不及防。细节之一是母女二人一起回家，女儿路上尿急，紧赶慢赶到家门口，却怎么也打不开门禁，但女子本弱，为母则刚。85 岁的老母亲情急之下砸碎了玻璃，爬进屋子，给女儿开了门。女儿一边埋怨母亲一边冲向卫生间，路上已经失禁了，当她从卫生间出来时，狼狈而委屈，感觉自己作为高知的尊严已经扫地。好在，母亲瞬间就明白了女儿的尴尬，并给了她最温暖的拥抱。

母亲也明白了女儿为何要送她进养老院，乐观而坚韧的她开始担负起照顾女儿的重任。于是，我们看到 85 岁的老人开始锻炼，增强体能。当吴彦姝练一字马、做平板支撑时，我们一边为屏幕上的母亲感动——“每个母亲都是母狼，保护幼崽是她们的天性”，一边被屏幕下的吴彦姝折服。

三年后，历尽艰辛的母亲终于力不从心，她带着女儿住进了养老院，被帕金森病困扰着的母亲坚持用颤抖的手给女儿喂药、喂饭。电影的最后，是开放式的结局。母亲带着沉重的无力感，推着女儿的轮椅一起到了海边。从晦暗的角度，我不敢去设想后果。但海浪可以吞噬一切，也可以赐予人类力量，从明媚的角度，何尝不是母亲在教女儿走路，用爱去治愈女儿。

影片结束时，前排的小姑娘说：“文琪后来出现的那一刻影片就结束，其实也挺好的。”文琪在片中是被奚美娟（女儿）救赎的失足女孩，她带着孩子来到奚美娟的家，帮着“母亲”一起给这个家打扫卫生，照顾“女儿”，我们看到了爱的延续和传承。然而，过客始终是过客，文琪带着孩子离开了，去继续她自己的生活。路，最终，还得母女俩相伴着走。

生命的规律不可逆，阿尔茨海默病患者最清醒的时刻也是最痛苦的时刻。当他们意识到自己的认知障碍发作时，会忘记最熟悉的一切，包括最亲近的人，这种无力感是最痛苦的折磨。

十年前，我好像就有了轻微的认知障碍，想说的话，到了嘴边却不记得了，想做的事，走到门口就没印象了，和别人聊天，聊着聊着竟然就忘了最初的主题。女儿常常无可奈何地跟她爸说："老妈又患瞬间失忆症了，晕啊。"而我也自嘲道："没办法，我以后肯定会老年痴呆的，即便不痴呆，我也会忘记很多人的。"话音刚落，旋即被自己方才那句话触动了心内的一份敏感，我怕，真的很怕，怕将来有一天，我人是鲜活的，却突然不再记得一切，就像喝了那碗孟婆汤一般。

他俩见我情绪陡然变得低沉，忙问我何事，我说："我怕，我怕将来有一天我什么都不记得了，包括你们，那该怎么办？"

"不怕，我们认识你，记得你就行。"他俩很坚定地说。

很普通的一句话，却突然让我异常温暖。是的，即便我忘了全世界，即便我被全世界抛弃，这世上必定还有一个他，还有一个她，会守候着我。就如影片中的母亲，在女儿一遍遍地强调"你是妈妈，但不是我的妈妈"时，依然寸步不离地守护着，呼喊着"等等妈妈"。

2022

快乐再出发

“0713 再就业男团”在今年突然成为顶流，当市场和业内都大跌眼镜的时候，我却想说，任何事物发展的进程与结果，偶然中都包含着必然。

关注娱乐圈的都知道，“0713 再就业男团”就是 2007 届快男 13 强中的 6 位——陈楚生、苏醒、王栎鑫、张远、王铮亮、陆虎，他们属于参加比赛时的人气选手，但比赛后逐渐沉寂，到现在还一直挣扎在娱乐圈的边缘，虽不至于查无此人，但始终波澜不兴。用他们调侃自己的话来说，就是“糊咖”，而他们的“糊”也多少都与各自的性格有关。

超女快男的时代，我和女儿每一届都看，看着热爱音乐的青年男女在赛道上追逐梦想，也跟着女儿喜欢着她的喜欢。《快乐男声》一共有四届，当初我就看好 2007 届和 2013 届，感觉这两届的男孩多数都阳光帅气且有个性，注重兄弟情。时至今日，2010 届和 2017 届除了偶尔爆些负面新闻，基本成了路人甲、路人乙了。2007 届和 2013 届却由于粉丝的不懈召唤，前者于《合唱吧！ 300》综艺中合体，后者在《王牌对王牌》综艺中合体，不仅在荧屏上狠狠地刷了一波存在感，也成功地引发了一把回忆杀。相较于 2013 届，2007 届坚持音乐梦想、坚持原创的男孩更多一些，整体实力也更强劲。他们几乎每个人都有自己的一首原创代表作，尤其是“0713 再就业男团”中陈楚生的《有没有人告诉你》、苏醒的《Miss Pretty》、陆虎的《听雪落下的声音》、王铮亮的《时间都去哪儿了》、张远的《嘉宾》（作词）一度在热门金曲中霸榜。他们有着高黏合度的粉丝基础，所以，才会有今天创造豆瓣 9.7 高分综艺的奇迹。

因为一场比赛，成就一段友情，在快男中比比皆是。比如 2013 届的白举纲和宁桓宇，比如 2007 届的苏醒、张远和王栎鑫。他们在社交媒体上更新的内容，既是签约公司对旗下艺人的基本要求，也有利于艺人自身与粉丝的有效互动，同时，也是他们兄弟之间沟通和交流的缩影。所以，跟着微博，我一路看着他们跌落谷底又自嘲着爬起来、潦倒至极时也没有选择放弃，一路看着他们相互支撑扶持，并始终对生活报之以微笑，我就预感，命运最终会善待他们，机会也在等着他们。

果然，有了“0713 再就业男团”的加持，先是《欢迎来到蘑菇屋》爆红出圈，接着《快乐再出发》直接成了内娱音乐综艺的天花板。在媒体和大众眼里，他们像是“天降紫微星”，但在我看来这是滴水穿石，水到渠成，6 条咸鱼终于翻了身。男团整体的风格就像老大陈楚生一样，在生活中云淡风轻、知足常乐，对待音乐创作却坚定而真诚。所以他们在最穷的综艺节目里可以自如地行走，拿起吉他崭新的旋律就可以直接流淌，人前人后输出的观点完全一致，相处的模式逗趣而舒适、奔放而张扬，“好兄弟，就是拿来互怼的”。

“0713 再就业男团”现在如日中天，但吃瓜群众已经在担心，当翻红的走势日渐清晰、当流量的光环日渐明亮，六兄弟是否还能保持那份纯粹与日常？而当流量耗尽、市场再度冷落他们的时候，他们能否经得起、扛得过这样的起伏？毕竟，都是拖儿带女需要养家糊口的中年人了。

是的，“0713 再就业男团”中最大的王铮亮 45 岁，最小的王栎鑫也已经 33 岁。出道 15 年来，他们经历过高峰和低谷，品尝过喜悦和辛酸。在我看来，他们的心性，早已成熟而通透，对待音乐、对待生活、对待彼此，他们还是“从前的那个少年，没有一丝丝改变”，即便未来再经风雨，也可以快快乐乐地重新出发。

2022

南调越韵好声音

在微博上看到浙江卫视新综艺——《中国好声音》越剧特别季的宣发推广时，顿时有一句歌词在脑海里飘过——“终于等到你”。

作为跟着戏迷祖辈长大的“70 后”，越剧是我孩提时代就根植于心的传统文化。在露天电影盛行的年代，我曾创下连看十场越剧电影《红楼梦》的纪录。成年后我一直生活在吴越之地，十年前开始从事基层文化工作，耳濡目染澉浦当地群众对传统戏曲的喜爱，便在 2013 年的时候策划了“南调越韵”戏曲专场演出品牌，沿袭至今，也在微信朋友圈留下了一个个有趣的瞬间。

一直想着，浙江的主流媒体平台上，应该有一档综艺属于越剧，属于越剧演员、越剧票友和越剧观众，就像央视戏曲频道的《越女争锋》。终于，中国蓝出手了。

《中国好声音》越剧特别季的导师团队很硬核，尹派小生茅威涛、袁派花旦方亚芬、吕派花旦陶慧敏三人都是艺术界的大腕，“90 后”音乐剧王子郑云龙，则是一位为梦想放弃流量的青年文艺家。这四位导师有一个共同点就是，一直致力于所在专业领域的文化传播，有影响力和号召力。而郑云龙背后的导师专业顾问是吕派的主要传承人之一黄依群。此外，选择郑云龙做导师，意在打通文艺和市场的双向通道，使节目更趋向大众化。

既然是《中国好声音》的特别季，自然全套都是“中国好声音”的制式，但导师和选手的互动更具有专业性，也惠及台上选手和台下观众。

《中国好声音》越剧特别季的首场选手很不错，扮相或唯美或典雅，气质或婉约或洒脱。除 3 号之外，都是年轻的专业越剧演员。其中，1 号吕派花旦李云霄水袖功甚是了得，开场就获得了四转，最终被茅威涛纳入麾下，选择茅威涛作导师的还有 4 号尹派小生张亚洲，她的寸头造型很飒。2 号袁派花旦赵心瑜用吉他改编经典唱段，其水乳交融的唱腔令导师纷纷转身，赵心瑜如我意料般选择了导师郑云龙。5 号是周派老旦张珊维，胖胖的她一出场我就猜测是学周宝奎的，果不其然，其形神兼备的表现正应了那句话："没有小角色，只有好演员。"她用她的高音炮演唱了《小小鸟》，证明了她的综合实力，成功加入"王子"战队。6 号范派小生韩梦莎不仅用翎子功征服了导师，也给我们普及了越剧基本功"四功五法"，和 1 号的"水袖"一起形象地诠释了"台上一分钟，台下十年功"。7 号袁派花旦王静，人称"行走的 CD"，她和郑云龙合作邓丽君的《月亮代表我的心》时，我看到陶慧敏也不由自主地应和，这就是共同的文化符号所起的化学反应。

首场比赛中唯一一名非专业选手是 3 号陈艳萍，这位 40 岁的越剧票友，视茅威涛为偶像。她年轻时因病失明，遂自学徐派，自组舟山市青年越剧团开展公益演出。从陈艳萍的故事里，从陈艳萍在《中国好声音》舞台上所散发的自信和自如里，我解读到两个字——热爱，对越剧的热爱，对生活的热爱，对公益事业的热爱。

越剧历史上有一段经典佳话：在 1954 年的日内瓦会议上，周恩来总理向外国友人介绍越剧电影《梁祝》时这样说："这是中国的罗密欧与朱丽叶。"外宾们很快有了情感共鸣，彼时《梁祝》的放映场场爆满。当越剧走到今天，如何让传统艺术吸引年轻一代的目光，焕发新的生命力？浙江卫视的《中国好声音》越剧特别季给出了一种回答——将小众的艺术形式，用符合新时代大众需求的传播方式，走入千家万户，走进年轻的圈层，展现中华优秀传统文化的内核和神韵，让百年越剧艺术"在传承中创新，在创新中传承"。

当我敲下上述文字的时候，我收到了一条短信，是澉浦的越剧爱好者发给我的。她告诉我，澉浦人的后代，也在《中国好声音》越剧特别季的舞台上，她叫徐虹，是杭州小百花越剧团的演员。果然在第二期，我看到了她。当导师们问她什么时候开始学越剧并走上越剧表演这条路时，她笑称自己从胎教就开始了。而她的母亲张配英，当年是海盐首个乡镇越剧艺术团队——澉浦群乐越剧团的演员，后来考上了嘉兴市越剧团。

一转眼，秋去冬来，而《中国好声音》越剧特别季还在继续，就让我们在期待中，一起为流传百年的“南调越韵”转身。

2023

我中意你啊

——电影《我爱你！》观后感

我是小众文艺片的忠实粉丝。《我爱你！》预告片出来的时候，我就和姐妹们约了6月21日公映日去看，结果因为家人住院打乱了计划。事后查影院公众号里的排片，发现已不见《我爱你！》的场次了。心下藏着小遗憾的我几天后又打开公众号查当日影讯，却惊讶地发现《我爱你！》又排上了，于是毫不犹豫地去贡献了票房。更意外的是，该场次上座率有七八成，并且，观影者也是年轻人居多。

日前特地查看了《我爱你！》的猫眼数据，一部小众文艺片竟然获得了四亿元的票房，且势头不减，出乎一众院线老板的预料，也有力地说明了好的影片永远不会缺少观众！影片的内容和主创团队是吸引影迷们的筹码，但最终获得市场认可的却是影片的品质和发酵的口碑。

惠英红、倪大红、叶童、梁家辉四位老戏骨没有辜负我们的期许，他们完美地演绎了暮年恋情，他们几乎每个微表情都紧紧契合故事发展。虽然才到7月份，已有不少观众当场预测此片为年度最佳爱情片。

《我爱你！》不同于常规的爱情电影，常规的爱情电影多着墨于剧情的跌宕起伏和情感的荡气回肠，而它更侧重于描写黄昏的情感生活，讲述底层小人物的故事和老年人琐碎日常中展现的温情与真实。

近几年来关注老年群体、关注阿尔茨海默病的影视作品渐渐多了起来，比如去年9月上映的《妈妈！》。而《我爱你！》所呈现的主题更宽泛，也更具象。它深刻地揭示了老年人的生存状态和心理问题。他们被子女边缘化却又全身心地为子女着想。他们面对疾病、困顿、亲情关系时的心情——无奈、悲愤、心疼、感恩……都令人同频同泣。

倪大红饰演的常为戒，就像其孙女说的：“总是在讨好别人。”他之所以有讨好型人格，其实是想证明自己被需要和有价值。这确实是无数老年人的通病，他们无法面对自己的落后，无法面对被不断前进的社会抛下，在努力讨好世界的背后，是他们小心翼翼藏起的卑微。

丧妻的常为戒一个人生活着，他总是在凌晨 4 点不自觉地醒来，在与台灯开关的挣扎中消解他蚀骨的孤独。

和很多老年人生活空间里的陈设一样，年轻时获得的荣誉证书和奖状、一些全家福，还有排列得整整齐齐的药瓶以及九宫格式样的药盒。看到药盒，我想到自己的父母。每次回家，都能看到母亲在为她和父亲往药盒里一颗颗地分配一周的用量。否则，服用的品种一多，不是忘了就是搞混了。

常为戒和敢爱敢恨、倔强要强的李慧如（惠英红饰）属于不打不相识。李慧如“你不中意我，我中意你总好了吧”的话语，是她对于生活、对于情感最热烈的表达，也突破了她们这一代人在情感上的含蓄和压抑。不惧世俗观念勇敢相爱的两人，最终选择在乡间携手一生。常为戒终于听从孙女的劝告，遵从内心，讨好了自己。

常为戒和李慧如的暮年之恋是含泪的欢笑，而另一对白发夫妻谢定山（梁家辉饰）和赵欢欣（叶童饰）的结局，却是让“悲伤逆流成河”。儿女双全的谢定山不仅要照顾身受肠癌和阿尔茨海默病双重折磨的妻子，还要经营废品收购站以维系二人的生存，甚至还要接济婚姻不顺的女儿。最终，为了妻子不再被病魔纠缠，更为了儿女不被世人诟病，他选择与妻子牵手体面地离去。谢定山的儿子在父母生前无视父母的困顿，在父母死后却大摆追思宴，又何尝不是对当下社会怪相的一种折射。常为戒的鞭子打的不是杯盏，而是为人子女者的灵魂。

老年人的主体性不仅被家庭忽略，被社会忽略，甚至也会被自己忽略。影片中常为戒的孙女是“人间清醒”，她多次来到爷爷家，明里是逃避父母的压力，其实是给爷爷一份陪伴，并且，她把爷爷带进自己的生活圈，让他尽力和这个世界接轨，一再地希望爷爷“讨好他自己”，为他自己而活，并鼓励爷爷去爱。因为，爱是暮年之后的他们所拥有的，最强大的能力。

《我爱你！》的导演是韩延，《我爱你！》和他的另两部作品《滚蛋吧！肿瘤君》《送你一朵小红花》都有一个共同的主题思想——“也许生命会有终点，但爱永远不会”。

影片在很多人的泪眼婆娑中结束，但“我好中意你呀！”却一直萦绕耳边。

往后余生，愿我们始终有爱的能力，有人想念，有人关怀，有人陪伴。走自己想走的路，过自己想过的日子。

2023

在薄情的世界里，深情地活着

——读《守望塔》有感

如果说伟达的身体里住着一个老灵魂，那么，看完《守望塔》之后，我感觉永军的前世或许是个女子。

莫言说，苏童对于女性的把握好似天生的。这句话我觉得拿来形容永军，也同样贴切。

海盐玩小说的人不多，因为大多数人玩不来，玩得来的也不敢玩，因为太费脑子，太伤身体。方忠明写《沧浪濯金》时说他几乎要把自己写死了，永军也一样，27 万字的小说，把永军熬瘦了，熬病了，但也熬成“家”了。如果说之前永军还是一个写作者，那么，他现在已经可以认定为一个“作家”了。

永军早期的散文，笔触偏温婉清雅，后来，则逐渐转向叙事，读来就像小说，一则生活中的小说，但又没有丢掉其散文中的温馨和丰沛情感。永军的小说，则是另一个境界，它来源于生活，又回归于生活。

《守望塔》，是历史，是人生，是生活。

和众多现实主义题材的作品一样，作者往往选择他最熟悉的时代和生活作为创作背景。《守望塔》就是海盐这座小城“70 后”的人生轨迹，也是这座小城的发展履历。《守望塔》里的女子群像，可能就是这座小城里的某些缩影和蓝本。

和余华、方忠明一样，永军的小说里，有太多我们生活着的这座滨海小城的蛛丝马迹，很多个相似的地理和生活场景，这就是读本土作者作品的福利。因为读着读着，就骑着自行车在某个街口遇着了，在某个桥头碰到了，甚至，相遇在那个年代很吃香的工厂里、车间里，在那个年代海盐人最青睐的供销社商店里。读着读着，从儿时吃到大的“妈妈菜”又端上来了，你的泪水和口水就这么欢快地不期而遇了。

在城乡一体化还没开始的年代，大学招生率远不及现在，农村的女孩如果不能凭书包翻身跳出农门，或者凭土地征用置换身份，就只能借助婚姻走出农村。但是依然有许多人的爱情和婚姻未能跨越“门当户对”这一世俗的门槛。

《守望塔》里，女子个体是萧清芳，女子群像则是萧清芳、陈曼娟、冯群英、萧雅盈四姐妹。她们都是农村出身，但因为个性不同、追求不同，命运也各不相同。

清芳敏感而谨慎，虽命运多舛但内心始终坚守着一份平和，雅盈在姐妹们的帮助下终于圆了大学梦，曼娟为出人头地放弃了一些原则，群英舍弃了残缺的爱情和婚姻。

《守望塔》里最好的感情是亲情和友情，雅盈四姐妹患难与共的亲情，清芳和她的姐妹们守望相助的友情。写到这，突然就呼应了小说名，也立刻理解了“守望塔”从何而来，由何定义。我们从来都不是一个人活着，孤独地活着，我们是和亲人一起活着，和朋友一起活着，在薄情的世界里，深情地活着，守望相助，抱团取暖。

这未必是永军给小说取名的初衷，但却是我阅读后的感悟和揣测。我一直很钦佩写小说的人，他们固然有天赋，但更多的是勤奋和坚持，他们独守宁静、远离喧嚣，只为与心灵对话，为生命、为生活做出自己的备份。我步不了他们的后尘，但我始终愿意做他们的读者，坐在路边，为他们鼓掌。

2023

有些秘密使命，注定要孤独地完成

——我读《千里江山图》

《千里江山图》，第一眼在购书网站看到时，误以为与名画有关，与王希孟有关。想着大宋文明的千般魅力，果断下了单，将其纳入接下来的阅读计划中。及至看到读嘉的相关报道，方知此作竟是今年茅盾文学奖获奖作品，作者孙甘露和余华、残雪在20世纪80年代同为先锋派作家的代表。倒是我后知后觉了，于是提前开始阅读，这也是我首次读孙甘露的作品。

原来是一部小说，一部谍战小说，一部以20世纪30年代的大上海为背景的谍战小说。一群不同行业、不同背景的地下工作者因为一个会议而纷纷被捕或被监控，之后又共同参与保护大人物“浩瀚”以及开辟一条超长地下交通线“千里江山图”的行动。过程中敌我力量相互交错暗自角力，团队内部抽丝剥茧排查奸细斗智斗勇。人物的性格特征在大量的情境对话和动作描写中一一凸显。

小说开篇剧本杀式的场景就吸引了我，简直欲罢不能。之后正如观看一部高能谍战电影一样，全程屏息，跟着或明或暗的每一条线索，细细揣测，不敢分神。尤其是受过专业训练的主人公陈千里凭着高度警觉、敏感直觉、大胆而准确的判断一次次摆脱跟踪、抓捕甚至圈套和陷阱的过程，是作者通过穿街走巷、空间挪移一个个场景转换的描写，快速的路线延伸和跳跃，其间又有种种大上海市井生活的细节铺垫，给读者营造了沉浸式阅读氛围。

随着故事的推进，我一直在揣度“浩瀚”的身份，他的原型是谁，小说最后并没有揭晓，也就给一众读者留下了想象和讨论的空间。

小说有三处细节触动了我心底最柔软的地方。

一是开篇，侦缉队和巡捕房的人已经冲进了菜场，潜伏在巡捕房的我地下工作者“无名氏”不得不以跳楼向与会人员发出预警。“无名氏”直到小说结束依然是“无名氏”，而抗战期间，有多少这样无畏牺牲的无名氏被历史淹没、被时间遗忘。

二是小说结尾的黄浦江边，在小饭馆里，除了陈千里要护送浩瀚之外，行动小组的所有人都义无反顾地来了，包括尚未进入敌人视线的梁士超，每个人都清楚自己的结局，但每个人都心甘情愿，为了他们的信仰。还有微笑着拒绝逃生机会的卫达夫。他们最终都牺牲在 1933 年。

三是附录《一封没有署名的信》(龙华牺牲烈士的遗物)，铮铮铁骨里的一腔似水柔情在文字里彻底释放，“而我真正想对你说的并非秘密，可以写在云上，或者写在水上，世间任何人都可以看到，但那只是写给你的。”这样刻骨的爱，热烈而又坦荡的爱属于革命者，属于那个时代为了江山社稷而舍小爱为大爱的每一个“孤勇者”，但在革命年代，它们只能被封存、被珍藏。

小说附录里，有对幸存者陈千里的访谈。但他选择了沉默。有些秘密使命，注定只能孤独地完成。而那些过往，就交给历史去评定吧。合上书卷，看了一眼手机，头条里热帖正是“肖战、张小斐等领衔的谍战剧《千里江山图》热拍中”的话题。可我更希望拍成电影，设想如果把《千里江山图》交给老谋子，陈千里的角色我希望是张译来演，易君年(卢忠德)的角色交给于和伟，好像也不错。

2023

跟着于谦下馆子

——《于谦小酒馆》阅读随笔

喜欢于谦于老师（后面就跟网友叫他“谦哥”了），但对他搭档不怎么感冒，倒是挺看好小郭——郭麒麟，一点儿也没有星二代的那些毛病。谦哥的《老师·好》演得非常真实，玩票却玩出了戏骨级表演。所以几年前看到谦哥的书就买了。这个春节读完了《于谦小酒馆》。自此，我喜欢的美食作家就有了三个：汪曾祺、蔡澜、于谦。而后两者比汪曾祺会玩，论心境却是汪曾祺拔了头筹。

《于谦小酒馆》可以算是一本美食地理志，同时也夹带了各种风土人情。谦哥完全是用一种唠嗑的口语化模式来写这本书，写的也都是我们日常餐桌上常见的，一边读一边就有画外音在耳边响起，一边读一边就有很多个场景再现。

生活在皇城根下的人天生就会听故事说故事，关键是他们说的还真是一套一套的，有鼻子有眼、有根有据，在这种轻松阅读的氛围中，一些知识点就在微微一笑里嵌入大脑了。

谦哥说20世纪80年代有个“八大员”，就是当时吃公家粮、收入高、不累、还稳定的八种职业：驾驶员、售货员、服务员、邮递员、炊事员、售票员、理发员、保育员。另外三种连对象都不好找的职业是教师、医生和科学家，现在呢，应该反过来了。所以，20世纪80年代尊称别人得叫一声“师傅”，现在逢人就叫“老师”。

下酒菜

小酒馆的下酒菜里有头蹄下水拼盘、孜然烤串、丸子、小龙虾、豆腐、野菜和咸菜。

一直看到北方人说“四喜丸子”，谦哥说“四喜丸子”就是南方的“红烧狮子头”，那敢情我也常吃。小姑的夫家姐姐做得一手好狮子头，每年过年她会做一大盆送给亲朋好友，但她的独门技艺概不外传，所以至今我们也不知道她配方的奥妙。

从小就喜欢吃野菜，尤其是荠菜、马兰头之类的。谦哥说吃荠菜吃得最有名的是王宝钏，说是她苦守寒窑把方圆几十里的野菜都挖完了。现在西安人每年要吃荠菜馅儿的春饼，就是为了纪念王宝钏。他还说美国“芝加哥”的地名其实是印第安语“野蒜生长的地方”。谦哥还真是博古通今、知行中外啊。

还有苋菜，我小时候吃的都是红芯的，特别喜欢用菜汤泡在饭碗里，美其名曰“红米饭”，还会唱几句从老妈那里听来的“红米饭那个南瓜汤哟喂罗喂”。现在吃的苋菜芯都是纯绿色的，味道虽然差不多，却没有了儿时的乐趣。

海盐人最爱的大头菜，在于谦那里就叫“水疙瘩”，学名叫“芜菁”或“蔓菁”。谦哥提到《诗经》里有句话“采葑采菲，无以下体”中的“葑”就是“蔓菁”，就是水疙瘩，就是我们的大头菜，看来，海盐人吃大头菜的历史也源远流长啊。

下酒菜一篇里的小龙虾是我的心头好，也是家里人的心头好，至于烤串，我基本不吃，尤其是血脂指标不太好之后。

硬菜

鸡、鸭、鱼、红烧肉、大闸蟹是小酒馆的硬菜。

谦哥说“鸡”说出了很多道道。说是除了谐音“吉利”之外，古代文人给鸡总结了五大品德“文、武、勇、仁、信”，赋予了鸡极高的地位。“文”指代鸡冠，意为官帽。“武”指代鸡足，用来打架。“勇”自不必多说，“战斗鸡”“好斗鸡”是上千年积攒下来的荣誉，至于“斗鸡”更是20世纪七八十年代的孩童们爱玩的游戏。“仁”说的是鸡不吃独食，“信”指的就是早晨打鸣，一天都不会落下……这些道道在我看来都是人的假仁假义，最终还不是把鸡给吃了。

以鸡为原材料的名菜，有老外都知道的宫保鸡丁，以前看到过说是丁宝桢发明的，19世纪末被去海外修铁路的华工们传播到了美国。

谦哥说吃鸡圈公认的四大名鸡是：道口烧鸡、德州扒鸡、沟帮子熏鸡、符离集烧鸡。德州扒鸡和符离集烧鸡我吃过。尤其是符离集烧鸡，那是儿时沪、疆几度往返旅程中在绿皮火车上很快乐的一段回忆。

新疆大盘鸡，按照谦哥的说法，竟然是上海卤鸡和湖南辣子鸡的结合体，是一对20世纪80年代在新疆乌鲁木齐谋生的夫妇发明的。我以前喜欢吃大盘鸡，是纯粹的喜欢这个口味，现在，则又多了一份感情——这三个地方与我都有渊源，有出生地、有生长地，还有亲家，来自湖南。

翻过鸡的篇章，就该是“鸭”了。“北京烤鸭”闻名世界，离不开周总理当年的外交推广。当时，“茅台、烤鸭、乒乓球”被誉为三大外交策略。而我们现在去店里都喜欢“挂炉烤鸭”，可以全程旁观一只洗净的脱毛生鸭如何蜕变成外焦里嫩、红酥明亮的熟鸭。谦哥说烤鸭的起源可以追溯到南京，是朱元璋定都南京后兴起的，再后来又被明成祖朱棣带到了北京，经过改良才成了现在的北京烤鸭。说到南京，南京板鸭和盐水鸭也是一绝。

谦哥说老外不吃鸭，一是因为受不了鸭的腥味，二是懒，懒得拔毛。这说法未必准确，却也不无道理。小时候家里每逢烧鸭汤或者卤酱鸭时，前道工序中的拔鸭毛工程必定是我的任务，我就一边听收音机里单田芳的说书一边认认真真地练耐力，长大后每逢吃鸭，见到有毛的，哪怕只一两根很纤细的那种，我也必除之而后快，但，似乎与洁癖无关。

谦哥说第一个吃螃蟹的人是大禹手下一个叫“巴解”的，他无意中发现烫熟了的螃蟹，青壳会变红，闻着特别香，流出来的蟹黄更是美味无比，螃蟹的“蟹”字也由此而来。

吃螃蟹最强的仪式感是用“蟹八件”，有剪（剪蟹腿）、斧（掀开螃蟹的前胸后盖）、镦和锤敲打蟹背、刮（专门对付犄角旮旯里吃不干净的肉）、匙（舀蟹黄蟹膏来吃）、叉（掏蟹钳、蟹腿里的肉）、镊（剔除不能吃的内脏）。看到这里我想起网上的一个帖子，帖主坐火车，对座是个精致的老者，八小时的车程用蟹八件对付两个螃蟹，到站下车后，乘务员小姐姐来收拾时看到的是完整的螃蟹形状，忍不住拍照发朋友圈称奇。

火锅

谦哥说火锅不但国人爱吃，老外也爱吃，而且“中国人喜欢吃的东西外国人都喜欢吃，而外国人喜欢吃的东西，中国人就未见得喜欢，中国的饮食文化太厉害”。

还有“荤菜”的“荤”字，在《说文解字》里的本义是植物，是臭菜（口味重的菜），而非肉系列，佛家、道家的戒“荤”是指不吃气味比较冲的菜。

主食

小酒馆的主食有蛋炒饭、打卤面、拉面和馒头。

谦哥所说的阳春面的“阳春”一词，背后有弯弯绕的故事。说是阴历最早是夏朝人制定的，也叫夏历。一年始自一月终至十二月，商朝却以每年的十二月为一年的开始，周朝又提前到十一月，秦始皇干脆定在十月，一直到汉景帝，才将历法恢复到出厂设置，也就是夏历。但是以十月为一年的起始还是在历史上留下了痕迹，所以后人就将阴历十月叫“小阳春”。以前面馆里的清汤面都是十个铜钱一碗，因为对应了十月的“十”，所以就叫阳春面了。

我挺喜欢日式的豚骨拉面，谦哥说，日式拉面的由来有三种说法，一是 1488 年明朝弘治年间日本京都的和尚照中国菜谱做出来的；二是浙江余姚一个叫朱舜水的书生在清朝顺治年间东渡日本传去了阳春面后演化成今天的日式拉面；第三种是 19 世纪初移民日本的华人带去中国口味的面条演变的。不管怎么说，都离不开中国，这又是一个中国传统文化对日本影响深远的活生生的例子。

北方人爱吃的馒头，来自“蛮头”，竟然是诸葛亮发明的，而与此相关的历史故事比较血腥，不说也罢。包子的说法是北宋才有的，但包子和馒头有实质性的区别（有馅和无馅），则是到了清朝才明确的。谦哥说他年轻时爱吃烤馒头片，用电炉子烤，我现在还喜欢吃，用空气炸锅烤，无油版，健康又美味。

至于说到蛋炒饭，那是吃了一辈子的，小时候喜欢外婆做的，长大了自己炒，几乎每个人“厨师”生涯的开端都是从蛋炒饭开始的。

小食

谦哥说西瓜是五代十国时传入中国的，到宋朝时才逐渐普及，包括嗑西瓜子（也叫黑瓜子）。南瓜是明朝正德年间传入中国的，到清朝末年开始吃南瓜子（也叫白瓜子）。在满汉全席里有四干——黑瓜子、白瓜子、核桃蘸子和糖杏仁。向日葵是明朝万历年间传入中国的，却一直到清朝道光年间才开始吃葵瓜子，据说是当初都以为葵瓜子有毒。

谦哥说了个小细节，冬天围着炉子嗑瓜子，吃完了随手扔地上，整一地的瓜子皮，站起来踩在上面走时咯吱咯吱响，大人孩子都很兴奋。这个场景我童年时也有过，我们穿着小皮鞋，踩上去更有力道，声音更亮，甚至还在电影院里、在绿皮火车上也出现过这样的场景，不过现在这样的行为都绝迹了，毕竟都是文明人了。我还记得小时候嗑瓜子时故意先不吃瓜子仁等手掌上放不下了再一股脑儿地塞进嘴里，那叫一个香，太满足了。

再说到栗子，一个是糖炒栗子（糖炒栗子竟然也始于宋朝，大宋三百年间的生活质量也太好了吧），说是陆游写了本《老学庵笔记》，讲到东京汴梁一个叫李和的人开始做糖炒栗子，后来这种吃法传到了北京；一个是盐水煮栗子，说是西湖边上的最好吃，徐志摩当年最好这口。而张爱玲最喜欢上海凯司令餐厅卖的栗子蛋糕，这栗子蛋糕在德国也很流行。

调料

小酒馆的调料盆里装了油、盐、酱、酱油。

谦哥说他做梦吃油渣配馒头吃得那叫一个香，但这个吃法是当下的年轻人无法理解的。现在我们知道油渣是致癌物质，但我小时候看母亲炼猪油的过程却是一种享受，因为我知道结果不仅能收获一罐猪油，还有一盆香香的油渣，油渣会被母亲烧在汤里或者和青菜炒在一起，吃在嘴里不仅嚼劲十足还满齿留香，那种感觉绝对可以比拟吃肉。那个时候油渣在我的口感里就和现在的油面筋一样。

猪油拌饭是蔡澜先生的最爱。也是近年来海盐乡镇旅游节庆活动中美食区域的常客。谦哥说猪油拌饭在《周礼》中有记载。宋朝以前，都吃动物油，植物油到宋朝时才有，开门七件事——柴米油盐酱醋茶的版本就始自宋朝。

谦哥说豆腐等豆制品是唐朝时中国僧人东渡日本传过去的，鉴真大师去日本弘扬佛法时把点豆腐、做酱油的技艺也带了过去，自此日本人的一日三餐就离不开豆腐和酱油了。黄酱是范蠡发明的，慈禧太后特爱吃甜面酱。

我其实一直不太明白生抽和老抽的区别，只知道颜色有深浅。看了谦哥的书才明白，生抽是从酱缸里抽出来直接装瓶的酱油，色浅，咸味重，所以适合炒菜和凉拌；老抽则在生抽的基础上再加焦糖色，调色调味、颜色重，带甜口，所以很适合红烧菜。

谦哥的腌笃鲜里加酱油，搁我这儿，还是免了吧，咸肉鲜肉加春笋笃汤，已经鲜掉了眉毛，是上海人被打耳光都不肯放下的汤。

谦哥说中国有三大名肉：金华火腿、广州腊肉、北京清酱肉（京式火腿），我应该都吃过，也挺好这一口，火腿肉炖个蛋，腊肉煲个饭，酱肉炒饭都是美味，不过，这一类食物讲究适可而止，偶尔图个新鲜，多了也无益于健康。

出门右拐

小酒馆的主人在书的最后一章介绍了他家周遭的北京特色小吃：凉粉、豆汁儿、煎饼馃子、烧饼和包子。

谦哥说凉粉最早只有绿豆一个品种。绿豆凉粉诞生在北宋的东京汴梁（现在的开封），因为那个时候，绿豆才传到中国，到了明朝，白薯、土豆、玉米从美洲传至中国，凉粉的品种才逐渐丰富起来。

豆汁儿我至今没碰过，据说也只有老北京人喜欢，那个味儿，不是一般人能够把握的。

我到现在也没整明白“煎饼馃子”到底啥意思，我想，是不是原来是“裹”（煎饼里裹各种配料）、后来就成了“馃”？

谦哥说烧饼最初叫“胡饼”，是从西域传过来的，始自东汉汉恒帝时期，到魏晋南北朝时期，因避皇帝讳而改为“烧饼”，这个名字来源于《齐民要术》，饼特指带馅儿、先烙后烤的烧饼。之后发端宋朝的“火烧”其实也是烧饼。

谦哥说“意大利比萨”的发明人是马可·波罗，他来中国旅游时喜欢上了中国的烙馅饼，回去后想吃忘了怎么做，就擀了个面饼堆了一堆馅儿放火上烤。

说到包子，躲不过天津“狗不理”，我还没去过天津，忘了是在哪个一线城市吃到的“狗不理”，当时觉得也平常，还不如我们小县城的梅菜馅、粉丝馅包子好吃。

所以，说到头，美食的内蕴其实是乡愁。

对了，我说谦哥演戏咋这么好，看完了全书发现封底内页最下面有几行小字，其中一句“1995年毕业于北京电影学院影视导演系”，敢情人家是科班出身啊。

2023

跟着于谦找青春

——《于谦：人间温柔》阅读随笔

读了《于谦小酒馆》，我写出了《跟着于谦下馆子》，读了《于谦：人间温柔》，我又写出了《跟着于谦找青春》。

《于谦：人间温柔》是于谦的一本生活回忆录，字里行间洋溢着浓浓的老北京味道，“人间烟火气，最抚凡人心”。我喜欢谦哥写文的大白话，轻松而风趣。他玩味生活竟能玩出七本书，在豆瓣上还都是高分。《于谦：人间温柔》里他继续说玩，是小时候的各种玩。

看谦哥的书，可以长知识。比如：知道了“什刹海是沈万三刨出来的”“南锣鼓巷当年是北京城最高的地方”“‘北京城’的石碑是明朝人立的水位警戒碑”，“中关村”其实应该是“中官村”；知道了“南妈祖北元君”，神和仙的区别在于神是生前对社会有所贡献所以死后封神，仙都是经过修行得道成仙的；知道了满族八大姓是佟、关、马、索、齐、富、那、郎，中国最后一个文状元是刘春霖，最后一个武状元是张三甲；知道了中国第一场时装发布会是意大利皮尔卡丹在北京民族文化宫开的。

谦哥的书里也有历史故事。比如说当年卢沟桥事变中的二十九军大刀队，那首著名的《大刀进行曲》“大刀向鬼子们的头上砍去”就是夸的大刀队，而大刀队的教官是镖师李尧臣，他曾跟日本武士在北京城蟠桃宫打过擂台且赢了，并自此隐姓埋名浪迹江湖直到抗战胜利后才重出江湖，寿至 97 岁高龄。佟麟阁将军殉国后，李镖师参与了遗体保护和隐藏工作。京剧名家杨小楼的拳法、梅兰芳的剑法也都师承李尧臣。

谦哥的书里有人生态度。比如：说神话故事，“我这么一说，你这么一听，了解了传统文化就行，不必太当真”；说情商，“往简单了说，其实就是一个字——情。您对别人有情，设身处地替别人着想，别人自然也就对您有情，替您着想”。

而我，特别喜欢在谦哥的文字里找童年，找青春。

我们的记忆里都有用黑白电视机看《加里森敢死队》《大西洋底来的人》《神探亨特》的日子，也有看《排球女将》《血疑》和《女奴》的日子。当年“每当我看见天边的绿洲，我便会想起东方齐洛瓦”的广告台词背后的声音，谦哥记得，我也记得。谦哥说的“一拉得”（松紧带领带），父亲曾经用过，学校大合唱教师团队的男老师们人手一根，都避免了不会系领带的尴尬。

20 世纪七八十年代，学校的红五月是一定会有歌咏比赛的，而大合唱流行分高声部、低声部，《明天会更好》是很多班级都会撞车的曲目。比赛中是一定要穿白衬衫和蓝裤子的。我记得小学四五年级时学校大合唱比赛，班主任要求我们穿白衬衣蓝裤子，我回家跟爸妈说要买，爸妈说没钱，我第二天就老老实实地跟老师说家里没钱买，结果老师找到家里了解情况，妈妈客客气气地送走老师后关起门来揍了我一顿，因为我让他们丢面子了。

谦哥书中提到了 20 世纪 80 年代时尚的挎斗摩托车，我也坐过，高中毕业后参加了县工人文化宫的文学组织，成员里有警察，出去采风时警察就会开着挎斗摩托车开道探路，我们几个女孩子会轮流去乘坐，在风驰电掣的同时享受路人的瞩目。

《于谦：人间温柔》用了王蒙小说《青春万岁》（后拍了同名电影，我特别喜欢女主角杨蔷云和她的饰演者任冶湘）中杨蔷云朗诵的那段《所有的日子》做结尾，甚合我意。我也把这首诗贴出来，和朋友们一起分享，一起回忆我们曾经的却又是永远的青春：

所有的日子，所有的日子都来吧，
让我编织你们，用青春的金线，
和幸福的璎珞，编织你们。
…………

2023

读鬼才力作《显微镜下的大明》

鬼才马伯庸，看他的文字也有些年份了，不过以前多是随笔和杂文，三年前看了《长安十二时辰》，年初看了《显微镜下的大明》，最近微信读书又推出了他的《大医》，也收藏了。

《显微镜下的大明》讲述了明朝的六个冷故事（但却是真实的基层政治事件）：《学霸必须死——徽州丝绢案始末》《笔与灰的抉择——婺源龙脉保卫战》《谁动了我的祖庙——杨干院律政风云》《天下透明——大明第一档案库的前世今生》《胥吏的盛宴——彭县小吏舞弊案》《正统年间的四条冤魂》。如果说标题是吸引读者阅读的第一要件，那么马伯庸确实做到了，虽然有个别案件内容略显晦涩，但我还是看完了。这些案件都有峰回路转的波折，且环环相扣，每一个结果似乎都是彼时走向衰败的大明朝显而易见的。覆巢之下，安有完卵？马伯庸遇到的这六个故事或许有其偶然性，但是要把六个故事原原本本地追溯出来，那是很费功夫的。这不仅要查考大量史料，还要用当下读者喜欢的说故事的风格来剖析这六个历史事件，在普及历史知识的同时，也倡导一种历史观。

丝绢案写的是歙县民众遭遇不公平征税而奋起抗争的旧案，文中让我感兴趣的知识点有"三班六房"：三班，指皂班、壮班、快班，合称衙役；六房，指吏房、户房、礼房、兵房、刑房、工房，与六部相对应。笔者最近参与地方志的修志工作，故对文中"治史严守立场，不做涂抹，即便与己有关也原封不动地抄录"的程任卿此人极其赞赏和钦佩，这也是修志人必须具备的品格。龙脉案写的是婺源县科举不振，皆因龙脉风水被破，进而引发起窑烧灰与禁绝取石长达上百年的拉锯战。文中地方官员鼓动民间互相监视，赵昌期在走访调查中了解到民风并找到了突破口，这些细节都说明了民间监督和实地调查研究的重要性。杨干院案写的是明代徽州人如何巧妙地使用司法手段进行反复较量，恶僧巧取豪夺他人祖庙，士绅用司法手段维护权益，这反反复复的过程见证了明代司法体系在基层的运用，但在法的背后，还是一个个人。大明第一档案库看得我血脉偾张，集户籍、土地、徭役于一体的黄册，是大明王朝高度集权的一座高山［明朝起自明洪武元年（1368），止于崇祯十七年（1644）］。几百年前就能建成这么完备的档案库，收集整理制作出这么规范详细的档案，感觉现在的我们完全被古人的智慧碾压了。只可惜其最终毁于战火，但又何尝不是毁于人。另，玄武湖的由来竟然与大明档案库有关。彭县小吏舞弊案，一件小官司的背后，是无数胥吏的贪婪和凶恶，千里之堤溃于蚁穴，莫不如是。正统年间的四条冤魂，是官场斗争的工具，更是牺牲品，比杨乃武与小白菜有过之而无不及。彼时的大明，平民百姓的生命如蝼蚁一般，挣扎在绝望、恐惧和痛苦之中。

这些案件都与最底层的平民有关，所剖析的，也是其中一个横纵切面的细节，但见微可知著，以一斑可窥全豹，马伯庸用他的“显微镜”透视大明的社会风俗人情、法治规章制度和政治经济文化，为我们检验大明的一滴血、一个细胞，去判断大明是否还有药可救。通过这本书，我们知道了大明王朝的盛衰因果，见到了最基层的政治生态，也懂得了历朝执政者在朝堂上所做的种种选择，最后都会波及社会末端并带来连锁改变。

历史，总有惊人的相似和重复，但，以古鉴今，方能远行。

2024

《宝水》与老家

朋友推荐我看乔叶的《宝水》，不仅仅是因为它是茅盾文学奖的获奖作品，还在于朋友知道我的工作性质，与小说的匹配度比较高。

果然，我遇到了一本令我代入感几乎满分的小说。《宝水》讲述了一个村庄从传统型乡村向文旅特色型乡村转型的故事，政府部门、村民、返乡者等多方力量的参与和支持让古老的乡村重焕生机活力。而我十几年来，作为亲历者，参与到澉浦许多村庄转型的具体环节中，直接或间接地参与了美丽乡村文化内涵的提升以及村级文化礼堂的软件建设。作为旁观者，则看着海盐的一个个村庄从最初的脏乱差蜕变成 A 级甚至 3A 级景区村庄，以及省级美丽乡村建设示范村。当越来越多的年轻人感慨“一二线容不下肉身，十八线容不下灵魂”时，回到他们的出生地，会发现，原来，家乡已是灵肉兼容的最合适之地。

《宝水》如果拍成电视剧，应该能像《去有风的地方》一样，再掀起一股收视热潮。在《去有风的地方》里，刘亦菲饰演的许红豆在大城市的生活和工作都陷入了低谷，于是选择到云南休整，赏花、逗猫、晒太阳，享受乡村生活的静谧和美好。《宝水》中的地青萍因为被失眠严重困扰，而选择提前退休离开大城市象城，前往朋友老原的家乡宝水村，在帮老原经营民宿的过程中不仅获得了生理上的治愈，也在内心与自己的家达成了和解。

我不知道主人公地青萍与小说作者乔叶的黏合度有多高，但我在现实生活中，很多时候的视角和观感与地青萍颇为相似。而小说中平易近人、善于变通的杨镇长，泼辣干练、一肩挑村党支部书记和村委会主任的大英，以第三方身份承接美丽乡村建设工程，既能与政府自如沟通，又能与村民亲如兄弟的“乡建专家”孟胡子，以及秀梅、香梅、雪梅等这些个性鲜明的宝水村女性，还有支教的大学生周宁、肖睿等，也能与我身边认识的人一一画上等号或者约等于号。

地青萍在帮老原管理民宿的过程中，渐渐将自己从“外来者”变成了“当地人”，从村民口中最初的“地老师”变成了最后“老原家的”。她发现她脚下的乡村一直在用力奔跑，她身边的村民也紧跟时尚，而原本有着优越感的她，反而日渐力不从心，好在老原一直在她身边，宝水村的老老少少，也拉着她一起往前奔跑。

地青萍因为在省级媒体的工作经历而被大英请求帮忙筹建村史馆。也正是在筹建的过程中，她逐渐梳理出宝水过往的历史与记忆，感悟到日渐消逝的传统农耕文明所蕴含的血脉与乡愁，与储存了宝水村近百年人事变迁与记忆的高寿老人——九奶建立了祖孙般亲昵的情感，并最终靠这份情感化解了长久郁结心中的魔障——对自己祖母的怨恨。

我喜欢《宝水》的另一个原因，是它的语言“清水出芙蓉，天然去雕饰”，朴实自然、平易生动，并且我和作者同为“70后”的女性视角有太多的认同感，小说虽然写的是山乡巨变，但着眼的却是人间琐碎。它不同于市面上的主旋律作品，却饱含满满的正能量。

《宝水》里给我印象最深刻的人物是九奶。九奶唱曲，“土话的味道很重，音质和她的人一样干枯苍劲，却又牵肠拉肺。每一个字都在扯，从心里往外扯，把满当当的心扯空。每一个字又都在往里塞，从心外往里塞，把空荡荡的心塞满”。这是乡音。九奶的龙木拐杖“老物有老魂儿，藏着精气神儿，找不见了就丢魂儿散精神了，是要命的”。这是乡魂。如同“万物都有表情，表情上都有历史，石头也一样”。九奶说：“人在人里，水在水里。活这一辈子，哪能只顾自己。”这是乡情，是乡村人与人之间最本质的关系和情感。

《宝水》的精神内核是老家，是《乡土中国》里“血缘的空间投影”。乔叶说：“因为你的长辈和那里有关系，所以你也必须和那里有关系。你压根儿就生活的城市，无论你多么熟悉，那也只是你的地缘。地缘可以变，你可以和无数个城市有地缘，但老家意味的，是血缘。”

我也有这样一个老家，一个完全陌生却又和我的父辈有着千丝万缕联系的老家。我不知道那里有没有等着我们回去的人，以及那片土地、那座祠堂、那个村庄是否依旧。

2024

施一公和他的《自我突围》

2024 年网购的第一本书，是施一公的首部作品《自我突围》，得自微信朋友圈的推荐。

我最初了解施一公是通过 CCTV-1 的《开讲啦》节目。这一期节目的主题是“著名结构生物学家施一公：知足常乐是创新的大敌”。他在台上给人的印象是清癯儒雅、斯文俊朗却又阳光奔放。那时便知道他在 2018 年创办了西湖大学，进而了解到他辞了普林斯顿大学讲席教授的职位回母校清华大学发展生命学科，有所进展并有成果后又辞去清华大学副校长的职位赴浙江兴教办学，是一位倾心致力于培养科技人才的教育工作者。

施一公写《自我突围》的初衷是——与其让别人告诉你我是谁，我在做什么，不如我自己来说我是谁，我在做什么。同时他也想借此书回溯自己 56 年的人生历程，分享自己在成长、求学、教育、家庭、友谊和追求理想的每一个关口是如何选择的，又是如何一次次地自我突围的。他还想借此书给教育科研工作者和青年学子们一些经验和启示，让他们知道实现人生理想的路径究竟在哪，如何让理想照进现实。他希望读者们能懂得，并且愿意和他一起，在追求理想的道路上步履不停，共同前行。

2008 年，施一公辞去普林斯顿大学讲席教授的职位，卖掉美国的房产，一家四口（夫妻二人和一对双胞胎女儿）回国。

海外优秀学子放弃国外的优渥待遇，回国从事教育或者科研虽然不是孤例，但其数量与选择留在国外常住，或者直接取得其他国家国籍的那部分人相比，并不占优势。

因此，施一公、饶毅等人的回归不仅在留美的华人中引起了很大反响，也极大地提振了国内学界的士气，在社会上形成了正向能量。

施一公做出回国的决定也与老师们当年的选择有关。清华大学从西南联大开始的“科教救亡意识”，在今天，就是要“科教兴国”。施一公劝告年轻的同道，身为清华人，要“兢兢业业做好自己的学问，始终拥有沸腾的心声，和先天下之忧而忧的心气儿，不要变得淡漠而世故”。

2017 年 9 月，被称为西湖一期的首批 19 位博士研究生在西湖大学注册入学。因为“现实的理想主义者，不是空有理想，而没有行动”。

西湖大学是国内首家研究型民办大学，所以社会捐赠是西湖大学创办和发展的生命线。支持西湖大学的捐赠人很多，以企业家居多，也有教育界人士，而令我印象深刻的是设立“求是基金会”的查济民、查懋声父子，他们在 2020 年 6 月与西湖大学正式签署了战略合作协议。

说起查济民查老，他生前与海盐颇有渊源，他一生爱国爱港爱乡，热心公益。他虽与海盐非亲非故，却于 20 世纪 90 年代出资帮助吴侠虎老人办“帮困会”，使贫困儿童上学读书，又于 1994 年教师节前夕捐资给南北湖风景区兴建尊师亭，旨在倡导全社会尊师重教，深入实施科教兴国战略。

相比书中对科研和教育内容的具体阐述部分，我更喜欢施一公描写生活的片段。

施一公说他的父亲有剪发、裁剪和一手精细的木工手艺，能完成全家的衣裤剪裁、缝制，以及全套家具的打制。我所工作的澉浦，在民间，也有不少手工艺人，比如林虎老人，也和施一公的父亲一样，会裁衣，懂木工，能制作民族乐器。

施一公写的他童年最喜欢的“炸菜角”，也是河南特色美食，跟我儿时吃到的韭菜合子油炸版如出一辙。施一公成年后每次到餐馆，只要有这道菜，都会点。这是离乡游子都会做的一件事，在异国他乡，看到家乡的美食，就如同看到了妈妈，回到了家。

施一公早上洗脸时发现洗不掉脸上的一块斑迹，他夫人善意提醒：“不是脏东西，是老年斑。”我们第一次发现老年斑时也有些感慨，此后也就习惯了与老年斑同在。

施一公喜爱音乐，偶尔闲暇在家时，会选择与家人一起去剧场看演出。他说：“科学与艺术，是人类文明的双生花。”在他看来，音乐对于科学家来说，绝不仅仅是优美的旋律，它还可以带来心灵上的放松与享受。长期的音乐欣赏与听觉训练，是可以刺激脑细胞、促进神经发育，进而影响思维的。

这，我相信，因为在我过往的阅读记忆里，钱学森、杨振宁等科学家也都是音乐艺术的爱好者。

施一公在书的《后记》里提到该书的版税会捐给西湖教育基金会，所以购买此书就是支持了西湖大学的建设，支持了国家科技教育事业的改革和发展。这么说来，2024 年的开头，我已做了一件有意义的事了。

后　记

网络文学盛行的黄金时代，我畅游在榕树下、红袖添香、秋雁南回等大型文学论坛，玩得不亦乐乎。我的第一本散文集《随心随语》就是那个时期的产物，当时红袖添香编辑部在站内遴选了36位散文写手，共创作了36本散文集，并由作家出版社出了一套散文丛书，我有幸在列。

《卿心卿语：君应有语向湖山》是我正式出版的第二本散文集，距第一本《随心随语》面世已过去了15年。所收录的76篇文章均为2010年至今发表的成果，其中大部分发表于纸媒，余则散见于主流媒体平台。

这本散文集初名“卿心卿语”，是想呼应我的首部散文集《随心随语》，好友知悉后建议我再选个与内容更匹配的题目，所以就有了副标题“君应有语向湖山”，一则原本就是书中选文，二则这本散文集第一部分的主题就是湖山，第二和第三部分中不少文字也涉及澉浦，涉及南北湖。如果还有第三本散文集，澉浦和南北湖，依然会是绝对的主角。

《卿心卿语：君应有语向湖山》根据内容分为三大部分，“山水人文”是我的工作随笔，系在澉浦镇（南北湖风景区）工作期间一部分所见所闻所思所感，与读者分享澉浦的文史底蕴和风土人情。“岁月履痕”是我的生活随笔，有我在海盐这座滨海小城“慢生活”的点点滴滴，可以说是前一本散文集《随心随语》的延续。“书影婆娑”是我的阅读随笔，其中大部分是读书心得，也有一些电影和电视剧、综艺节目的观后感。

2024年，感谢海盐县委宣传部、海盐县文联的支持，使得个人文集《卿心卿语：君应有语向湖山》被列入2024年度海盐县文化精品工程重点扶持项目。感谢刘晓峰教授、林周良先生为我的文集提笔作序，他们和我的缘分都起于溆川大地，起于闲雅野趣南北湖。感谢溆浦文坛中我的姐妹安歌、白地、聿禾，她们为我的文集出版穿针引线、校对初稿、摇旗呐喊。感谢我的家人，一直包容着我对文字的执着。感谢长久以来喜欢我文字的朋友和读者，你们的关注和鼓励给予我不竭的创作动力和激情。最后，还要感谢为本文集出版提供宝贵意见和各种帮助的各位领导、老师和文友，谢谢你们。

叶　露

2024 年 12 月 18 日